CAROLINE GRAHAM

Meurtres à Badger's Drift

ROMAN

TRADUIT DE L'ANGLAIS
PAR SÍLVIA SUELI MILANEZI

ALBIN MICHEL

Édition originale anglaise
THE KILLINGS AT BADGER'S DRIFT

À Christianna Brand,
avec tous mes remerciements
pour son aide et ses encouragements.

« Et l'appétit, ce loup universel ainsi doublement secondé par la volonté et par la puissance, fait nécessairement sa proie de l'univers et finit par se dévorer lui-même. »

Troïlus et Cressida, Acte I, scène III.

Prologue

Elle se promenait dans les bois, juste avant l'heure du thé, quand elle les aperçut. Elle marchait très doucement, quoique ce ne fût pas son intention. Simplement la couche spongieuse de feuilles moisies et de végétation pourrissante étouffait ses pas. Les arbres, hauts et serrés, semblaient eux aussi absorber tous les sons. Çà et là, le soleil arrivait à percer les branches entrelacées, lançant des rayons d'une lumière dure, éblouissante, sur l'obscurité d'en bas.

Miss Simpson passait à travers ces rayons brillants, scrutant le sol. Elle cherchait la racine en éperon de l'orchidée corail. Avec son amie, Lucy Bellringer, elle avait découvert la première cinquante ans plus tôt, quand elles étaient encore des jeunes femmes. Sept ans s'étaient écoulés avant que l'orchidée ne réapparaisse, et alors ce fut Lucy qui la trouva, plongeant dans le taillis avec un cri de triomphe.

Depuis lors, leur rivalité pour rire s'était développée. Chaque été elles sortaient, parfois séparément, parfois ensemble, avides de trouver un autre spécimen. Pleines d'espoir, l'œil attentif, cahiers crayons tout prêts, elles se promenaient dans le sombre bois de hêtres. La première à trouver la plante offrait à la perdante, sans doute comme une sorte de prix de consolation, un grand thé très recherché. L'orchidée fleurissait très rarement et pas toujours à la même place, car le système de rhizomes était compliqué. Les cinq dernières années, les deux amies avaient commencé la recherche de plus en plus tôt. Chacune savait très bien que l'autre s'y était mise, mais elles n'en parlaient jamais.

« Vraiment », pensa Miss Simpson, écartant doucement une touffe de jacinthes avec son bâton, « encore deux ans à ce rythme-là et nous commencerons quand le sol est encore couvert de neige. »

Mais s'il y avait une justice au monde (et Miss Simpson croyait fermement qu'il y en avait une), alors en 1987 c'était son tour. Lucy avait gagné en 1969 et en 1978, mais cette année...

Elle serra ses lèvres décolorées. Elle portait son vieux chapeau de paille, la voilette rejetée en arrière, une vieille robe de coton, des chaussettes de coton blanc, mal tirées, et de larges chaussures de tennis tachées de vert et plutôt déformées. A la main, elle tenait une loupe et un bâton pointu noué d'un ruban rouge. Elle avait couvert à peu près le tiers du bois, un tout petit bois ; elle s'enfonçait maintenant au plus profond. Il se passait parfois dix ans entre chaque apparition de la plante, mais l'hiver avait été pluvieux et froid, et le printemps très humide, deux signes propices. Et il y avait quelque chose de particulier ce jour-là...

Elle se tenait toute droite, respirant profondément. Il avait plu un peu la veille au soir, et la pluie avait développé les odeurs de l'air doux et humide — un parfum âcre de fleurs et de feuilles vertes avec une note souterraine de pourriture un peu sucrée.

Elle s'approcha du tronc d'un grand chêne. Des champignons tout encroûtés encerclaient le tronc. Tout autour de la base, la ciguë poussait en touffes serrées. Elle contourna l'arbre, scrutant le sol avec attention.

Elle était là. Presque cachée par les feuilles mortes, brunes et douces comme des morceaux de chocolat.

Elle écarta doucement les fragments de feuilles, dérangeant quelques insectes qui s'envolèrent. Dans la pénombre, la plante brillait comme illuminée de l'intérieur. C'était une plante curieuse. Très belle, les pétales jaillissant du calice vert citron comme des ailes de papillon, elle était tachetée, d'un jaune fauve pâle mais sans aucune trace de vert. Elle n'avait pas de feuilles et même la tige était d'un rose sombre, marbré. Elle s'accroupit et enfonça le bâton dans la terre. Le ruban pendait mollement dans l'air calme. Elle se pencha un peu plus et son pince-nez tomba de son grand nez osseux. Elle compta tendrement les fleurs. Il y en avait six. Lucy n'en avait eu que quatre. Un double triomphe !

Elle se remit debout, folle de joie. Elle serra les bras : elle aurait pu danser sur place. « Je t'ai eue, Lucy Bellringer », pensa-t-elle. « Je t'ai eue et deux fois eue ! » Mais pas question de dormir sur ses lauriers. L'important maintenant c'était le thé. La dernière fois, quand Lucy avait quitté le salon pour remplir la théière, elle avait pris des notes et, sans vouloir paraître en faire trop, elle était déterminée à doubler le choix des sandwiches, à offrir quatre variétés de gâteaux et à finir par un sorbet aux prunes de sa confection. Il y avait une grande coupe de prunes tout à fait mûres, dans le placard à provisions. Elle se perdit dans une anticipation bienheureuse : elle voyait la table de style Queen Anne marquetée couverte de la merveilleuse nappe en dentelle qui lui venait de sa grand-tante Rebecca, et toute chargée de friandises.

Pains aux dattes et aux bananes, Sally Lunn noir aux fruits, tartes à la frangipane, pains d'épice et biscuits aux amandes, gelée de citron et gâteau de Savoie à la crème fraîche, confiture de gingembre et d'orange. Et avant la glace, des toasts aux anchois et au fromage de Leicester...

Elle entendit un bruit. « On s'imagine toujours, pensa-t-elle, que le cœur du bois est silencieux. » Pas du tout.

Mais il y a des bruits tellement intégrés à l'environnement qu'ils soulignent le silence plutôt qu'ils ne le dérangent — les mouvements des petits animaux, le bruissement des feuilles et surtout, le chœur généreux des chants d'oiseaux. Mais ceci était un bruit étranger. Miss Simpson s'immobilisa et tendit l'oreille.

On aurait dit une respiration saccadée, difficile ; et l'espace d'un moment elle pensa qu'un gros animal avait été pris dans un piège. Mais la respiration était ponctuée par de petits cris et par des gémissements étranges, qui étaient indubitablement humains.

Elle hésita. Le feuillage était si dense qu'il était difficile de savoir d'où venaient les sons. Ils semblaient rebondir comme un ballon tout autour de l'enclos de verdure. Elle enjamba un buisson de fougères et tendit l'oreille à nouveau. Oui... le son venait bien de cette direction. Elle avançait sur la pointe des pieds, comme si elle savait d'avance que ce qu'elle allait découvrir aurait dû rester secret pour toujours. Elle était maintenant très proche de l'endroit d'où venait le bruit. Elle n'en était plus séparée que par un épais treillis de branches et de feuilles. Elle se tint immobile derrière cet écran, puis, très prudemment, elle écarta les branches et regarda au travers. Elle étouffa de justesse un grand cri d'étonnement et d'horreur.

Miss Simpson était célibataire. Sur bien des points son éducation avait été sommaire. Enfant, elle avait eu une gouvernante qui bégayait et qui tournait au cramoisi à toutes les leçons sur la « nature ». On avait abordé très légèrement les oiseaux et les abeilles mais on avait soigneusement écarté la reproduction humaine. Mais Miss Simpson croyait profondément que seul un esprit cultivé pouvait trouver les motivations et les consolations nécessaires à une vie longue et heureuse et, en son temps, elle avait contemplé sans en être choquée les chefs-d'œuvre de la France, de l'Italie et de Vienne. Elle comprit donc immédiatement ce qui se passait devant ses yeux. L'enchevêtrement de bras et de jambes nus (en réalité il semblait qu'il y en eût bien plus que quatre) brillait d'un éclat nacré, exactement comme la lumière sur les membres d'Éros et de Psyché. L'homme avait les cheveux de la femme noués autour de ses doigts ; il tirait sauvagement sa tête en arrière tout en couvrant de baisers ses épaules et ses seins. C'est ainsi que Miss Simpson vit d'abord son visage à elle. Ce fut un grand choc. Mais quand la femme repoussa son amant et tout en riant se plaça sur lui, eh bien...

Miss Simpson écarquilla les yeux, une fois, deux fois. Qui aurait pu imaginer cela ? Elle laissa revenir doucement en place les branchages, retenant son souffle. Puis elle demeura immobile plusieurs minutes réfléchissant à ce qu'elle devait faire. Sa tête était encombrée de pensées et d'émotions confuses et contradictoires. Il y avait le choc, une sensation de gêne intense, de dégoût, et ensuite une légère excitation immédiatement et fermement réprimée. Elle se sentait comme quelqu'un à qui on tend une bombe à retardement. Ayant, par la force des circonstances et par inclination naturelle, évacué le trouble et la confusion auxquels mènent le choix d'un mari, les fiançailles et le conflit armé qui s'ensuit, Miss Simpson se sentait singulièrement désemparée...

Son éducation de personne comme il faut se mit à reprendre le dessus. C'est tout juste si elle ne fit pas tt, tt, tt. Et au milieu d'un bois en plus ! Il y avait tant d'endroits. Ils avaient pourtant tous les deux un toit parfait pour les abriter. Ils avaient gâché ce qui aurait pu être un jour réellement merveilleux...

Il fallait maintenant qu'elle réussisse à s'éloigner d'une manière ou d'une autre aussi silencieusement qu'elle était venue. Elle étudia le sol avec soin. Elle devait éviter de casser même une brindille. Et le plus tôt serait le mieux. Pour autant qu'elle le sache, ils étaient peut-être presque arrivés à... eh bien... là où on arrive...

Et ce fut alors que la femme cria. Un cri étrange, terrible : un oiseau s'envola du fourré et Miss Simpson le reçut en plein visage. A son tour, elle cria et, pleine de honte et d'horreur à la seule pensée qu'on allait la découvrir, elle se retourna et se mit à courir. Elle trébucha sur les racines d'un arbre et tomba lourdement par terre, mais la panique lui enleva toute sensation de douleur. Elle se remit sur pied et courut. Elle entendait derrière elle le bruit de quelque chose qui se brisait. Elle comprit qu'ils s'étaient relevés et écartaient violemment les branches pour voir ce qui se passait. Ils allaient la reconnaître. Ils l'avaient certainement reconnue. Elle n'était éloignée que de quelques mètres. Ils n'allaient tout de même pas la poursuivre, alors qu'ils étaient tout nus ?

Ses jambes de quatre-vingts ans répondaient à un effort qui ne leur avait pas été demandé depuis bien des années. Volant sous elle, tels des bâtons formant d'étranges angles, elles l'emportaient, en un temps incroyablement bref, vers la lisière des bois. Là, elle se reposa contre un arbre, à l'écoute, haletante, angoissée, la main sur sa poitrine plate, pendant près de cinq minutes. Puis elle se dirigea lentement vers sa maison.

Le soir la trouva assise dans un fauteuil près de la fenêtre, regardant le jardin gagné par l'obscurité. Elle ouvrit la fenêtre toute grande et respira dans le soir le parfum des tabacs et des giroflées plantés sous la fenêtre. Au bout de la pelouse il y avait la légère lueur blanche des ruches, presque bleue dans le crépuscule.

Depuis qu'elle était rentrée — et cela faisait presque trois heures — elle était restée assise, incapable de manger, de plus en plus consciente de la douleur à son tibia et de moins en moins certaine de ce qu'il fallait faire.

Tout était changé maintenant. Ils savaient qu'elle savait. Rien ne pouvait modifier cela. Ah, si seulement c'était possible ! Elle aurait donné n'importe quoi pour que le temps recule et que ce soit de nouveau hier.

C'était sa propre vanité qui l'avait entraînée dans cette confusion : elle avait voulu surpasser son amie, elle avait voulu gagner. Bien fait pour elle ! Elle soupira. Toute cette autopunition ne la menait à rien.

Elle se demanda s'ils allaient venir la voir, et cette seule idée la glaça. Elle imagina leur affreuse conversation en triangle. Quel horrible embarras ! Ou peut-être qu'ils ne seraient pas du tout embarrassés ? Pour avoir envie de folâtrer au grand air comme ça il fallait avoir une certaine assurance effrontée. Peut-être devait-elle prendre l'initiative et aller les trouver. Les assurer de son silence éternel. Cette idée répugnait à l'âme délicate de Miss Simpson. Elle aurait l'air de leur imposer une plus grande intimité, qu'ils ne souhaitaient peut-être pas. Comme il était étrange, pensa-t-elle, de découvrir soudain une information nouvelle à propos de deux êtres qu'on croyait bien connaître. Tout ce qu'elle savait d'eux apparaissait désormais sous un autre jour.

Elle sursauta légèrement, serrant les dents pour contenir le pincement de douleur qui venait de sa jambe meurtrie. Elle se souvint, avec mélancolie, de l'instant où elle avait découvert l'orchidée et du plaisir immense qu'elle aurait eu à préparer le thé pour fêter cet événement. Elle ne pourrait pas le raconter à Lucy. Maintenant, c'était impossible. Tout semblait sali, gâché. Elle se leva, traversa la cuisine et entra dans le silence parfumé du jardin. À quelques pas de là sa rose préférée, une Papa Meilland, était sur le point de fleurir. L'année d'avant les boutons avaient été frappés par le mildiou mais cette année tout semblait aller bien et plusieurs boutons, sombres, rougeoyants annonçaient les splendeurs à venir. L'un d'eux semblait prêt à fleurir.

Elle soupira à nouveau et retourna à la cuisine pour préparer son chocolat chaud. D'une des poutres elle décrocha une casserole bien astiquée et dosa le lait. « Un problème partagé est à moitié résolu », jamais elle n'avait aussi vivement ressenti la vérité de ce proverbe. Mais elle avait vécu dans un petit village assez longtemps pour savoir que ce qu'elle avait découvert ne pouvait être discuté sans risque avec personne, même pas avec cette chère Lucy, qui sans être une bavarde, n'avait pourtant pas la moindre idée de ce qu'est un secret. Ni même avec des gens qu'on verrait habituellement dans le rôle du confident naturel, son avoué, par exemple (qui maintenant passait des vacances en Algarve), et le curé. Mais le curé était un terrible bavard, surtout après la réunion mensuelle du Cercle du Vin.

Elle prit une tasse et une soucoupe en porcelaine rainurée, translucide (elle n'avait jamais pu s'adapter à la mode actuelle des grandes chopes), y versa une cuillerée de chocolat bien pleine, ajouta un peu de sucre et un soupçon de cannelle. Elle pourrait tout raconter à son neveu qui vivait tranquillement en Australie, mais il lui faudrait tout écrire et cette seule pensée provoquait en elle une légère nausée. Le lait déborda de la casserole et elle le versa dans la tasse, remuant sans cesse.

Assise dans son rocking-chair, Miss Simpson prit une gorgée de chocolat. Si l'on ne pouvait pas se fier à des individus il existait certainement des organisations auxquelles on pouvait s'adresser dans des occasions semblables. Elle, qui de toute sa vie n'avait jamais été dépourvue d'amis, cherchait désormais dans sa mémoire le nom d'une organisation qui portait secours à ceux qui sont seuls. Elle était sûre qu'il y avait une affiche dans les bureaux où elle était allée discuter les cotisations de sa retraite. Un homme tenait un téléphone et écoutait. Et son nom lui avait paru à l'époque un peu biblique. Les Renseignements devaient le savoir. Grâce à Dieu, tout était automatique aujourd'hui : rien n'aurait à transiter par Mme Beadle dans son vieux bureau de poste.

La jeune femme des Renseignements sut tout de

suite de quoi elle parlait et la brancha sur les Samaritains. A l'autre bout du fil la voix était réconfortante. Un peu jeune, peut-être, mais gentille et paraissant vraiment intéressée. Et, plus important, l'assurant de sa totale discrétion. Cependant, Miss Simpson, ayant donné son nom, avait à peine commencé à expliquer la situation lorsqu'elle fut interrompue par un bruit. Elle s'arrêta de parler et tendit l'oreille. Voilà que ça recommençait.

Quelqu'un frappait à la porte de derrière doucement, mais avec insistance.

Première partie

LE SOUPÇON

1

« Ça ne va pas du tout ici, et j'espère que vous allez faire quelque chose. N'est-ce pas cela le rôle de la police ? »

Le sergent Troy contrôla sa respiration, un truc qu'il avait appris à l'École d'entraînement de la police d'un de ses collègues qui se donnait à fond dans le T'ai Ch'i et dans d'autres activités orientales bizarres. Habitude très utile quand il avait affaire à des chauffeurs en infraction, à des jeunes casseurs, et comme aujourd'hui à des vieilles dames toquées.

« En effet, c'est notre rôle, Miss... humm... »

Le sergent fit semblant d'avoir oublié son nom. Parfois cette simple manœuvre amenait les gens à se demander si leur visite valait vraiment la peine et à s'en aller, épargnant ainsi toute une paperasserie inutile.

— Bellringer. »

Ça sonne bien, pensa le sergent, content de la rapidité de la communication qui s'était établie et de sa propre capacité à garder un visage impassible. Il continua :

« Mais êtes-vous vraiment sûre qu'il y ait ici matière à enquête ? Votre amie se faisait vieille, elle a fait une chute et cela a suffi. C'est très fréquent, vous savez.

— Balivernes. »

Elle avait ce type de voix qui l'horripilait : claire, autoritaire, haute haute bourgeoisie. « Je parie qu'elle a donné des ordres à pas mal de bonniches dans son temps », pensa Troy, qui utilisait facilement ce mot. Sa femme et lui aimaient regarder à la télévision les bonnes comédies de mœurs.

« Elle était solide comme un bœuf », affirma fermement Miss Bellringer. « Comme un bœuf ».

Il y avait un tremblement dans cette répétition. « Seigneur, pensa le sergent Troy, non, cette vieille peau ne va pas se mettre à pleurnicher ! » D'un geste mécanique il attrapa la boîte de Kleenex sous le bureau et se remit à contrôler sa respiration.

Miss Bellringer ignora les mouchoirs. Son bras gauche disparut dans un immense sac en tapisserie, fouilla un peu, puis réapparut. Sa main tenait une boîte ronde incrustée de pierreries. Elle l'ouvrit et arrangea un joli tas d'une poudre couleur gingembre sur le dessus de son poignet. Elle aspira la poudre d'une narine, puis de l'autre, les fermant tour à tour comme un phoque qui sort de l'eau. Puis elle rangea la boîte et laissa échapper un éternuement prodigieux. Le sergent Troy attrapa ses papiers, mécontent. Quand la poussière se fut redéposée, Miss Bellringer cria :

« Je désire voir votre supérieur. »

Le sergent Troy aurait eu plaisir à lui répondre qu'aucun de ses supérieurs ne se trouvait sur les lieux. Malheureusement ce n'était pas le cas. Barnaby, l'inspecteur principal, venait de rentrer de vacances et reprenait le cours de certains dossiers dans son bureau.

« Ça ne va pas être long », dit Troy, horrifié de constater qu'il avait été sur le point d'ajouter « madame », comme un domestique.

Quand Troy frappa à la porte de Barnaby et entra, son visage était impassible et il gardait fermement pour lui son opinion quant au degré de sénilité de Miss Bellringer. Le chef était très coupant. C'était un homme grand, corpulent, dont l'air calme et paternel avait amené des hommes bien plus fins que Troy à émettre des opinions qu'il réduisait alors en bouillie.

« Eh bien, sergent ?

— Il y a une vieille femme, une dame âgée, à la réception, Monsieur. Une certaine Miss Bellringer de Badger's Drift. Elle veut absolument voir quelqu'un qui ait de l'autorité. Je veux dire quelqu'un d'autre que moi. »

Barnaby leva la tête. Il n'avait pas l'air de quelqu'un qui rentre de vacances, pensa Troy. Il avait l'air fatigué. Et même pas très bien portant. Cette pensée ne lui déplaisait pas. La petite boîte de pilules que Barnaby promenait partout était sur sa table à côté de son verre d'eau.

« A quel propos ?

— Son amie est morte et elle n'est pas contente.

— Qui le serait ? »

Le sergent reformula sa phrase. Il était évident que c'était un de ces jours où le chef était d'humeur sarcastique.

« Ce que je veux dire, Monsieur, c'est qu'elle pense qu'il y a quelque chose qui ne va pas. De pas tout à fait naturel. »

L'inspecteur principal Barnaby baissa les yeux vers le dossier posé en haut de la pile : un cas particulièrement pénible d'enfant martyrisé. Ce serait un plaisir de remettre cette lecture à plus tard.

« Bien, faites-la entrer. »

Miss Bellringer s'installa sur la chaise que le sergent Troy approcha et remit en place les plis de sa robe. Elle offrait un merveilleux spectacle, plutôt déguisée qu'habillée. Tous ses vêtements avaient un éclat un peu éteint mais encore vibrant comme si autrefois, il y avait très longtemps, ils avaient été richement brodés. Elle portait plusieurs bagues très belles, aux pierres ternies par la saleté. Ses ongles étaient sales eux aussi. Ses yeux bougeaient sans cesse, scintillant dans un visage basané, ridé. Elle avait l'air d'un aigle dépenaillé.

« Je suis l'inspecteur principal Barnaby. En quoi puis-je vous être utile ?

— Eh bien... » Elle le regarda d'un air de doute. « Puis-je vous demander pourquoi vous êtes en tenue civile ?

— En quoi ? Oh. » Il suivit son regard sévère. « Je suis un policier en civil. Je porte des vêtements civils.

— Ah. » Sa curiosité satisfaite elle continua : « Je veux que vous enquêtiez à propos d'un meurtre. Mon amie, Emily Simpson, avait quatre-vingts ans ; parce qu'elle avait quatre-vingts ans on a automatiquement délivré un certificat de décès. Si elle avait eu la moitié de cet âge on aurait posé des questions. On aurait procédé à une autopsie.

— Pas nécessairement, Miss Bellringer. Cela dépend des circonstances. »

Cela faisait des années que Barnaby n'avait plus entendu parler avec un tel accent. Pas depuis sa jeunesse, lorsqu'il allait au cinéma : les films de l'après-guerre étaient pleins de jeunes Anglais comme il faut avec des pantalons au pli impeccable et l'accent d'Oxford.

« Eh bien, ici les circonstances sont vraiment très étranges. »

Elles ne sont pas très étranges, pensa Barnaby, en saisissant un carnet de notes et un stylo. Apparemment l'amie de la visiteuse avait été retrouvée par le postier, allongée devant la cheminée. Il lui fallait une signature pour un paquet et, n'obtenant pas de réponse à son appel (sauf l'aboiement frénétique du chien), il avait regardé par la fenêtre du salon.

« Il est venu chez moi tout de suite... c'est notre postier depuis des années, vous comprenez, il nous connaissait toutes les deux et j'ai téléphoné au Dr Lessiter.

— C'est le médecin généraliste de votre amie ?

— C'est le médecin généraliste de tout le monde, inspecteur. Enfin, de tous les gens âgés du village et de tous ceux qui n'ont pas de voiture. Autrement il faut faire un voyage de quatre miles jusqu'à Causton. Eh bien, j'ai couru là-bas, avec ma clé, mais en l'occurrence ce n'était pas nécessaire car... », Miss Bellringer pointa un doigt irrésistiblement annonciateur, « et c'est la première chose étrange, la porte de derrière était ouverte.

— Cela était-il inhabituel ?

— Inouï. Il y a eu récemment trois cambriolages dans le village. Emily était très maniaque.

— Tout le monde peut être un peu distrait, murmura Barnaby.

— Pas elle. Emily avait des habitudes bien établies. A neuf heures du soir elle vérifiait l'heure à la radio, elle réglait son réveil pour sept heures du matin, mettait Benjy dans sa corbeille, puis fermait à clé la porte de derrière.

— Et vous savez si son réveil était remonté ?

— Non, justement, je l'ai vérifié.

— Alors cela veut certainement dire qu'elle est morte avant neuf heures.

— Non. Elle est morte pendant la nuit. Le docteur l'a dit.

— Elle est peut-être morte pendant la nuit, continua aimablement l'inspecteur, mais elle a perdu conscience plusicurs hcurcs auparavant.

— C'est ici que ça se corse », dit Miss Bellringer, tel un aigle aux yeux brillants, ignorant les propos de Barnaby : « Qu'est-ce qu'on fait de *l'orchidée fantôme ?*

— L'orchidée fantôme », répéta Barnaby, d'un ton uni : trente ans à recevoir le public, ça vous apprend à devenir impassible.

Miss Bellringer expliqua leur concours :

« Dans l'après-midi qui a suivi la mort de mon amie je suis allée me promener dans les bois. C'était stupide, car j'étais plutôt bouleversée. Je me suis retrouvée à chercher d'un œil l'orchidée, puis je me suis rappelé que désormais, peu importait que je la trouve ou non. Alors, la mort d'Emily m'a paru réelle, autrement, ...

bien plus que quand je l'ai vue... étendue... » Elle regarda l'inspecteur, cligna des yeux plusieurs fois et renifla : « J'ai l'air de divaguer ?

— Pas du tout.

— Et alors je l'ai trouvée. Mais, vous comprenez, Emily l'avait trouvée la première. » En réponse aux sourcils froncés de Barnaby elle continua : « Nous avions chacune un bâton avec un ruban pour marquer l'emplacement de l'orchidée. Le sien était rouge, le mien or... » Miss Bellringer se pencha en avant ; son regard était si intense que Barnaby faillit se pencher lui aussi : « Pourquoi n'est-elle pas venue me le dire ?

— Peut-être voulait-elle le cacher. Faire une surprise.

— Non, non », dit-elle, irritée par cette incapacité apparente à saisir la situation. « Vous ne comprenez pas. J'ai connu Emily pendant presque quatre-vingts ans. Elle devait être absolument bouleversée. Autrement elle serait venue droit chez moi.

— Peut-être commençait-elle à se sentir mal, elle avait hâte de rentrer chez elle.

— Elle était obligée de passer devant ma porte. Si elle s'était sentie mal elle serait entrée. Je me serais occupée d'elle.

— Vous l'avez vue ce jour-là ?

— A deux heures : elle revenait de sa promenade avec Benjy. Et avant que vous ne le demandiez, ils semblaient très en forme. » Elle regarda autour d'elle l'air perdu mais plein d'espoir ainsi que les gens qui viennent de perdre une personne chère le font parfois. Refusant l'espace vide, espérant un peu que le mort réapparaîtra. « Non », elle fixa fermement l'inspecteur, « quelque chose s'est produit après qu'elle a vu l'orchidée et avant qu'elle ne rentre au village, quelque chose qui lui a fait oublier sa découverte. Et, croyez-moi, ce quelque chose-là n'était pas n'importe quoi !

— Si ce que vous dites est vrai, vous pensez que le choc l'a tuée ?

— Je ne suis pas allée si loin. » Miss Bellringer fronça les sourcils. « Mais il y a autre chose. » Elle fouilla furieusement dans son sac, et s'écria en pleurant : « Qu'est-ce que vous faites de ceci ? » et elle lui tendit un bout de papier où on lisait : « CAUSTON 1234 TERRY. »

« Les Samaritains.

— Vraiment ? Bien. Ils prodiguent peut-être des secours mais ils ne donnent sûrement pas de renseignements. Je n'ai rien pu leur arracher. Ils ont dit que tout était confidentiel !

— Où avez-vous trouvé cela ?

— Sur sa petite table, caché sous le téléphone. Je ne comprends pas pourquoi elle les a appelés.

— Probablement parce qu'elle était inquiète ou déprimée et qu'elle avait besoin de parler à quelqu'un.

— A des gens totalement inconnus ? Sornettes. » La douleur se dessinait derrière son grognement d'incrédulité. « De toute façon, de notre temps on n'avait pas de dépression. On faisait front. Pas comme aujourd'hui. Les gens prennent des tranquillisants dès que le lait déborde ! »

Barnaby sentit ses entrailles gargouiller agressivement ; il se remua sur sa chaise. La brève lueur d'intérêt que cette histoire avait allumée s'éteignit. Il se sentit irrité et impatient.

« Quand au juste votre amie est-elle morte ?

— Vendredi, le 17. Il y a deux jours. Je rumine cela depuis lors. Je pensais qu'il n'y avait pas grand-chose à faire, vous savez, car on dirait probablement que je racontais un tas de bêtises. Ce qui effectivement est arrivé.

— Je vous demande pardon ?

— Le jeune homme, là-bas derrière le bureau. Il a dit qu'à son âge c'était à prévoir et il a insinué que je lui faisais perdre son précieux temps. Ce n'est pas, ajouta-t-elle caustique, qu'il ait l'air d'en faire beaucoup.

— Je vois. Non, toutes les plaintes et les demandes

font l'objet d'une enquête. Notre opinion sur leur véracité n'entre pas en ligne de compte. Qui est le parent le plus proche dans ce cas ?

— Eh bien... je le suis, j'imagine. Aucune de nous n'avait de parents proches. De lointains cousins et des tantes, morts depuis longtemps. Elle avait un neveu quelque part aux antipodes. Et je suis son exécuteur testamentaire. Nous nous sommes légué mutuellement tous nos biens. »

Barnaby prit note du nom et de l'adresse de Miss Bellringer, puis il lui demanda :

« Vous vous êtes occupée des funérailles ?

— Oui. Elle sera enterrée mercredi. Cela ne nous laisse pas beaucoup de temps. » Ils étaient tout à coup en plein mélodrame. « Vous savez, je ne peux pas m'empêcher de penser à *L'Affaire de l'orchestre disparu*. Les circonstances sont réellement très...

— Vous lisez des romans policiers, Miss Bellringer ?

— Avidement. Il y en a de toute sorte, naturellement. Mon préféré est... » Elle s'arrêta net et le regarda sévèrement : « Ah, je vois ce que vous pensez. Mais vous vous trompez. Ce n'est pas mon imagination. »

L'inspecteur principal Barnaby se leva, et, après avoir arrangé le drapé de sa robe, son interlocutrice fit de même.

« A votre place, je ne me ferais pas de souci à propos des funérailles, Miss Bellringer. On peut toujours les retarder si c'est nécessaire. »

Sur le pas de la porte elle se retourna :

« Voyez-vous, je la connaissais, Emily. » Ses doigts se serrèrent sur les poignées en os de son sac. « Tout cela est totalement contraire à sa nature. Croyez-moi, inspecteur principal, ici il y a quelque chose qui ne va pas du tout ! »

Après le départ de Miss Bellringer, Barnaby prit deux cachets et les avala avec un peu d'eau. Il se pencha en arrière contre le dossier de sa chaise et attendit qu'ils produisent leur effet. Il lui semblait que c'était de plus en plus long. Peut-être devait-il maintenant en prendre trois. Il desserra sa ceinture et se replongea dans le dossier de l'enfant martyrisé. Une photo lui faisait une grimace : le visage bronzé d'un petit homme qui avait été condamné trois fois auparavant et qui par la suite avait obtenu un poste d'intérimaire comme concierge dans une école primaire. Il soupira puis mit le dossier de côté et songea à Miss Emily Simpson.

Sa conviction, forgée par trente ans de choses vues et entendues, était que personne n'agit autrement que selon sa personnalité. Ce que la plupart des gens prennent pour la personnalité (une accumulation, ou un manque, de certains atouts sociaux — éducation et biens matériels) n'était selon lui qu'affaire superficielle. La vraie personnalité est révélée quand ces apports disparaissent. Selon l'inspecteur principal tout le monde était capable de tout. Étrangement cela ne l'attristait pas. Il ne pensait même pas que ce fût là un point de vue pessimiste : pour lui c'était la seule position raisonnable que puisse prendre un policier.

Et pourtant, le dernier jour de sa vie, Miss Simpson avait fait plusieurs choses que, selon quelqu'un qui l'avait connue de très près depuis son enfance, elle n'avait jamais faites auparavant. Et cela était étrange. Étrange et intéressant. L'inspecteur principal avait noté le numéro des Samaritains ; il prit le téléphone. Mais tout d'abord il fallait régler le petit problème à propos de l'accueil fait à Miss Bellringer.

Il pressa le bouton de l'interphone et dit :

« Envoyez-moi le sergent Troy ! »

2

Il n'y avait rien à tirer des Samaritains. D'ailleurs Barnaby s'y attendait. Muets comme des carpes, comme d'habitude. C'est pourquoi après un second coup de téléphone il se présenta, à sept heures du soir, l'air ennuyé, à leur petite maison derrière Woolworth.

Un monsieur âgé était assis derrière une table portant deux téléphones. Un des combinés était collé à son oreille. Il couvrit la partie inférieure et chuchota à Barnaby : « Asseyez-vous, je vous prie », puis continua à écouter, hochant la tête gravement de temps en temps. Finalement il replaça le combiné et dit :

« Vous êtes la personne qui a téléphoné et qui voulait voir Terry ? »

Barnaby qui avait cru que le vieil homme était lui-même Terry approuva.

« C'est exact. Nous nous sommes parlé vendredi.

— Et vous êtes... ? »

Il tournait les pages d'un registre.

« Je préfère ne pas donner mon nom », dit Barnaby sans mentir.

Le téléphone sonna à nouveau, et presque en même temps une femme d'un certain âge et une jeune fille sortirent de la pièce voisine. Elles se serrèrent la main. Barnaby se tourna vers la femme qui murmura : « Bonsoir » et sortit. La jeune fille avait l'air d'attendre quelque chose. L'homme assis au bureau sourit et lui fit signe de s'approcher de Barnaby.

Elle était mince et jolie, avec une cascade de cheveux clairs et brillants. Elle portait une robe à carreaux bien nette et un collier de petites perles d'argent. Barnaby la compara à sa fille qui, lors de sa dernière visite à la maison, portait des jeans loqueteux, un vieux blouson en cuir et des cheveux coiffés en crête avec des paillettes.

« Nous pourrons parler ici. »

La jeune fille le guida vers le fond de la pièce. Il y avait un fauteuil confortable, une banquette contre le mur et une table en pin ornée d'un vase de marguerites. Barnaby s'installa sur la banquette.

« Voulez-vous un peu de café ?

— Non, merci. »

Il était entré dans la maison sans aucun plan précis : il improviserait, pour autant qu'il le sache Terry pouvait très bien être un professionnel coriace comme lui-même. Remerciant sa bonne étoile il sourit gravement à la jeune fille et lui montra sa carte de police.

« Oh ! Mais nous sommes... Je ne peux pas... que voulez-vous ?

— Je crois savoir que vous êtes la personne qui a parlé à Emily Simpson vendredi dernier au soir...

— Je suis désolée », sa voix était maintenant un peu plus ferme, « mais nous ne parlons jamais de nos clients avec qui que ce soit. Notre travail est absolument confidentiel.

— Je le comprends, bien entendu », répliqua Barnaby, « mais s'il s'agit d'une mort...

— Une mort ! Quelle horreur !... Je ne pensais pas qu'elle était suicidaire. Je suis volontaire depuis quelques semaines seulement... je suis encore en formation, vous comprenez... » Les mots s'échappaient en vrac. « Si seulement j'avais su... mais les deux autres Sam étaient occupés, l'un en conversation, l'autre au téléphone et j'ai pensé que j'étais capable de m'occuper de ça... De Miss Simpson, je veux dire...

— Calmez-vous, calmez-vous. » Elle semblait rajeunir de minute en minute, et paraissait maintenant au bord des larmes. « Autant qu'on puisse le savoir, il n'est pas question de suicide. Mais il y a peut-être des circonstances suspectes.

— Oh ! Quel genre de circonstances ?

— Alors, j'aimerais que vous me racontiez, si vous voulez bien, ce que vous vous rappelez de ce coup de fil.

— Je suis désolée. Je ne peux pas le faire. Je dois vérifier...

— J'ai déjà parlé à votre directeur, M. Wainwright, et je peux vous assurer que dans ce cas on peut oublier les règles. »

Il lui sourit paternellement.

« Eh bien... Je ne sais pas.

— Vous ne voudriez pas faire obstacle à l'enquête de la police ? »

Une pointe de dureté s'introduisit dans son sourire.

« Bien sûr que non ! » Elle jeta un coup d'œil à la porte légèrement ouverte. Barnaby attendait patiemment, pensant bien que dans un instant elle se souviendrait du geste aimable avec lequel le Samaritain assis à table les avait présentés. Son visage s'éclaira. Elle dit : « Je me souviens de l'appel de Miss Simpson. Nous en avons eu seulement deux ou trois ce soir-là... mais je ne m'en souviens pas mot pour mot.

— C'est parfait. Dites-moi tout ce que vous pouvez. Prenez votre temps.

— Eh bien, elle a dit quelque chose comme : " J'ai besoin de parler à quelqu'un. Je ne sais pas quoi faire. " Evidemment un tas de gens commencent ainsi... puis je lui ai demandé si elle voulait donner son nom ; ce n'est pas obligé et certains préfèrent ne pas le faire, mais elle l'a donné. Et je l'ai encouragée, vous savez... et j'ai attendu. » Elle ajouta avec une satisfaction un peu touchante : « Une grande partie de notre travail consiste à s'asseoir et à attendre.

— Je comprends.

— Puis elle a dit : " J'ai vu quelque chose. Je sens que je dois le raconter à quelqu'un. " »

Barnaby sentit qu'elle se concentrait.

« Elle vous a dit ce que c'était ? »

Terry Bazely secoua la tête :

« Elle a dit que c'était incroyable. »

Barnaby pensa que cela ne voulait pas dire grand-chose. Les célibataires âgés des deux sexes étaient souvent enclins à trouver incroyable le moindre petit truc à en juger par les lettres adressées à la presse locale. Elles commençaient toujours à peu près comme cela : J'ai été absolument stupéfait de voir/entendre/observer/constater...

« Mais après quelqu'un est arrivé.

— Quoi ? »

Il se pencha en avant.

« Elle a dit qu'il fallait qu'elle raccroche — quelqu'un frappait à la porte. Je lui ai dit que nous serions ici toute la nuit au cas où elle souhaiterait rappeler, mais elle ne l'a pas fait.

— Comment le savez-vous ?

— J'ai vérifié dans le registre quand je suis arrivée le lendemain.

— Et elle a raccroché avant de répondre à la porte ?

— Oui.

— Elle n'a pas dit quelle porte ?

— Non.

— Avez-vous entendu un chien aboyer ?

— Non.

— Et c'est tout ce dont vous vous souvenez ? »

Elle semblait peinée, elle fronçait les sourcils, craignant de l'avoir déçu. « J'en ai peur... du moins... » Après une longue pause elle dit : « Je suis désolée. »

Barnaby se leva.

« Eh bien, merci, Miss...

— Bazely. Mais on m'appelle toujours Terry. Ici nous n'utilisons que les prénoms.

— Merci. Vous m'avez été d'un grand secours. »

Elle lui ouvrit la porte.

« Il y avait quelque chose d'autre... Je le sais. »

Il le pensait aussi. Elle ne semblait pas du genre à inventer seulement pour faire plaisir.

« Probablement cela vous reviendra quand vous serez au travail ou quand vous ferez la vaisselle. Téléphonez-moi si cela se produit. Au commissariat de Causton.

— Même si cela ne semble pas important ?

— Surtout si cela ne semble pas important. Et — il ferma la porte — vous comprenez bien que tout cela doit rester absolument confidentiel. Il ne faut pas en parler, même avec vos collègues !

— Oh ! » Le doute rejaillit. Elle semblait plus ennuyée que jamais. « Mais... je dois signaler votre visite dans le registre. »

Barnaby sourit.

— Signalez-moi tout simplement », dit-il en ouvrant à nouveau la porte, « comme un client anonyme, inquiet à la suite d'une mort dans la famille. »

Il était presque neuf heures du soir. L'inspecteur principal Barnaby était attablé devant une assiette de lanières pareilles à du cuir, noires et brillantes comme de la réglisse, entourées de rouleaux faits d'une pâte verte tirant sur le jaune.

« Ton foie et tes légumes ne seront plus mangeables, chéri », dit Mme Barnaby comme s'il y avait eu un temps où ils l'étaient.

Tom Barnaby aimait sa femme. Joyce était gentille et patiente. Elle était bon public. Il parlait toujours quand il rentrait à la maison, ordinairement de son travail, sachant que sa discrétion était absolue. Et au bout d'une demi-heure elle paraissait toujours aussi intéressée et concernée qu'au début. Elle avait quarante-six ans, une beauté mûre, et elle aimait encore ce qu'elle appelait avec un petit frisson dans la voix un « p'tit câlin ». Elle avait élevé leur fille avec une tendre fermeté, faisant toute seule, à cause de son travail à lui, la plupart des choses que les parents sont supposés faire à deux, et sans jamais se plaindre. La maison était propre et confortable ; elle prenait en charge de bon cœur un tas de tâches ennuyeuses dans le jardin, lui laissant tout ce qui était intéressant et créatif. Elle jouait très bien la comédie, chantait comme une alouette qui monte au ciel *con brio* et elle en faisait la preuve à la société locale de théâtre et d'opéra pour amateurs. Elle avait un seul défaut : elle ne savait pas cuisiner.

Non, pensa Barnaby, quand un bout de réglisse particulièrement coriace jaillit et frappa la voûte de son palais. Ce n'était pas simplement qu'elle ne savait pas cuisiner, c'était plus, beaucoup plus. Il y avait entre elle et n'importe quel ingrédient frais, congelé ou en boîte une sorte de chimie maligne. Ils étaient nés ennemis. Il l'avait observée une fois en train de préparer une tarte. Elle ne se contentait pas de peser et de manier les ingrédients, elle se mettait en garde contre eux, on aurait dit qu'elle savait d'avance que pour les plier à sa volonté il lui fallait être constamment en alerte, prête à combattre. La pâte semblait se recroqueviller quand sa main se refermait sur elle comme une poigne de fer.

Quand Cully avait environ treize ans, elle avait persuadé sa mère de prendre des cours de cuisine et, le soir de la première leçon, son père et elle étaient restés sous le porche la main dans la main, ayant peine à croire à leur bonne fortune. Mme Barnaby était partie avec un panier plein de bonnes choses, couvert d'une serviette très blanche, comme une enfant dans un conte de fées. Elle était rentrée à la maison trois heures plus tard avec une sorte de petit napperon en cuir couvert d'une couche épaisse de raisins secs, croustillant comme du charbon. Elle était retournée au cours quelquefois, puis elle avait renoncé, par pitié pour son professeur, expliqua-t-elle : la pauvre femme qui n'avait jamais auparavant connu d'échec aussi monumental commençait une profonde dépression.

L'inspecteur principal Barnaby écarta pâtes et bouts de viande et finit pour sa femme l'histoire de Miss Bellringer et de Miss Simpson.

« C'est une histoire bizarre, chérie. »

Mme Barnaby baissa son tricot, une délicieuse touffe de laine soyeuse de couleur crème.

« Je me demande ce qu'elle a bien pu voir. » Son mari haussa les épaules. Elle ne se laissa pas troubler par la désinvolture de son geste. « Je suppose que tu vas maintenant aller voir le médecin ?

— Exactement. » Barnaby déposa son couteau et sa fourchette. On ne pouvait pas en demander trop à des couverts ordinaires. « Sans doute après sa consultation du soir. Donc je serai peut-être en retard encore une fois. Ne te donne pas la peine de conserver quelque chose au chaud. Je mangerai dehors. »

« Vous pouvez entrer maintenant. »

Comme l'avait proposé le Dr Lessiter, Barnaby était venu le trouver le lendemain matin à onze heures. Il entra dans le cabinet de consultation pour trouver le docteur assis derrière sa table, actif comme une abeille. Tout au long de leur conversation ses doigts ne restèrent jamais en repos : tripotant un crayon, rangeant une pile de magazines pharmaceutiques, rabattant ses manchettes ou simplement tambourinant sur son buvard. Le docteur jeta un coup d'œil rapide sur la carte de police de l'inspecteur.

« Eh bien, euh... », dit-il en lui rendant la carte. « Je ne peux pas vous consacrer beaucoup de temps. »

Il ne lui proposa pas de s'asseoir. L'inspecteur principal expliqua la raison de sa visite.

« Je ne vois aucun problème ici. Vieille dame, une mauvaise chute, trop pour son cœur. Un problème très fréquent.

— Je présume que Miss Simpson vous a consulté dans les quinze jours qui ont précédé sa mort ?

— Oui, en effet. Vous ne me prenez pas en défaut, inspecteur. La mort aurait été signalée autrement. Je connais la loi aussi bien que vous. »

Laissant de côté cette possibilité peu vraisemblable, Barnaby demanda :

« Pour quelle raison vous consultait-elle ?

— Elle avait une petite bronchite. Rien de grave.

— Mais elle n'est pas morte de bronchite, n'est-ce pas ?

— Qu'est-ce que vous insinuez ?

— Je n'insinue rien du tout, docteur Lessiter. Je vous pose tout simplement une question.

— La cause de la mort, qui a eu lieu plusieurs heures avant que le corps ne soit découvert, est un arrêt cardiaque, comme je l'ai déjà affirmé. La contusion était importante. Elle a dû tomber très lourdement. Ce type de choc peut être fatal.

— Je vois bien que c'est une déduction naturelle…

— C'est un diagnostic.

— … et que vous n'aviez pas de raison de chercher quoi que ce soit de désagréable. Parfaitement naturel étant donné les circonstances. Mais si vous pouviez remonter en arrière pendant un moment, n'y avait-il rien qui… », il chercha l'expression la plus diplomatique, « qui ne colle pas tout à fait ?

— Rien. »

Mais il avait eu une légère hésitation. Une note dans la voix du médecin démentait sa forte dénégation. Barnaby attendit. Le Dr Lessiter gonfla ses joues. Sa tête était aussi ronde qu'un navet et ses joues de la couleur des pommes reinettes. Son nez était rouge aussi et de fines veinules cramoisies s'étalaient sur ses yeux. Cachée derrière la bonne odeur de savon, d'antiseptique et de menthe forte, l'inspecteur principal crut déceler une odeur de whisky. Les mains du Dr Lessiter s'arrêtèrent de bouger et se reposèrent sur son gros ventre. Quand il parla à nouveau son ton était impartial, comme s'il avait finalement décidé de faire confiance à Barnaby :

« Eh bien... il y avait quelque chose... oh, ce n'est presque pas la peine de le signaler, vraiment. Il y avait une odeur plutôt bizarre.

— Quel genre d'odeur ?

— Humm... comme une odeur de souris.

— Ce n'est pas étonnant dans un vieux cottage. Surtout si elle n'avait pas de chat.

— Je n'ai pas dit que c'était *une* odeur de souris. J'ai dit que c'était *comme* une odeur de souris. C'est la meilleure approximation que je puisse faire. » Le Dr Lessiter se leva, chancelant une seconde. « Et maintenant il faut que vous m'excusiez. J'ai une journée très pleine devant moi. »

Il appuya sur le bouton de l'interphone et quelques instants plus tard Barnaby se retrouva dehors.

Le cabinet de consultation était derrière la maison, une superbe villa victorienne. Il suivit un long chemin de gravier et entra dans un sentier étroit bordé d'aubépines et de persil sauvage. C'était une belle journée de soleil. Il cassa une tige d'aubépine et la mâcha tout en marchant. Quand il était gamin, ils appelaient cela du pain et du fromage. Il se souvenait qu'il mordait les boutons verts et tendres. Ceux-ci n'avaient plus le même goût. Un peu tard dans l'année peut-être.

Badger's Drift avait la forme de la lettre T. La rue transversale, qui s'appelait simplement la Rue, avait quelques HLM en parpaing disposées en demi-lune, quelques maisons particulières, le pub Black Boy, une cabine téléphonique et une maison georgienne très vaste et très belle. Celle-ci était peinte en abricot clair et presque entièrement masquée d'un côté par un immense magnolia. Derrière la maison, il y avait plusieurs bâtiments de ferme et deux immenses silos. La poste était une vieille maison qui servait aussi de magasin du village.

Barnaby prit la branche principale du T. Church Lane n'était pas aussi longue que la Rue et s'enfonçait très rapidement dans la campagne — des miles et des miles de blé et d'orge séparés à un certain point par un flamboiement rectangulaire de colza. L'église du XIIIe siècle était en pierre, la salle paroissiale, en brique et en tôle ondulée, du XXe siècle.

A mesure qu'il avançait, Barnaby se sentait de plus en plus observé. Dans une petite communauté, un étranger est toujours l'objet d'un vif intérêt, et il avait vu plus d'un rideau se rabattre à son passage. Maintenant, bien que le sentier derrière lui semblât désert, il sentit qu'un nœud de tension se développait à la base de sa nuque. Il se retourna. Personne. Puis il vit un arc-en-ciel de lumière danser à côté de ses pieds et il leva les yeux. A la fenêtre du grenier d'un riche bungalow voisin du Black Boy, un prisme de lumière lança des éclairs et un visage se détourna rapidement.

Miss Bellringer vivait dans une petite maison moderne au bout du chemin. Sous un treillis de pois de senteur Barnaby remonta le sentier étroit, mangé par un fouillis de végétation luxuriante. Rhododendrons, lauriers, chèvrefeuilles, roses, tous couraient follement dans toutes les directions. Sur la porte de la maison il y avait une tête de taureau en fer et un petit mot, protégé par une enveloppe en plastique où on lisait : « FRAPPER FORT. » Il frappa fort.

Aussitôt une voix cria : « Non ! » Il y eut un choc sourd, comme si un meuble venait de tomber, et un bruit de pas traînants. Miss Bellringer ouvrit la porte. Elle dit :

« Je suis désolée, c'est Wellington. Entrez. »

Elle le conduisit jusqu'à un salon en désordre et se mit à ramasser une pile de livres éparpillés sur le plancher. L'inspecteur principal s'accroupit pour l'aider.

Tous les livres étaient très lourds. « Ils grimpent, vous comprenez. Je ne sais pas qui a lancé le premier l'idée que les chats ont le pied sûr. Ça doit être des gens qui n'ont jamais eu de chat ! Il est toujours en train de faire tomber des trucs. »

Barnaby repéra Wellington, un grand chat solide, couleur limaille de fer, avec quatre pattes blanches, installé sur un grand piano. Le nom semblait approprié. Sa figure ressemblait à une vieille bottine, toute tassée, enflée, fripée. Il les regardait mettre les livres en place. Il semblait secret et ironique. Un chat qui prenait son temps.

« Je vous en prie », Miss Bellringer eut un geste de la main qui manqua de peu un groupe de photos, « asseyez-vous ».

Ayant ôté d'un fauteuil une pile de partitions, un canard en céramique peinte, et une boîte de caramels, Barnaby s'assit.

« Alors, inspecteur principal. » Elle s'était assise devant lui sur un canapé victorien et serra les mains autour de ses genoux (elle portait des culottes de golf couleur cuivre). « Qu'avez-vous trouvé ?

— Eh bien », répondit Barnaby, « il y avait certainement quelque chose qui inquiétait votre amie.

— Je le savais ! » Elle se frappa la cuisse, soulevant un petit nuage de poussière. « Qu'est-ce que je vous avais dit ?

— Malheureusement il semble qu'il n'y ait pas moyen de savoir ce que c'était.

— Racontez-moi ce qui est arrivé. »

Tout en décrivant son rendez-vous avec Terry Bazely, Barnaby regardait autour de lui. Le salon était grand, bourré du plancher jusqu'au plafond de livres et de bibelots, de fleurs sèches et de plantes. Trois rayons supportaient les policiers classiques des éditions Penguin, avec leurs couvertures verte et blanche. La cheminée était ornée d'une immense tête de pierre, d'une facture primitive, il y avait un magnifique équipement hi-fi, et un Ben Nicholson, festonné de toiles d'araignées, accroché près des portes-fenêtres.

« Et maintenant, qu'est-ce que nous allons faire ? »

Elle le regarda d'un œil brillant, attentif, assise sur le bord de son siège, prête à tout.

Barnaby se sentit contrarié par son assurance. Elle semblait le considérer comme un prestidigitateur. Mais son opinion sur le cas (s'il y avait bien un cas) était vague et nébuleuse. Il n'avait pas de lapin à sortir de son chapeau. Il n'était même pas très sûr d'avoir de chapeau.

« Il n'y a rien que vous puissiez faire, Miss Bellringer. Je vais demander au médecin légiste de jeter un coup d'œil sur le corps. Pour cela il me faut votre permission.

— Bien sûr, bien sûr.

— S'il estime qu'il n'y a pas lieu d'approfondir, ce sera probablement la fin de l'affaire.

Il avait espéré qu'elle serait découragée par cette remarque, mais elle hocha la tête en signe de vigoureuse approbation.

« Parfait. L'entrepreneur de pompes funèbres est Brown, dans Kerridge Street. Je lui écrirai un mot. »

Ce qu'elle fit rapidement, avec un stylo à plume large rempli d'encre de Chine, sur un papier épais et lisse, couleur crème. Elle lui tendit l'enveloppe, en lui disant :

« Je ne veux pas vous retenir. Vous me tiendrez au courant de la suite ? Et bravo, inspecteur principal Barnaby. »

Barnaby couvrit sa bouche de sa main et toussa. Quand ils se dirigèrent vers la porte Miss Bellringer attrapa une photo dans un cadre 1900.

« Voilà Emily. Elle avait dix-huit ans alors. Nous venions de commencer à enseigner. »

Barnaby regarda la photographie brune et passée. C'était un portrait fait en studio. Lucy était debout près d'une jardinière qui contenait un palmier d'appartement. Emily était assise sur un tabouret. Elle regardait tout droit vers l'appareil. Des cheveux lisses noués en chignon, des yeux écartés, une bouche ferme. Sa jupe à mi-mollet et sa chemise blanche semblaient très fraîches. Lucy avait un grand sourire. Son chignon était de travers et l'ourlet de sa jupe pendait légèrement. Elle posait une main sur l'épaule de son amie comme pour la protéger.

« Qu'est-ce que vous enseigniez ? » demanda Barnaby en lui rendant la photo.

« Ma matière principale était la musique. Et celle d'Emily l'anglais. Mais nous avons enseigné à peu près tout, bien entendu. C'était ainsi dans ce temps-là. Tous le faisaient à cette époque. » Elle l'accompagna jusqu'à la porte d'entrée. « Il n'y a plus d'école aujourd'hui. On en a fait des appartements pleins de gens horribles venus de Londres.

— A propos », sur le point de partir Barnaby se retourna, « votre amie a-t-elle jamais été envahie par les souris ?

— Ciel, non ! Sa maison était propre comme un sou neuf. Emily haïssait les souris. Il y avait du poison partout. Bonne journée, inspecteur principal. »

3

« Je suppose que le Dr Bullard n'est pas là ?

— Eh bien si, il est là, Monsieur, répliqua le sergent de service. Il a fait une déposition ce matin puis il est allé au laboratoire médico-légal. »

L'agent de police féminin Brierly les appela depuis son guichet, derrière un panneau en verre :

« Je l'ai vu traverser la cour pour aller déjeuner. »

La cantine était à l'autre extrémité d'un vaste rectangle. Tout le monde au poste se plaignait sans fin de la cuisine qui, pour le palais torturé de l'inspecteur, semblait parfaitement digne de Lucullus. « Qu'ils essayent donc de manger chez Barnaby », pensa-t-il, en se servant de hachis parmentier, de pommes frites huileuses et de pois bouillis blafards. « Ils cesseraient bien vite de se plaindre. » Il ajouta encore un peu de hachis, jeta un coup d'œil autour de la salle. Il aperçut le médecin qui mangeait seul à une table à côté de la fenêtre.

« Bonjour, Tom », dit le Dr Bullard. « Qu'est-ce qui t'amène dans ces lieux désespérés ?

— Qu'est-ce qui t'amène, toi ? » dit Barnaby en s'asseyant et en se mettant à manger.

« Ma femme est à son cours d'ikebana.

— Ah ! Au fait, j'aimerais te parler d'une affaire.

— Vas-y ! » répliqua le médecin, mettant de côté

l'épave d'un haddock épicé et observant un pudding-château.

« Une vieille femme a fait une chute et a été trouvée morte le lendemain matin par le facteur. Malheureusement cela n'est pas bien exceptionnel. Mais elle a vu quelque chose, probablement dans les bois à côté de sa maison, l'après-midi précédent, quelque chose qui l'a bouleversée au point qu'elle a téléphoné aux Samaritains pour en parler, mais avant qu'elle ne puisse en dire un peu plus long quelqu'un a frappé à la porte. Et voilà tout ce qu'on sait.

— Alors... ? » Le Dr Bullard haussa les épaules. « Voilà qui est un peu plus exceptionnel.

— J'aimerais que tu jettes un coup d'œil sur elle.

— Qui a signé son certificat de décès ?

— Lessiter, de Badger's Drift.

— Oh... » George Bullard gonfla ses joues et joignit l'extrémité des doigts. « Eh bien, ce ne sera pas la première fois que je marcherai sur ses plates-bandes.

— Qu'est-ce que tu penses de lui ?

— Allons, Tom... ne fais pas l'idiot.

— Je suis désolé.

— Bon Dieu ! Ce n'est pas pour rien qu'ils appellent ça un pudding-château, n'est-ce pas ? Celui-ci est tout à fait imprenable ! » Il l'attaqua et ajouta : « Je peux te dire ce que tout le monde sait : il a un tas de patients, et un style de vie joliment supérieur ; une seconde femme décidément délicieuse et une fille pas du tout délicieuse qui doit avoir le même âge que ma Karen, à peu près dix-neuf ans.

— Peux-tu examiner le corps cet après-midi ?

— Mmm. J'ai un rendez-vous à l'hôpital à trois heures, il faudrait que nous partions tout de suite. »

Il y avait seulement deux agences de pompes funèbres à Causton. Brown était considérée comme la plus sélecte. L'autre était le Co-op. La vitrine de Brown était tapissée de satin froissé ; au milieu se trouvait une urne en basalte d'un noir brillant avec un bouquet de fleurs de lis. Sur l'urne était gravé : « Jusqu'à ce que l'aurore apparaisse et que les ténèbres se dissipent. » À côté de l'immeuble était garée une Porsche 924 métallisée toute neuve, qui étincelait sous les rayons du soleil couchant.

« Beau jouet. » Le Dr Bullard la caressa avec admiration. « Ça atteint quatre-vingt-dix à l'heure en neuf secondes. »

Barnaby s'imagina coincé dans un de ces sièges bas. La garniture à carreaux rouges et noirs lui sembla horriblement laide. Il comprit qu'il serait toujours, tant philosophiquement que socialement, un homme moyen dans une famille de classe moyenne.

« Je n'avais pas la moindre idée que ces gens étaient aussi bien payés, dit-il, poussant la porte aux panneaux de verre.

— Ils ne manqueront jamais de clients, répliqua gaiement le médecin. Il y a une seule chose que les gens font forcément un jour ou l'autre : c'est passer l'arme à gauche. »

La sonnette avait un son grave, étouffé, approprié. Seul un occupant fut dérangé par le bruit : un jeune homme d'apparence presque incolore, qui sortit comme en flottant de profonds rideaux de velours au fond de la pièce. Il portait un costume noir et il avait la peau pâle, les cheveux raides et pâles, les mains pâles et des yeux d'un vert citron, eux aussi pâles comme des gouttes d'acide. Sur le point de leur donner l'extrême-onction, il les regarda de très près et réajusta son expression :

« Docteur Bullard, n'est-ce pas ?

— C'est cela. Et vous êtes... ne me le dites pas... monsieur Rainbird ?

— Touché ! Du premier coup ! » répondit le jeune homme, rayonnant.

Ses yeux n'avaient pas changé, mais il semblait transfiguré.

« Dennis-la-menace », ajouta-t-il, apparemment sérieux.

Il se retourna avec curiosité vers le compagnon du médecin.

« L'inspecteur Barnaby, de Causton, police judiciaire.

— Oh là là... » Dennis Rainbird jeta un regard rapide à l'inspecteur principal. « Eh bien, vous ne trouverez rien de méchant ici. Nous sommes francs comme l'or. »

Barnaby lui tendit la note de Miss Bellringer.

« Nous aimerions voir le corps d'Emily Simpson, si vous voulez bien. »

Tout en parlant il fixait le visage de l'homme. Barnaby remarqua une expression intense, qui s'effaça presque immédiatement, mélange de curiosité malsaine et d'excitation.

« Tout de suite », dit M. Rainbird en lisant le mot. Puis il s'effaça rapidement derrière les rideaux en ajoutant : « Toujours prêt à aider la police. » Il parlait comme s'il s'agissait d'un événement quotidien.

Ils se tenaient à côté du cercueil. Barnaby baissa les yeux vers ce cadavre décharné, habillé en blanc. Elle semblait très propre, et sèche, comme si toute sa sève vitale s'en était allée non pas récemment, mais depuis des années. Il était impossible de croire qu'il avait autrefois existé une jeune fille aux yeux clairs et au chignon bien lisse.

« Il y a des centaines de couronnes derrière. Elle était tellement populaire », dit M. Rainbird. « Elle a été le professeur de ma maman, vous savez. Et de toutes mes tantes.

— Oui. Eh bien, merci. »

Barnaby reçut un regard retenu, avec une lueur légèrement féroce, qu'il rendit calmement, puis M. Rainbird haussa les épaules et disparut.

Le Dr Bullard se pencha sur Miss Simpson. Il souleva les mains sans bagues, toucha la peau sur la plante des pieds, écarta la robe et pressa sa main sur le thorax. La rigidité cadavérique avait depuis longtemps disparu et la poitrine maigre cédait sous ses pouces. Il fronça les sourcils et essaya une fois encore.

« Y a-t-il quelque chose qui ne va pas ?

— Les poumons sont très congestionnés.

— Elle était soignée pour une bronchite.

— Hum. »

A l'aide de ses deux pouces il souleva les paupières.

« Quand est-elle morte ?

— Il y a trois jours.

— Tu sais ce qu'il lui prescrivait ?

— Non. Pourquoi ?

— Regarde ça ! »

Barnaby regarda les globes oculaires jaunes et morts ; les pupilles avaient la taille d'une tête d'épingle.

« Qu'est-ce que tu dis de ça ?

— Je dis que tu devrais dire un mot au juge d'instruction.

— Demander une autopsie ?

— Oui. » Les deux hommes se regardèrent. « Ça n'a pas l'air de te surprendre ? »

Barnaby s'aperçut qu'il n'était pas surpris. Peut-être qu'après tout l'assurance de Miss Bellringer n'était pas mal placée. Il dit :

« Je lui ferai savoir ce qui est arrivé jusqu'ici. Qui à ton avis pourrait s'en occuper ?

— Eynton, je crois. Le type de chez nous est en Crète pour un mois.

— D'accord.

— Appelle-moi quand le rapport reviendra, veux-tu ? J'aimerais savoir ce qu'ils ont trouvé. »

Le résultat de l'autopsie arriva le mardi matin. Barnaby appela le Dr Bullard, qui passa le voir un peu avant midi. Il lut le rapport. Barnaby observa son visage avec un certain amusement. Ça valait le détour, comme on dit ! Bullard posa le rapport.

« Ciguë ?

— Ciguë. »

Le médecin secoua la tête.

« Eh bien, c'est certainement un truc de collectionneur.

— Ça remonte à l'arche de Noé, George. Les Médicis, Shakespeare, ce type grec.

— Socrate.

— C'est ça. Je veux dire que de nos jours, c'est plutôt le Valium ou le Mogadon avalés avec un demi-litre de vodka.

— Ou un produit de jardinage qu'on a sous la main.

— Tout à fait. Si on veut utiliser la conicine il y a d'autres moyens plus faciles que de la distiller par ébullition !

— Oh, je ne sais pas », dit le médecin avec hésitation. « Ça ne s'achète pas comme ça. Tu ne peux pas entrer tranquillement chez Boot et en acheter toute une boîte.

— Comment le poison agit-il ?

— Paralysie graduelle. Platon décrit la mort de Socrate d'une façon très émouvante. Pieds, jambes, tout devient froid petit à petit. Socrate s'est très bien comporté. Un vrai stoïcien !

— Donc la personne qui lui a administré ça — si tel a été le cas — a dû s'asseoir là-bas et la regarder mourir.

— C'est à peu près ça. Pauvre vieille ! Ce n'est pas une idée très agréable !

— Le meurtre n'est jamais une idée très agréable. »

Le Dr Bullard parcourut à nouveau le rapport.

« Apparemment elle n'avait pas mangé depuis un bon moment. Ça a dû accélérer le processus. Pas de graines dans son estomac, ce qui implique la distillation.

— Oui. J'ai téléphoné au département de Pathologie

peu de temps avant que tu n'arrives. Ils disent que la ciguë est soluble dans l'alcool, dans l'éther et dans le chloroforme.

— Pas dans l'eau ?

— Non.

— Autrement dit, pour que ça ressemble à une mort naturelle il a fallu qu'elle la boive.

— Oui, il me semble, dit Barnaby. N'importe quoi d'autre serait trop risqué. Même une vieille dame de quatre-vingts ans peut se débattre vigoureusement si quelqu'un lui met un tampon trempé de chloroforme sur le visage. Il y aurait eu des objets renversés tout autour. Des bibelots brisés. Le chien aurait fait un boucan d'enfer.

— Cela explique l'engorgement des poumons. » Le Dr Bullard tapota la feuille. « Un peu excessif même pour quelqu'un qui souffre d'une bronchite. Évidemment, nous ne pouvons pas être trop méchants avec le vieux Lessiter. Ça aurait été bien extraordinaire, de la part d'un médecin, de se mettre à chercher des symptômes d'empoisonnement par conicine alors que la mort semblait parfaitement naturelle, quoique inattendue. Tout de même, ricana-t-il, j'aimerais assez être une petite souris quand tu lui annonceras tout ça. »

4

« Pas besoin de conduire comme si vous passiez un test pour les 24 heures du Mans, sergent.

— Désolé, Monsieur. »

Troy ralentit, l'air renfrogné. Quel était donc l'intérêt, se demandait-il, de faire partie de la police, de vivre au milieu de tous ces formulaires assommants, de ces gens assommants, posant des questions assommantes, s'il ne pouvait même pas de temps en temps appuyer sur l'accélérateur, mettre la sirène et conduire comme dans *Shérif, fais-moi peur?* De plus, il était encore blessé par la remarque (selon lui, totalement injustifiée) qui lui avait été adressée deux jours auparavant. Il connaissait les règles aussi bien que n'importe qui, mais combien d'officiers suivaient à la trace les moindres détails qui traversaient leur chemin et faisaient une enquête à ce sujet ? C'était vraiment bien sa chance ! Être blâmé à cause de cette vieille peau ! Et voilà que maintenant ils tournaient en cercles de plus en plus petits simplement parce que l'autre vieille peau avait cassé sa pipe. Il n'y avait qu'une chose agréable dans toute cette affaire : quand il en sortirait, l'inspecteur principal, le glacial Barnaby, aurait l'air encore plus stupide qu'en y entrant. Dans son heureuse ignorance du rapport d'autopsie, Troy entra dans Church Lane et s'arrêta devant le numéro 13.

Barnaby trouva Miss Bellringer en train de couper du

poisson dans sa cuisine en désordre. Wellington était assis sur le réfrigérateur, regardant le couteau monter et descendre, sa tête de boxeur illuminée de satisfaction.

« Il ne veut pas manger de boîtes », dit Miss Bellringer, très raisonnablement. Puis elle ajouta : « J'ai entendu dire qu'il y a eu une autopsie. »

Barnaby ne put retenir un regard de surprise. Il avait grandi dans un village à peine plus grand que Badger's Drift et il savait à quel point le téléphone arabe était efficace, mais il était impressionné par la vitesse avec laquelle cette information s'était répandue. C'était le fait, supposait-il, du croque-mort.

« C'est vrai. L'enquête aura lieu demain. Serez-vous prête à identifier le corps de Miss Simpson ?

— Mais... » Elle pâlit, reposa son couteau sur la planche. « Pourquoi ?

— Après l'autopsie, c'est nécessaire.

— Mais... vous ne pouvez pas le faire vous-même ?

— Malheureusement non. Je ne la connaissais pas, vous comprenez. » Barnaby marqua une pause. « Je pourrais demander à M. Rainbird.

— Non, ne faites pas cela. Pas cette horrible petite verrue. » Elle réfléchit longuement. « D'accord, si quelqu'un doit le faire, je préfère que ce soit moi. »

Wellington protesta avec un « mm » et elle se remit à couper le poisson.

« Alors le juge d'instruction délivrera une attestation et votre amie pourra être enterrée.

— Dieu soit loué ! Pauvre Emily ! » Elle posa le plat brusquement par terre et ouvrit une boîte de lait. Elle en versa un peu dans une écuelle qu'elle posa par terre, elle aussi. « Les artères de ce chat doivent être maintenant complètement fourrées. De la fourrure à l'intérieur et à l'extérieur. Ha ! » De la pointe de son soulier elle donna un petit coup de pied affectueux à Wellington : « Mais c'est comme ça qu'il l'aime !

— Vous avez dit que vous aviez la clé du cottage de Miss Simpson.

— En effet. Voulez-vous y jeter un coup d'œil ?

— Très rapidement. Demain il y aura une visite plus minutieuse.

— Oh !... cela veut dire... ?

— Je suis désolé. Je ne peux pas en dire plus pour l'instant.

— Bien sûr. Vous avez raison de me gronder, inspecteur principal. » Elle posa un doigt sur ses lèvres : « " Le silence est d'or. "

— Pourrait-on y aller le plus tôt possible ? »

Elle prit un pardessus Burberry pendu à un crochet derrière la porte et l'enfila rapidement. Ils s'avancèrent vers le portail. Miss Bellringer donnait des coups de pied à un cotonéaster envahissant.

« Les plantes et moi, nous faisions autrefois très bon ménage. Je les laissais tranquilles et elles me laissaient tranquille. Maintenant tout commence à m'échapper. Regardez cette chose tout ébouriffée. Je croyais qu'un jardin d'arbustes était l'idéal pour ceux qui n'aiment pas jardiner.

— Il faut les tailler de temps en temps », conseilla l'inspecteur principal, dont les bordures d'herbacées faisaient l'envie de tout Arbury Crescent.

Le sergent Troy les regarda traverser la route — l'homme grand dans son costume d'été gris clair et la vieille femme miteuse folâtrant à ses côtés, l'air d'un vieux chien de berger anglais drapé dans un sac à charbon. « Ce n'est pas, pensa Troy, que les vêtements aient de l'importance. » Il se souvenait que sa mère était femme de ménage chez la vieille lady Preddicott qui avait toujours l'air de s'habiller avec les rebuts de l'Armée du Salut. Et il se souvenait aussi d'avoir porté des vêtements dont ne voulait plus le petit-fils de la lady : des vêtements ridiculement chers de White House et de Harrod's alors qu'il n'avait envie que de jeans et d'un T-shirt Batman.

Deux enfants et une femme avec un caddie s'arrêtèrent de l'autre côté de la rue et le regardèrent. Il se pencha en arrière, à l'aise, mais l'œil attentif, tenant le volant d'une main négligente. Un vrai dur.

Puis Barnaby se tourna vers lui et lui fit signe. D'un air contrarié Troy sauta de la Rover, vérifia si les portières étaient bien fermées et courut après les autres.

Beehive Cottage était juste quelques mètres plus haut, de l'autre côté de la rue, presque en face de la maison de Miss Bellringer. C'était la perfection même. Le genre de maison pour calendriers « Notre Angleterre » ou pour cartes postales. La maison dont rêve l'exilé.

Elle était couverte de chaume, proprement et de façon ingénieuse, avec un deuxième étage qui se posait comme une coquille sur le premier. Les fenêtres avaient de petits carreaux bordés de plomb. L'allée de briques en chevrons, croulant sous le poids des ans, était bordée de lavandes et de santolines et menait par une courbe à la porte arrière. Il y avait des roses trémières et des roses, des delphiniums, du thym et de la mignonnette. Une pelouse immaculée qui s'étendait au-delà d'une terrasse dallée. Au bout du gazon, à moitié cachées par un immense *viburnum bodnantense,* il y avait deux ruches. Barnaby, passé le premier choc de plaisir, se perdit un long moment dans une admiration silencieuse. Le jardin était disposé comme certains le sont parfois. Indifférent et harmonieux, d'une beauté apaisante.

« Quel merveilleux parfum ! »

Il s'approcha d'un buisson de roses.

« C'était sa préférée. Je ne sais pas son nom.

— C'est une Papa Meilland. »

Barnaby pencha la tête et respira le parfum incomparable. Le sergent Troy étudia le ciel. Miss Bellringer sortit une grande clé en fer et ouvrit la porte. Barnaby ordonna à Troy de rester où il était et suivit Miss Bellringer dans la maison.

La première chose qu'ils virent en entrant dans la cuisine fut une étagère en bois qui portait un tablier en toile bien plié, un déplantoir propre et un tapis pour les genoux. Miss Bellringer se tourna vivement vers le centre de la pièce et s'écria :

« Pouah... quelle horrible odeur ! »

Elle s'approcha de l'évier.

Barnaby cria :

« Ne touchez à rien, s'il vous plaît.

— Oh ! » Elle s'arrêta net, comme un enfant qui joue aux statues. « À cause des empreintes digitales, n'est-ce pas ? »

Sans aucun doute, il y avait dans l'air une suffocante odeur de moisi.

L'inspecteur principal regarda autour de lui. Tout était parfaitement propre et en ordre. Il y avait un pot de persil sur le réfrigérateur, des pommes de terre sur une étagère et quelques pommes dans un bol.

« Êtes-vous revenue ici depuis que le corps a été enlevé ? »

Elle secoua la tête :

« Je ne peux pas supporter cette maison sans elle.

— Avez-vous remarqué cette odeur auparavant ?

— Non. Mais mon système olfactif n'est pas en très bon état. Emily me le reprochait constamment. Elle me pressait de sentir ceci ou cela. Une perte de temps totale.

— Mais vous l'auriez certainement remarquée, si elle avait été aussi forte qu'aujourd'hui.

— Je le crois. » Elle commença à tourner en rond, malheureuse, fronçant les sourcils avec chagrin. « Seigneur Dieu !

— Qu'y a-t-il ?

— Voilà l'explication. Qui a pu mettre ça ici ? »

Elle montra le pot qui était sur le réfrigérateur.

Barnaby s'approcha et sentit. L'odeur de souris lui donna envie d'éternuer.

« Ce n'est pas du persil ? demanda-t-il.

— Mon cher monsieur, c'est de la ciguë !

— Quoi ?

— Il y a tout un champ de ciguë là-bas, près de l'ancienne voie de chemin de fer.

— Cela ressemble à du persil. Pensez-vous que votre amie se soit trompée ?

— Bon Dieu, non ! Emily avait un beau petit semis de persil. À côté du noyer. Elle en faisait pousser trois sortes. Oubliez cette idée. En tout cas, cette chose n'était pas ici le matin où elle est morte.

— En êtes-vous sûre ?

— À peu près, oui ! Naturellement, je n'ai pas fait un inventaire complet, vous comprenez.

— Et le cottage est resté fermé à clé depuis ?

— Oui », et elle anticipa la question qu'il allait poser. « Je possède la seule clé en double. La porte principale était verrouillée de l'intérieur. Elle donne directement sur l'allée. Emily ne l'utilisait jamais. Vous comprenez ce que cela veut dire, inspecteur principal ? » Elle attrapa son bras avec excitation. « Nous avons trouvé notre premier indice.

— Ici c'est le salon ? »

Barnaby avança en baissant la tête.

« Oui. » Elle le suivit. « Au rez-de-chaussée, il n'y a que ces deux pièces.

— Cette porte était-elle ouverte le jour où elle a été retrouvée ?

— Non, elle était fermée. »

Une vieille pendule placée sur un angle sonna d'une voix somnolente. Il y avait une petite cheminée à l'ancienne et des poutres décorées avec des cuivres, un salon trois pièces recouvert de chintz, une table de style Queen Anne et deux vitrines pleines de plats et de bibelots. Un des murs était totalement couvert de livres.

L'intérieur du cottage était si parfaitement semblable à ce que laissait présager l'extérieur que Barnaby éprouva une sensation troublante : il avait l'impression d'entrer dans un décor parfait pour une pièce d'avant-guerre. A coup sûr, à tout moment maintenant, la bonne entrerait, décrocherait le téléphone en bakélite et dirait : « Je crains que Madame ne soit absente. » Ou bien un jeune homme en flanelle blanc cassé demanderait si quelqu'un avait envie de jouer au tennis. Ou encore, le vieux colonel bourru dirait : « Le corps était étendu ici, inspecteur.

— Je vous demande pardon.

— ... Juste ici. »

Miss Bellringer se tenait devant la cheminée vide.

— Pouvez-vous me montrer exactement comment ?

— Je ferai de mon mieux. » Elle fronça le sourcil en regardant la carpette puis se coucha par terre, écarta son Burberry, laissant entrevoir un peu de ses dessous vert pastel, et se plia en deux de façon convaincante. « Sa tête était à peu près ici. Ça va comme ça ?

— Oui, merci. »

Barnaby maudit le retard. Aucune photo. Le cadavre enlevé bien proprement. La piste refroidie.

« Bien sûr. » Miss Bellringer se leva très lentement. « Le Dr Lessiter l'a sans doute... oh, merci beaucoup inspecteur principal... l'a sans doute déplacée lors de l'examen. »

Elle regardait Barnaby s'approcher des vitrines et les examiner de plus près. Certains plats étaient d'une beauté exceptionnelle, rehaussé par des touches d'or scintillantes.

« Ici c'est de la porcelaine de Meissen », Miss Bellringer tourna la tête à gauche, « et les autres sont de Coalport. Il y a aussi quelques pièces qu'elle a ramenées de France. Autrefois nous avions l'habitude d'aller à vélo à des ventes. Nous faisions toutes sortes de bonnes affaires. »

Entre les vitrines il y avait une petite table ronde qui

portait le téléphone et une pile de livres. Le *Golden Treasury* de Palgrave, quelques pièces de théâtre du XVIIe siècle, *Le Jardinier aventureux* et l'édition Mermaid de *Jules César*.

« Elle aimait son Shakespeare. Shakespeare et la Bible. Nourriture pour l'esprit et réconfort pour l'âme. » *Jules César* était ouvert sur le dessus de la pile à côté d'une loupe. « Elle adorait aussi le théâtre. Nous y allions très souvent quand elle conduisait encore la voiture. Une époque merveilleuse ! Absolument merveilleuse ! »

Sortant un grand mouchoir en soie rouge et kaki elle se moucha.

Ils montèrent à l'étage. Une seule chambre était meublée. Un lit étroit, virginal, des myosotis sur le papier peint, des rideaux en velours fanés. Tout était aussi doux et innocent qu'un corset Liberty. La chambre d'amis servait de rangement. Là il y avait un aspirateur, une pile de boîtes, et plusieurs bonbonnes de vin maison, les unes troubles, les autres claires ; une ou deux faisaient silencieusement des bulles.

« Elle voulait mettre le chèvrefeuille en bouteilles ce week-end. C'est à peu près comme du sancerre, vous savez ? »

Ils descendirent l'étroit escalier et retournèrent à la cuisine. Barnaby dit :

« Il doit y avoir une bouteille ouverte quelque part. Elle a bu de l'alcool avant de mourir.

— Jetez un coup d'œil au garde-manger. » Miss Bellringer lui montra une porte bleue au fond de la cuisine ajoutant, une seconde trop tard : « Attention à la marche. »

Il avança dans la demi-obscurité. La lumière filtrée par les feuilles d'un laurier-cerise qui se pressait contre la large fenêtre couverte d'un grillage du type qu'on utilisait dans les anciens garde-manger, avait des reflets verts. La fenêtre avait un simple loquet, cassé. Barnaby prit son mouchoir, saisit le loquet, ouvrit grande la fenêtre et la referma soigneusement. Il y avait assez d'espace pour qu'une personne mince s'y introduise.

Le garde-manger comportait des étagères en pierre qui supportaient toutes sortes de bouteilles, de bocaux et de pots. Il y avait des *chutneys* et des abricots épicés dans de grands bocaux, du miel opaque, blanchâtre, avec des étiquettes fleuries, datées de l'année précédente. Une grande jatte pleine de prunes beloce légèrement moisies. Des confitures et des gelées : du jus de fruit noir et transparent. Elle salait aussi les haricots à rames, exactement comme sa mère à lui le faisait. A côté de la porte, il y avait une bouteille de vin à moitié vide. Elderflower 1979.

Barnaby ouvrit la porte de derrière et appela Troy : « J'ai besoin de vous pour prendre une déposition. » Ils rentrèrent dans le salon et s'assirent. Miss Bellringer semblait un peu inquiète et très sérieuse.

« Maintenant, commença Barnaby, j'aimerais que vous...

— Un instant, inspecteur principal. Vous n'aviez pas dit... vous savez... tout peut être noté et utilisé comme preuve... tout ça...

— Ceci n'est qu'une déposition de témoin, Miss Bellringer. Ce n'est pas nécessaire dans ce cas, je vous assure. »

Voilà l'ennui avec le public, pensa le sergent Troy. Ils ont regardé quelques films policiers à la télévision et ils croient qu'ils savent tout. Assis en dehors du champ de vision de son chef, il se permit de faire une grimace légèrement méprisante.

« Pourriez-vous me dire ce qui s'est passé depuis le moment où vous êtes arrivée ?

— Je suis entrée dans la cuisine.

— Le facteur était-il avec vous ?

— Non. Après m'avoir prévenue, il est parti faire sa tournée. J'ai ouvert la porte de derrière, je me suis précipitée ici et je l'ai trouvée là où je vous ai indiqué.

— Avez-vous touché le corps ?

— Oui. Je ne l'ai pas déplacé, mais je... j'ai tenu sa main pendant un long moment.

— Et vous avez touché quelque chose d'autre ?

— Non, à ce moment non. Le Dr Lessiter est arrivé et il l'a examinée... il l'a déplacée, sans doute. Puis il a appelé les pompes funèbres pour demander une voiture... en fait un fourgon, pour la transporter. Il m'a parlé du certificat de décès et m'a demandé qui s'occuperait des funérailles. Je lui ai dit que c'était moi et en attendant le fourgon », elle rougit de regret devant Barnaby, « je... je crois que malheureusement j'ai rangé un tout petit peu.

— Qu'est-ce que cela veut dire exactement ?

— Il y avait une tasse de chocolat à côté de la table du téléphone. Et un verre de vin vide. Cela m'a frappée, c'était un peu étrange.

— Pourquoi ?

— Emily ne buvait jamais toute seule. C'était une de ses petites manies. Je crois qu'elle pensait que ça faisait un peu débauché. Mais n'importe qui pouvait lui faire sortir une bouteille. La moindre occasion suffisait. Elle faisait un vin merveilleux. C'était la seule chose dont elle était fière... » Elle se couvrit le visage de ses mains, pendant un long moment, puis elle dit : « Excusez-moi.

— Ça ne fait rien. Continuez quand vous vous sentirez prête. »

Évidemment si c'était d'un meurtre qu'ils parlaient, il y avait forcément un seul verre. L'autre avait été soigneusement lavé et rangé dans le placard.

« Il y avait une casserole à lait dans la cuisine », continua Miss Bellringer. « J'ai tout lavé et tout rangé. Je savais ce qu'elle éprouverait. De la vaisselle sale et des gens qui entraient dans le salon. Elle a toujours été très maniaque. Je crois que je n'ai pas agi comme il fallait. » La culpabilité lui donnait un air agressif. Comme Barnaby ne répondait pas elle continua : « Puis j'ai vidé le frigo. Un peu d'agneau et du lait. Des petites choses. Une boîte de nourriture pour Benjy à moitié pleine. D'ailleurs je la lui ai donnée. Il n'avait pas eu de petit déjeuner, vous comprenez.

— Où est le chien maintenant ?

— Dans la ferme des Trace. Vous avez sans doute vu l'endroit. Au bout du village — une construction orange pâle. Ils en ont déjà une demi-douzaine, un de plus ne se remarquera même pas. Je suis allée le voir deux fois mais je n'y retournerai plus. Ça me rend trop triste. Il arrive en sautant, espérant que c'est Emily. Elle l'avait depuis treize ans.

— Vous ne l'avez pas entendu aboyer ? Le soir de sa mort ?

— Non, mais ça ne m'étonne pas de lui... un Jack Russell. Du moment qu'il connaissait les gens... bien sûr avec les étrangers c'était une autre affaire. » Elle sourit à Barnaby sans se rendre compte du sens de ces deux dernières remarques. « Et il dormait à la cuisine, alors, avec la porte du salon fermée, il a dû croire qu'elle était allée se coucher.

— Revenons à vendredi matin.

— C'est à peu près tout. Une fois le fourgon parti, j'ai éteint les lumières, j'ai pris la laisse du chien derrière la porte de la cuisine et nous sommes partis.

— Je vois. Maintenant il faut malheureusement que je garde la clé. Je vous enverrai plus tard un récépissé.

— Oh ! » Il voyait des questions qui lui traversaient l'esprit sans être formulées. « Très bien.

— Vous êtes allée directement à la ferme ? continua Barnaby. Vous n'êtes pas allée dans le jardin ou dans la remise ?

— Eh bien... il fallait que je parle aux abeilles.

— Pardon ?

— Il faut parler aux abeilles quand quelqu'un meurt. Particulièrement si c'est leur propriétaire. Sinon elles s'en vont, tout simplement. »

« Fais pareil ! se dit Troy. Va-t'en, vieille timbrée ! » Il croisa les doigts, bien décidé à omettre dans son rapport cette allusion incroyable au folklore.

« Vraiment ? dit Barnaby.
— Bonté divine ! oui. C'est un fait bien connu. J'ai frappé trois fois les ruches avec la clé et j'ai dit : “ Votre maîtresse est morte ”, puis je suis partie. Les gens du village disent qu'il faut en plus attacher quelque chose de noir autour des ruches, mais je ne l'ai pas fait. Ils sont très superstitieux. J'ai pensé aussi que si je les tripotais trop elles finiraient par me piquer.
— Merci. Le sergent Troy va vous lire votre déposition maintenant et vous demandera de la signer. »
Quand ce fut fait, Miss Bellringer se leva, et dit comme à regret :
« C'est tout ?
— Après le déjeuner, j'aimerais que vous me montriez l'endroit où l'orchidée a été trouvée.
— Vous ne voulez pas manger quelque chose avec moi ? » demanda-t-elle, cherchant visiblement à prolonger l'entretien.
« Non, merci beaucoup. Je prendrai un sandwich au Black Boy.
— Oh ! A votre place je ne ferais pas cela. Tout le monde sait que la cuisine de Mme Sweeney est horrible... »
Barnaby sourit.
« J'espère que je survivrai !
— Ahhh... je comprends. Vous êtes à la recherche d'un peu de couleur locale. Des informations sur le contexte. »
Utilisant son mouchoir, Barnaby lui ouvrit la porte. Quand elle se tourna pour partir, quelque chose attira son attention.
« C'est drôle, dit-elle.
— Quoi ?
— La fourche d'Emily n'est pas là. Elle la rangeait toujours sur l'étagère avec son plantoir et son tablier.
— Elle est probablement dans le jardin.
— Oh, non ! C'était une personne d'habitudes. Les

outils étaient nettoyés avec du papier journal et placés sur un tapis après usage.

— On va sans doute la retrouver.

— Ça n'a plus d'importance maintenant, n'est-ce pas ? » Elle se tourna. « Donc je vous vois vers deux heures ? »

Quand elle fut partie, Barnaby posta le sergent Troy dehors, devant la porte d'entrée, et se laissa tomber sur le canapé en chintz dans le salon calme et bien rangé ; il écoutait le tic-tac de la pendule. Il avait en face de lui les fauteuils, leurs coussins lisses et bien rembourrés. Dans un de ces fauteuils quelqu'un s'était-il assis, un verre de vin à la main, quelqu'un qui souriait, qui parlait, qui rassurait ? Qui tuait ?

Maintenant il ne restait guère de doute dans l'esprit de l'inspecteur principal. La ciguë dans la cuisine était presque certainement une tentative bien maladroite pour suggérer que Miss Simpson, myope comme elle l'était, en avait cueilli une poignée par erreur, confondant ciguë et persil, et qu'elle s'était ainsi empoisonnée. Une rapide pensée, après coup, quand les nouvelles de l'autopsie s'étaient répandues dans le village.

Il alla jusqu'à la table marquetée déjà couverte d'une légère couche de poussière et regarda les livres. Le Shakespeare était ouvert sur le haut de la pile. Jules César, le plus noble des Romains. « Sans compter que c'était aussi le plus ennuyeux », pensa Barnaby, se rappelant qu'il avait bataillé avec le texte plus de trente ans auparavant. Il n'avait pas lu Shakespeare depuis, et d'avoir assisté par obligation à une représentation un peu trop originale du *Songe d'une nuit d'été,* dans laquelle Joyce avait joué Titania comme une suffragette de la Belle Époque, ne lui avait pas fait regretter sa décision. Il regarda les pages ouvertes, plissant les yeux. Il chercha ses lunettes, se rappela qu'elles étaient dans l'autre veston et prit la loupe avec son mouchoir.

Miss Simpson était presque arrivée à la fin de la pièce. Pindarus avait rapporté les mauvaises nouvelles du champ de bataille. Barnaby lut quelques lignes. Aucune, de près ou de loin, ne lui était familière. Puis il remarqua une ligne grise, très pâle, dans la marge. Il prit le livre, s'approcha de la fenêtre et regarda de nouveau. Quelqu'un avait mis entre parenthèses trois lignes de la tirade de Cassius. Il les lut à haute voix :

« Ce jour fut le premier où je respirai. Le temps a achevé sa révolution ; et je finirai là même où j'ai commencé ; ma vie a parcouru son cercle *. »

* Acte V, scène III *(N.d.T.)*.

5

Toute conversation cessa quand Barnaby entra au Black Boy. Ce n'était pas qu'il y en avait eu beaucoup. Dans le coin on entrapercevait un vieux bonhomme à travers des nuages de fumée nocive ; il y avait aussi deux jeunes gens, les pieds sur le rail du bar, une jeune fille jouant avec une machine à sous. Mme Sweeney avait des cheveux gris, une poitrine remarquablement plate ; elle avait l'air d'être aux abois plutôt que chez elle derrière un comptoir.

L'inspecteur principal Barnaby demanda à manger, refusa une des tartes maison de Mme Sweeney et accepta une tarte paysanne et une bière. Il était convaincu que la curiosité suscitée par sa présence produirait bientôt des commentaires. Cependant, il ne s'attendait pas à ce qu'on en vînt si vite au nœud de l'affaire. Il avait à peine avalé une gorgée de bière (tiède et savonneuse) qu'un des jeunes disait :

« C'est vous le flic ? »

Barnaby coupa un bout de fromage et hocha la tête, un geste qui pouvait être interprété n'importe comment.

Mme Sweeney dit :

« C'est à propos de la pauvre Miss Simpson ?

— Connaissiez-vous cette dame ? demanda Barnaby.

— Ohhh... tout le monde connaissait Miss Simpson. »

La fumée du coin s'éclaircit et un bruit, le cliquetis d'un serpent à sonnettes, se fit entendre. « Mon Dieu, pensa Barnaby, la pauvre vieille branche ne doit pas être loin de rendre l'âme. » Puis il comprit que le bruit était provoqué par la chute d'un mur de dominos.

« Elle m'a enseigné l'anglais, dit le vieil homme.

— C'est vrai Jake ; elle l'a fait », dit Mme Sweeney. Puis à l'oreille de Barnaby : « Mais à ce jour il ne le sait toujours pas.

— On l'aimait bien dans le village, alors ?

— Oh, oui ! Elle n'était pas comme certains autres que je pourrais nommer.

— Qu'est-ce que vous voulez savoir sur elle, et pourquoi ? demanda un des jeunes gens.

— Ouais, railla l'autre. Était-elle sur un coup ?

— Nous procédons seulement à quelques recherches.

— Vous savez pas ce que je pense ? » reprit le premier. Sur son T-shirt on lisait : “ Ne bois pas quand tu conduis. Tu pourrais être pris. ” En dessous un gros morceau de graisse, poilu et d'un blanc lépreux, pendait par-dessus sa ceinture de commando. « Je pense qu'elle était une maquerelle. Responsable d'un joli petit réseau de maisons closes. »

Les deux garçons pouffèrent de rire. La jeune fille gloussa.

« Ce n'est pas drôle, Keith », dit Mme Sweeney en colère. « Si c'est tout ce que tu trouves à dire, tu peux aller boire ailleurs. »

Barnaby resta là encore une demi-heure à écouter leurs commentaires, tandis que d'autres gens entraient et sortaient. Mais le jugement à propos de Miss Simpson ne changea pas beaucoup. Très gentille. Patiente avec les enfants. Très généreuse aussi quand il y avait des kermesses. Confiture. Miel. Bocaux de fruits. Elle offrait de jolis bouquets à l'église. Ah, la pauvre Miss Bellringer. Qu'est-ce qu'elle allait faire maintenant? Et Benjy? Les chiens languissent, vous savez. Et il va mourir. On la regrettera beaucoup. Vraiment beaucoup.

Même en ôtant de cela le ton louangeur qu'on croit toujours devoir prendre à propos de quelqu'un qui vient de mourir, Barnaby quitta le pub avec l'image d'un être humain singulièrement aimable et bon. La remarque finale de Mme Sweeney semblait le résumer clairement :

« Elle n'avait pas un seul ennemi au monde. »

L'air était vert et frais quand ils entrèrent dans le bois mais au bout de quelques minutes Barnaby sentit la différence. Quand les arbres se resserrèrent sur leurs têtes, la végétation luxuriante qui les entourait et qu'ils foulaient de leurs pieds assaillit ses narines d'une forte odeur de pourriture.

Miss Bellringer montrait le chemin. Elle portait une canne-siège et restait près de l'inspecteur principal, comme il le lui avait demandé.

« C'était un peu plus loin, je pense, près de ces hellébores. Oui — la voilà.

— Attendez. » Barnaby serra son bras. « Restez ici, s'il vous plaît. Moins on piétine le sol mieux ça vaut.

— Je comprends. »

Elle avait l'air déçu, mais obéissante elle resta là où elle était, ouvrant sa canne-siège et se juchant sur la sangle en toile. Elle criait : « Plus à gauche » et : « C'est chaud » et : « Ça brûle », tandis qu'il marchait avec attention autour de la touffe de petites fleurs vertes. Quand elle le vit se baisser, elle cria :

« Elle est parfaite, non ? »

Barnaby examina l'orchidée et le petit bâton au ruban rouge inanimé ; la marque silencieuse semblait plus vivante que la plante si pâle. Ce nœud bien fait avait quelque chose de touchant. Il se releva et regarda autour de lui. À ce qu'il semblait, quoique marqué probablement par des lapins et d'autres petites bêtes, l'humus qui se trouvait dans le voisinage immédiat ne révélait pas de dérangement plus important.

À sa gauche il y avait un treillis serré, un écran de branches. Marchant avec précaution il regarda par terre. Il y avait deux empreintes très profondes, indiquant que quelqu'un était resté debout là pendant un bon moment. Il nota l'endroit où avait appuyé la partie la plus large de la chaussure, il se mit en parallèle et regarda au travers des branches.

Il vit un trou. Une grande partie du sol était aplatie : des feuilles de jacinthe et de fougère étaient courbées et écrasées. Il contourna les branchages et s'approcha du bord du trou ; là il s'accroupit et étudia le sol plus attentivement, prenant soin de ne pas marcher dans la partie écrasée qui était assez large. Sans aucun doute quelqu'un ou quelque chose avait remué là-dessus. En revenant vers Miss Bellringer il vit sur le sol une empreinte trop peu définie pour qu'on puisse parler d'un contour : c'était comme si une bûche ou quelque chose de lourd avait été placé là pour peu de temps.

« Merci de m'avoir montré l'endroit. » C'était agréable de sortir de cette masse d'arbres oppressante pour retrouver le champ ouvert. Des vanneaux volaient dans le ciel plein de lumière et de soleil. « Voulez-vous qu'on vienne vous chercher pour l'enquête, Miss Bellringer.

— Oh, non ! Nous avons un excellent taxi au village. Je me débrouillerai très bien. »

Quand ils s'approchèrent de Beehive Cottage ils virent que le sergent Troy, qui montait la garde avec beaucoup d'attention, était maintenant entouré d'un auditoire restreint mais non négligeable. Barnaby salua Miss Bellringer et traversa la route. Il fut immédiatement interpellé par le plus jeune du groupe.

« Qu'est-ce qu'il fait là-bas droit comme une andouille ?

— Il est de la police ?
— Vous êtes policier, non ?
— Pourquoi ne porte-t-il pas d'uniforme ?
— Allez, petits. » Les mots s'étaient faufilés à travers les dents serrées de Troy. « Pourquoi ne partez-vous pas ? Il n'y a rien à voir ici. »

Son conseil tombait à plat et sonnait faux. Le groupe ne bougea point.

« J'enverrai quelqu'un pour vous relayer.
— Dans une demi-heure c'est la fin de mon service.
— C'*était,* sergent, la fin de votre service. Quelqu'un sera ici vers cinq heures. » Une adolescente avec un petit enfant et un bébé dans un landau rejoignit le groupe. Barnaby fit une grimace : « D'ici là vous aurez la maison pleine. »

Le lendemain, au tribunal du juge d'instruction, les procédures furent très brèves. Les restes d'Emily Simpson avaient été identifiés, peu avant, par son amie Lucy Bellringer et lui avaient été rendus pour l'enterrement. Le rapport du médecin légiste fut lu et l'enquête reportée à une date ultérieure après examen plus approfondi de la police.

Deuxième partie

L'ENQUÊTE

1

Barbara Lessiter s'approcha de la psyché qui était dans le coin de sa chambre. Elle avait éteint toutes les lumières à l'exception d'une, la figurine en ivoire à côté de son lit. La lumière filtrée par l'abat-jour abricot jetait un éclat chaud sur sa robe de nuit chatoyante et sur sa peau, bronzée au solarium. De petites taches d'une crème mousseuse parfumée à la fraise tremblaient au bout de ses doigts. Elle se mit à se masser la gorge depuis le creux du cou jusqu'à la pointe du menton d'une façon rythmée, fermant les yeux et souriant. Puis, d'une façon régulière, se servant des deux mains, elle prit la même mousse et tamponna tout son visage. Elle mit l'huile pour les yeux en dernier. Une huile française, à quarante-cinq livres le pot, et il n'y avait quasi rien dans le pot...

Barbara aimait ce rituel. Même quand elle était encore toute jeune, des années avant que cela ne soit nécessaire, elle s'était massée, tapotée, tripotée, caressée avec une satisfaction voluptueuse. « Même maintenant ce n'était pas tellement nécessaire », se dit-elle, en sûreté sous la lumière tamisée par l'abat-jour.

Quand elle eut fini de soigner son visage, elle se brossa les cheveux : cinquante fois de la nuque au front. Des cheveux d'un brun-roux éclatant, auxquels le henné, les jaunes d'œufs et les après-shampooing avaient donné tout le volume et le lustre possibles. Elle rejeta la tête en arrière et sourit.

Ce mouvement fit glisser de son épaule la bretelle de sa chemise. Barbara s'approcha du miroir, toucha ses seins nus, les minuscules meurtrissures bleues violacées et sourit de nouveau, à un souvenir agréable. Puis elle s'immobilisa, à l'écoute.

Quelqu'un s'approchait de sa porte. Elle retint son souffle. On frappa. On frappa comme pour essayer, presque en s'excusant. Elle attendit, couvrant sa peau nue, comme si la porte avait été transparente. Après une minute ou deux les pas étouffés s'en allèrent. Elle respira, un long soupir de soulagement. La prochaine fois elle le laisserait entrer. Cela faisait des siècles. Et il avait été très bon, tout compte fait. Mais bon Dieu — quel contraste ce serait...

Son nom de jeune fille était Barbara Wheeler, et elle disait qu'elle était née à Uxbridge à la fin des années cinquante, mentant avec coquetterie. Son père était contremaître des chemins de fer, sa mère une ménagère débordée. Ils avaient cinq autres enfants. Seule Barbara était belle. Ils s'entassaient dans une maison jumelée, derrière une cour bétonnée. Elle partageait une chambre avec deux sœurs, mères de famille également débordées, et elle avait défendu son territoire et ses affaires avec une agressivité de tigresse. Elle méprisait leurs vêtements et leurs produits de beauté bon marché, et se bouchait le nez quand elles s'aspergeaient de leur Californian Poppy acheté à Woolworth. Elle commença à voler à quinze ans des crèmes, des parfums, des lotions, et elle arrachait les étiquettes des prix, sachant bien que chez elle personne n'avait jamais entendu parler de ces marques-là.

Après que ses sœurs eurent été avalées par l'usine de sucreries locale, elle trouva un travail de documentaliste chez un avocat ; il lui apparut qu'elle avait mis un pied sur le chemin ardu et glissant qui l'amènerait de son environnement misérable et sordide à la brillante perfection de la vie bourgeoise. Un monde où on n'avait pas besoin d'aller dans un parc rempli d'enfants et de chiens agressifs pour avoir du gazon et des arbres. On les avait chez soi dans son propre jardin. Un monde où les gens lavent leurs vêtements avant même qu'ils n'aient l'air sale, et où les hommes se serrent la main quand ils se rencontrent, tandis que les femmes pressent l'une contre l'autre leurs joues poudrées selon un rituel facile et dépourvu de sens.

Barbara n'était pas particulièrement intelligente mais elle était astucieuse et travaillait vite et bien, gardant la bouche close et les yeux grands ouverts. Elle se mit à acheter ses vêtements dans un des plus grands magasins de Slough — copiant le plus possible le style de la fille récemment mariée du plus âgé des associés. Cette situation dura à peu près jusqu'à ses dix-huit ans. Elle était encore vierge, en partie parce qu'elle n'avait jamais rencontré personne qui lui plaise assez, mais surtout parce qu'elle avait vaguement l'idée extravagante qu'être capable d'offrir sa virginité à un prétendant sérieux effacerait la tache de ses origines misérables. Elle n'en parlait jamais, bien entendu, mais elle était sans cesse sur le qui-vive, craignant qu'un quelconque faux pas, devant les grands bourgeois qu'elle rencontrait à son travail, ne les fasse réapparaître au grand jour.

Alan Cater, engagé par le cabinet d'avocats, commença à y travailler le jour où elle eut dix-huit ans. Il était grand, blond, il avait les yeux bleus et fumait de minces petits cigares. Il avait une voiture de sport rouge, une Cobra, et une montre qui n'était qu'une fine plaque d'or. Il souriait beaucoup, surtout à Barbara. Il la touchait aussi, mais seulement au passage, rien dont on puisse s'offenser : une main sur son épaule, un bras autour de sa taille dans la salle des classeurs. Elle était quelque peu étonnée de l'excitation agréable qu'elle ressentait alors mais ne disait rien, ne se rendant pas compte que sa respiration agitée et que sa rougeur la trahissaient.

Un soir, au milieu de l'été, il était resté très tard dans le bureau. Comme il allait jouer au tennis immédiatement après le travail, il alla se changer dans le vestiaire. Barbara ne partait jamais avant lui. Elle avait obtenu un diplôme de sténo-dactylo en suivant des cours du soir, et elle couvrait sa machine quand il apparut en short et en chemise blanche Aertex. Tout le monde était parti. Il la regarda longuement, d'abord le visage, puis tout le reste. Ensuite il verrouilla la porte et il lui dit qu'il attendait ce moment depuis longtemps. Barbara était sur le point de défaillir. Il se tenait tout près d'elle et dit : « Vous voulez voir l'effet que vous me faites ? » Et il guida sa main. Quand il ouvrit son chemisier, quelques instants avant que toute conscience ait été balayée, Barbara aperçut leurs silhouettes dans la porte d'une vieille église de campagne, elle en blanc, bien entendu, Alan en jaquette. Il y aurait du champagne après et un gâteau à trois étages dont on garderait un petit peu pour le baptême.

« Vous êtes une fille très belle, chérie. » Il défit son soutien-gorge. « Allons, quoi ? Vous n'allez pas prétendre que vous êtes surprise ?

— Mes jambes, je ne tiens plus sur mes jambes...

— On va vite arranger ça. Il y a un canapé dans le bureau du vieux Ruppert. Et un miroir. »

Ils y allèrent, enlacés, abandonnant son chemisier et son soutien-gorge sur la machine à écrire. Ils s'allongèrent sur le canapé face au miroir, devant une fenêtre avec un rideau en filet qui donnait sur la rue. Quand elle fut complètement nue, Alan menaça de tirer les rideaux. Ce geste, qui aurait dû l'alarmer, l'excita encore davantage. Il semblait savoir exactement ce qu'il faisait. Cela lui fit à peine mal, pas comme les gens racontent, simplement il lui sembla qu'en un clin d'œil c'était terminé. Elle en voulait plus et il lui en donna plus. Au bout d'une heure quelqu'un frappa à la porte d'entrée et il sourit, lui mettant un doigt sur les lèvres. Elle était assise à califourchon sur ses genoux ; elle vit une jeune fille passer devant la fenêtre en robe de tennis blanche, ses longs cheveux retenus en arrière par un foulard. Il était presque neuf heures quand enfin ils s'en allèrent.

Après cela, ils se rencontrèrent souvent, très tard le soir car Alan prétextait qu'il devait rattraper son retard dans ses études. Il roulait jusqu'en grande banlieue et trouvait un coin solitaire, ou, s'il faisait mauvais temps, ils utilisaient sa voiture. Elle ne l'invitait jamais dans sa petite chambre, et pour éviter des questions embarrassantes à propos des invitations, elle lui avait dit qu'elle était orpheline. Les soirs où ils ne se voyaient pas, elle était agitée, brûlante de désir. Il la traitait d'une façon très professionnelle avec parfois un clin d'œil quand personne ne les voyait. Un jour, alors qu'ils étaient restés un bref instant seuls, il s'était mis derrière sa chaise et avait glissé les mains sous son chemisier.

Vers le milieu de l'hiver elle découvrit qu'elle était enceinte. Elle était très anxieuse en lui annonçant la nouvelle, comme si tout était de sa faute à elle. Elle conclut sa confession en lui demandant ce que ses parents allaient dire. Il avait eu l'air surpris, incrédule, et puis pendant un instant amusé et il lui avait donné un petit baiser avant de dire :

« Ne t'inquiète pas ! Nous trouverons bien une solution. »

À la fin de la semaine Ruppert Winstanley l'avait convoquée dans son bureau et lui avait donné l'adresse d'une clinique privée à Saint-John's Wood et un chèque de cent cinquante livres. Barbara ne les avait plus jamais revus.

Elle avait avorté, trop bouleversée et solitaire pour trouver une autre solution. Aujourd'hui, bien entendu, elle s'y serait prise autrement. Elle les aurait saignés à blanc, les saligauds ! Faute d'obtenir leur respect, leur admiration ou leur amour, elle se débrouillerait bien pour leur prendre leur argent.

Elle était rentrée de la clinique depuis presque un mois et travaillait comme magasinière à Sainsbury's quand un soir tard, elle entendit frapper. Elle entrouvrit la porte. Un homme qui sentait un peu l'eau de Cologne et beaucoup la bière se tenait sur le palier. Il portait un blazer à écusson, une cravate à rayures et un pantalon gris en flanelle. Il lui dit : « Cou...cou... », et la regarda de la tête aux pieds.

« Qu'est-ce que vous voulez ?

— En fait je suis un ami d'Alan. Il pensait que nous pourrions... vous savez... nous entendre... »

Elle claqua la porte. Elle bouillonnait de colère, de douleur et de dégoût. Elle demeura immobile comme si bouger pouvait la blesser. Ah, le salaud ! La douleur s'atténua, le dégoût pour Alan et pour ceux de son espèce reflua. Seule la rage demeurait. Elle tendit l'oreille. Aucun bruit de pas. Il devait être encore là. Elle rouvrit la porte. Il lui donna un sourire pâmé.

Elle lui dit :

« Ça va vous coûter cher ! »

Elle vit sa suffisance d'ivrogne baisser un peu, et pensa : « Enveloppe-toi dans ta cravate d'école et avale ça ! »

« Oh... hum... d'accord. »

Il fit un pas pour entrer dans la pièce. Elle mit son pied dans l'ouverture.

« Combien as-tu sur toi ? »

Il fouilla dans son portefeuille, sortant des billets, un permis de conduire, une photo d'enfant.

« Cinquante livres... »

Presque un mois de salaire. Elle ouvrit la porte toute grande.

« Alors tu entres, non ? »

Voilà comment tout avait commencé. Recommandations. Amis d'amis. En fait, elle avait toujours eu quelqu'un. Mais elle n'était pas tout à fait en sécurité.

Le loyer était toujours payé. On lui faisait parfois des cadeaux. De très beaux cadeaux. Un manteau en loup de chez Harrod's, un immense poste de télé couleurs, des vacances à Portofino, pendant que la femme de son amant subissait une hystérectomie. Pour être précis, elle n'avait pas de sécurité financière ; mais sur le plan affectif elle était en parfaite sécurité. Aucun de ses amants n'atteignait son cœur. Elle les regardait de haut comme si elle était bien au-dessus ; elle les regardait souffler et ahaner, et elle les méprisait tous. Jamais plus elle ne s'était laissée aller à éprouver cette vague de plaisir profonde et dorée qui, dans les bureaux de Winstanley Dennison et Winstanley plus de vingt ans auparavant, l'avait emportée si loin des rivages du bon sens. Elle ne se souvenait même pas du nom de famille d'Alan, encore moins de son visage.

Et puis elle avait rencontré Trevor Lessiter. Elle lui était littéralement rentrée dedans, au rayon d'alimentation de Marks and Spencer. En tournant brusquement au coin d'une allée centrale, leurs caddies s'étaient bloqués comme des bois de cerfs avec un bruit métallique. Elle l'avait tout de suite aveuglé d'un sourire radieux, très professionnel. Il avait été sidéré par l'éclat du sourire, et n'avait rien vu de l'aspect professionnel.

C'était un drôle de petit homme avec une tête ronde, des cheveux poivre et sel et une écharpe en laine bien que la journée fût assez chaude. « Des vêtements chers », pensa-t-elle, le passant en revue avec un œil de connaisseur, quoique, bien sûr, ennuyeux à force d'être classiques. Le type d'homme qui garde la monnaie dans un porte-monnaie. Ils poussèrent leurs caddies ensemble. Le sien était déjà presque plein.

« Votre femme vous a donné une très longue liste.

— Non... c'est-à-dire... » Il bégaya, lui jeta un bref coup d'œil, puis il se remit à regarder les rayons. « C'est la liste de ma fille... je suis veuf. »

Ralentissant imperceptiblement sa marche, elle dit :

« Oh ! Quelle étourdie... Je ne voulais absolument pas... », puis elle s'arrêta, le regarda droit dans les yeux et dit : « Pardonnez-moi. »

Ils allèrent prendre un thé du côté de l'Odéon. Dès qu'ils furent installés Barbara s'excusa et s'éclipsa aux toilettes où elle enleva un jeu de faux cils et la moitié de son rouge à lèvres. Puis elle se remit du parfum. Ils se retrouvèrent pour le thé une autre fois, puis pour dîner sur les bords de la Tamise à Marlow. Il l'y conduisit dans sa belle Jaguar ancienne. Les portières se fermaient avec un bruit étouffé et les sièges étaient en vrai cuir. A l'hôtel il y avait des bougies dans des coupes, et des fleurs flottaient dans des bols de verre. Elle était habituée à dîner dans des endroits peu fréquentés, mais avec des hommes qui passaient leur temps à regarder derrière ses épaules. Il lui parla de l'accident de sa femme, de sa fille. Il dit :

« J'aimerais que vous vous rencontriez. »

La mise au point de l'entrevue prit pas mal de temps. Les week-ends passaient l'un après l'autre et Judy semblait avoir toujours quelque chose à faire. Cependant, à la fin, comme son père insistait, on se mit d'accord pour un dimanche après-midi. Barbara choisit soigneusement ses vêtements : une robe légère en lainage et un manteau de tweed clair. Très peu de maquillage : juste un peu de blush, un peu de fond de teint « bonne mine », du rouge à lèvres rose pâle et du crayon à paupières brun clair.

Le village était à peu près à quarante-cinq kilomètres de Slough. « Dieu merci », pensa-t-elle, et pendant qu'ils roulaient elle répétait aimablement, mais c'était au moins à moitié vrai :

« J'espère que je lui plairai. »

Et lui, borné et plein d'illusions, répondait :

« Bien sûr que vous lui plairez ! Qu'est-ce qui pourrait lui déplaire ? »

Quand il entra dans l'allée elle pensa tout d'abord

qu'il y avait une erreur. Qu'il rendait visite à un riche patient ou qu'il s'arrêtait chez des amis avant de la conduire chez lui. Des pelouses s'étendaient des deux côtés de l'allée. Il y avait des arbres, des arbustes et des parterres fleuris. La maison était une immense villa victorienne avec une tourelle et des pignons et (elle l'apprit plus tard) sept chambres à coucher. Elle eut un frisson en quittant la voiture. Frisson de désir, d'espoir, de peur.

« Cela me fait penser à la maison de mon père, dit-elle.

— Oh ! Où était-ce, ma chère ? »

C'était la première fois qu'elle parlait de sa famille.

« En Écosse. Elle a disparu, hélas, comme tout le reste. » Elle leva ses yeux vers les fenêtres et laissa échapper un profond soupir, vibrant de souvenirs et de regrets : « Mon père était un joueur incorrigible.

— J'espère que vous... »

Il s'arrêta. Barbara savait ce qu'il allait dire et elle maudit la jeune fille qui se cachait dans la maison. Elle ne s'était jamais très bien entendue avec les femmes, elle n'avait jamais eu d'amies intimes. Eh bien, elle improviserait.

Et ce fut un désastre total. La jeune fille était là, assise, maladroite, un mur de désapprobation (c'était la chaise préférée de ma mère), servant le thé et de grosses parts d'un gâteau humide, fait à la maison. Barbara tenta d'établir un dialogue ; la jeune fille ne répondait pas, ou bien elle ne parlait que du passé, quand maman faisait ceci, ou quand maman faisait cela, et quand nous sommes allés tous ensemble...

Cependant Barbara regardait autour d'elle, les canapés couverts de chintz (deux), les fauteuils (cinq). Les vases de fleurs et les tapis chinois délavés, les beaux miroirs et les objets d'art. Et par les portes-fenêtres une terrasse avec des jardinières pleines de fleurs éclatantes, qui menait à la pelouse bien tondue, d'un vert incandescent ; et pour la première fois depuis des années elle pria : « Oh, mon Dieu — s'il vous plaît, faites qu'il me demande en mariage ! » Elle s'aperçut qu'elle tenait l'anse de sa tasse avec trop de force et elle la reposa très doucement.

Sur la route du retour, il avait dit : « Elle changera. » Elle ne changera pas, pensa Barbara. Ce genre de gens ne changent jamais. La froide petite garce. Avec ce teint granuleux et un derrière qui touchait presque le sol. Une célibataire-née. Elle serait encore en train de s'occuper de son papa à quatre-vingt-dix ans, alors à dix-neuf !

« Oh ! Vous pensez, Trevor ? J'étais si impatiente de faire sa connaissance. » Sa voix trembla un peu. Quand il s'arrêta devant son appartement elle lui dit : « Vous voulez bien monter un moment ? Je me sens un peu déprimée. »

C'était la première fois qu'elle formulait une telle invitation. Il sauta avec empressement de sa voiture et monta les marches.

Elle habitait le centre de la ville, à Mancetta Road, dans un appartement situé au-dessus d'une agence de presse. Elle ne lui offrit rien à boire. Elle jeta son manteau sur une chaise et s'effondra sur son canapé en fausse peau de jaguar, cachant son visage dans ses mains. Tout de suite il fut près d'elle.

« Ne soyez pas si inquiète ! »

Il passa un bras couvert de tweed rugueux autour de ses épaules. Elle se tourna vers lui, comme un enfant qui souffre.

« Je voulais tellement lui plaire. Je m'imaginais en train de lui parler de vêtements, de maquillage, de choses… Je pensais que je pouvais m'occuper d'elle… de vous deux… Vous devez me trouver bien sotte.

— Chérie, non, pas du tout. »

Tout d'un coup il se rendit compte du poids de ses seins contre sa chemise. Et du parfum de ses cheveux. Il lui leva le menton et fut touché par les larmes qu'il voyait dans ses yeux. Il l'embrassa. Pendant un instant sa bouche s'ouvrit avec empressement sous la sienne et il sentit même le bout de sa langue, puis elle haleta et le repoussa. Elle se leva, traversa la pièce et se tourna pour le regarder en face. Elle respirait difficilement. « Qu'allez-vous penser de moi ? Oh Trevor ! Je ne sais pas ce que c'est... vous êtes constamment présent dans mes pensées... Je n'aurais jamais dû vous demander de monter. »

Puis elle fut de nouveau dans ses bras. Pendant un moment elle laissa tout son corps se détendre contre le sien, remarquant que du moins il serait capable de s'exécuter le moment venu. Un autre long baiser. La main de Trevor se déplaça. Elle se permit de laisser échapper un petit cri d'excitation, puis s'écarta :

« Qu'est-ce que vous faites ?...

— Barbara... pardon...

— Pour qui me prenez-vous ?

— Pardonnez-moi, chérie... je vous en prie.

— Seulement parce que je vous aime. Oui, c'est vrai, je vous aime. Oh, Trevor ! » Elle recommença à pleurer. « Il faut que vous partiez. Tout est impossible. »

Il s'en alla et il revint le lendemain. Et le jour suivant. Et pendant trois semaines il vint la voir : il mourait d'envie, implorait, on lui refusait l'entrée, il renonçait, il suppliait, argumentait, partait et revenait. Le jour où il mit bas les armes, Barbara s'était sentie si malheureuse qu'elle ne s'était même pas inquiétée de s'habiller et qu'elle était assise en peignoir à côté du chauffage au gaz.

Ils se marièrent le matin du 30 juin 1982. La veille du mariage, il dormit dans l'appartement, goûtant des transports de plaisir dont il se souviendrait toute sa vie avec un sentiment de regret et de rancune croissant. Puis ils allèrent jusqu'à Badger's Drift pour annoncer la nouvelle à Judy.

Et maintenant — Barbara laissa glisser la bretelle et étudia de nouveau la trace de morsure — voilà qu'elle prenait le risque de tout perdre. Un mélange de frustration et d'ennui l'avait poussée à prendre un amant. Et quel amant! Ils s'étaient quittés à peine quelques heures plus tôt et elle avait déjà envie de lui. Son corps éprouvait des sentiments qu'elle lui refusait depuis des années. Elle avait été très, très prudente, mais combien de temps réussirait-elle à cacher sa liaison? Impossible de s'arrêter pourtant. Maintenant elle avait autant besoin de lui que de respirer. Elle se mit au lit, et pendant un long moment elle goûta de nouveau le souvenir des mouvements rythmés de l'amour, puis elle glissa dans un sommeil très profond et sans rêves.

2

Le cordon de police qui isolait le cottage de Miss Simpson suscita beaucoup plus d'intérêt que tout un régiment de sergents Troy. La moitié du village semblait être dehors, passant outre l'avertissement, manifestement faux, d'un agent en service selon lequel il n'y avait rien à voir.

Les policiers chargés de passer au peigne fin le lieu du crime travaillaient avec adresse et méthode. Barnaby erra à travers la maison, puis passa au jardin. Les abeilles endeuillées bourdonnaient dans leur ruche. Il remarqua sans surprise que tous les espaces non plantés étaient déjà couverts de mauvaises herbes. Il retourna vers la porte de derrière et vers la voûte doucement parfumée des rosiers Kiftsgate.

« Nous avons retrouvé ceci sous les lauriers, près de la fenêtre du garde-manger, Monsieur. » On présenta à Barnaby une fourche déjà répertoriée et emballée dans un sac en plastique. « Elle a été probablement utilisée pour ratisser les empreintes de pas. Quelqu'un est certainement sorti par ici. »

À l'heure du déjeuner les policiers avaient fini leur travail. Une voiture démarra, pour apporter les informations obtenues au laboratoire médico-légal, le cordon de police fut levé et toute l'équipe se rendit au Black Boy pour se restaurer de bière et de sandwiches. Une demi-heure plus tard ils quittèrent le village pour aller au bois de hêtres. La plupart des gens les avaient abandonnés, mais Barnaby entendit une femme crier depuis l'avant-cour du pub : « File à la maison, Robbie, dis à ta maman qu'ils descendent l'avenue. » Un petit garçon partit comme une flèche, et dès qu'ils se furent garés dans la petite aire de stationnement à côté du bois, un autre groupe de curieux arriva.

Les cordons de police entouraient une partie du bois. Les policiers la divisèrent en sections, qu'ils examinèrent une par une à la recherche d'empreintes digitales. Barnaby décrivit ses propres mouvements et ceux de Miss Bellringer. Les spectateurs se pressaient avidement contre les cordes en tendant le cou. Un homme voulut passer par-dessous en disant : « Ici c'est un pays libre, vous savez, nous ne sommes pas encore en Russie », mais on le fit revenir sur ses pas. Une grande femme qui tenait un chien de chasse roux cria : « Je suis sûre qu'Henry pourrait faire quelque chose. »

Barnaby observait tout et se tenait à l'écart. Il s'aperçut qu'il s'impatientait. Ces choses-là ne pouvaient pas être faites à la hâte mais elles prenaient vraiment trop de temps. Il faudrait encore un jour pour que le rapport lui revienne. Il avait le sentiment que tout se transformait en poussière entre ses mains avant même qu'il ne commence l'enquête. Il fit un signe au sergent Troy et regagna en hâte sa voiture.

En fait, cela prit moins de vingt-quatre heures. Le laboratoire médico-légal ne ferme jamais (sauf les jours fériés) et Barnaby eut les rapports relatifs à la scène du crime le lendemain en fin de matinée. Il les lut soigneusement ; il se trouvait maintenant assis devant un groupe de gens aux visages attentifs dans une des salles de réunion du commissariat de police.

« Nous essayons de découvrir », il avala le premier cachet de la journée avec le reste de son café, « l'emploi du temps de tous les habitants du village, y compris de tous les enfants qui n'étaient pas à l'école dans l'après-midi du 17 et le même soir, d'accord ? Il y a une pile de formulaires sur la table à côté. La répartition par zones se trouve sur le tableau à l'extérieur.

— A quel moment doit-on considérer que l'après-midi prend fin, Monsieur ? », demanda le sergent Troy, qui avait déjà oublié les avertissements qu'il avait reçus de Barnaby et qui brûlait d'envie de briller : « Est-ce que par exemple quelqu'un l'a vue revenir des bois ? »

Barnaby fixa le sergent. Il avait parfaitement remarqué son scepticisme muet, et il réfléchissait à la facilité avec laquelle on abandonne des attitudes et des croyances aussi naturellement qu'un serpent abandonne sa peau, lorsqu'on comprend qu'elles sont gênantes. Il ne connaissait rien de la vie privée de Troy mais il se disait qu'il mettait peut-être autant d'insouciance dans ses relations personnelles.

« Eh bien, ce serait évidemment très commode, mais la vie est rarement aussi serviable. Je pense qu'à ce stade de l'enquête il vaudrait mieux que vous considériez le temps en bloc, de quatorze heures jusqu'à minuit. Nous savons que Miss Simpson était vivante à vingt heures parce qu'elle a donné un coup de téléphone.

— Cette personne ou ces personnes qu'on présume qu'elle a vues », demanda un jeune agent de police, « est-on sûrs qu'ils étaient du village ?

— Nous n'avons pas de certitudes, mais c'était forcément quelqu'un qu'elle connaissait et il n'y avait aucune voiture garée au bord du champ qui mène vers le bois. Et la seule autre place possible pour se garer, le parking de Church Lane, est tout à fait visible depuis la dernière maison. Son propriétaire a passé presque tout l'après-midi dans son jardin et il est tout à fait certain de n'avoir pas vu de voiture. Cela signifie que la ou les personnes, quelles qu'elles soient, ont atteint le bois à pied.

— Donc nous recherchons quelqu'un qui n'ait pas

d'alibi pour une partie de l'après-midi et une partie de la soirée ?

— Probablement. Je suis enclin à croire qu'il s'agit d'un couple. Le rapport montre qu'une couverture, un plaid, a été étendu sur le sol. » Il vit Troy faire un clin d'œil obscène à la jeune Brierly et lui donner un coup de coude si brusque qu'elle en laissa tomber son stylo. « De plus, aux abords de l'endroit où la couverture a été placée, des fougères et des plantes montrent des cassures qui semblent indiquer que c'était leur coin préféré ; un endroit que le couple a utilisé plusieurs fois auparavant.

— Cela semble un peu incroyable, Monsieur », dit Troy à nouveau. « Je veux dire, qu'elle ait été tuée parce qu'elle a vu quelqu'un faire l'amour. » Il se racla la gorge : « Un peu vieux jeu. Nous sommes en 1987, non ? Qui croit encore à la fidélité de nos jours ? »

Barnaby, qui n'avait jamais de toute sa vie été infidèle, répondit :

« Vous seriez surpris. On divorce encore pour adultère ; on déshérite. Des relations sont ruinées. La confiance détruite. »

Il y eut beaucoup de regards vides et un ou deux signes de tête approbateurs. Il se leva.

« Maintenant, au travail. »

« Ce serait commode si elle les avait vus dans l'après-midi, Monsieur. Beaucoup de gens sont au travail à cette heure-là, l'élimination serait plus facile.

— Nous ne savons pas quand elle les a vus. Ça pourrait être aussi bien à sept heures du soir. Il fait encore jour à cette heure-là.

— Oh ! » Troy conduisait prudemment, gardant l'œil sur le compteur. « Ils sont peut-être venus à pied de Gessler Tye. Ce n'est pas très loin. Venus de leur propre maison.

— Oui. Nous serons peut-être obligés d'élargir un peu nos recherches.

— Bien sûr, même s'il s'agit d'un couple, ça ne veut pas forcément dire que les deux sont impliqués. »

Barnaby avait déjà pensé à cela. Il était vraisemblable que l'un des deux était complètement libre, n'ayant rien à perdre si l'adultère était découvert. Il était vraisemblable aussi que, même si tous deux avaient des partenaires, un seul avait tant à perdre qu'il, ou elle, aurait été prêt à tuer pour éviter que sa liaison ne fût connue. Et la perte n'était pas nécessairement financière. Barnaby n'excluait pas la possiblité que Miss Simpson ait été tuée pour éviter de désespérer un partenaire légitime. Après tout, on peut très bien aimer tendrement son conjoint, et avoir quand même envie de batifoler dans le foin avec quelqu'un d'autre. Ils entrèrent à Badger's Drift, dépassant deux voitures de police qui se trouvaient déjà devant le Black Boy. Le porte à porte avait commencé.

Barnaby dit :

« Je vais commencer par les Lessiter. La grande maison aux lions. »

Le sergent Troy émit un petit sifflement d'envie quand ils traversèrent l'allée, et il accéléra un peu près de la porte principale, se garant dans un tourbillon spectaculaire de poussière et de graviers. Barnaby soupira et sortit de la voiture. Il utilisa le marteau, pseudo-ancien, et tandis qu'il attendait, il étudia les lampadaires de l'allée et une plaque avec une flèche pointant vers le côté, avec les heures de consultation du docteur, dans une écriture gothique qui avait l'air de sortir d'un film d'horreur.

Barnaby commençait à bien connaître la salle de consultation. Il l'avait encore vue la veille lorsqu'il était venu informer le docteur des résultats de l'autopsie. Les nouvelles n'avaient pas été bien accueillies. Trevor Lessiter l'avait regardé, incrédule, disant, à peu près comme George Bullard : « Ciguë ? » et il était tombé comme une pierre sur sa chaise. Ensuite, il s'était oublié au point d'inviter Barnaby à s'asseoir lui aussi. Même ses doigts étaient restés momentanément immobiles.

« Et qu'est-ce qui vous a amené à faire l'autopsie, si je ne suis pas trop indiscret ? »

Il était déjà sur la défensive.

« On nous a demandé d'étudier l'affaire.

— Qui ? Cette vieille bique cinglée en bas du chemin ? Ça ne m'étonnerait pas. » Il remarqua que le visage de Barnaby avait changé légèrement d'expression et fit un effort visible pour se calmer. « Il aurait été courtois de votre part de me tenir au courant.

— Nous sommes en train de le faire, monsieur.

— Avant, je veux dire, je suis sûr que vous avez très bien compris. »

Un bruit de pas qui s'approchaient rappela Barnaby à la réalité. Une jeune fille ouvrit la porte. Barnaby se souvint de la description du Dr Bullard — « une fille pas du tout délicieuse » — et comprit immédiatement que c'était la fille de Lessiter : petite, guère plus d'un mètre cinquante, et boulotte. Sa peau était épaisse et grumeleuse, et il y avait du duvet sur sa lèvre supérieure ; ses cheveux étaient sans éclat mais pleins de vitalité, ils se dressaient en une auréole drue autour de son visage. Elle avait de grands yeux noisette assez beaux, qui clignaient rapidement de temps en temps. Ce tic lui donnait un air craintif quoique un peu provocateur : c'était le genre de fille qui fait carrière grâce à son manque de confiance en soi.

Barnaby annonça la raison de sa visite et on le fit entrer. Il suivit Judy Lessiter à travers le hall. Ses jambes, qui s'échappaient d'une robe-chasuble informe, étaient vraiment curieuses : extrêmement grosses à la hauteur des genoux puis diminuant jusqu'aux chevilles, comme des pointes de quilles. Elle poussa la porte du salon et entra, Barnaby sur ses talons.

Le Dr Lessiter leva les yeux et mit de côté son *Telegraph* d'un air un peu ennuyé.

« Bon sang, je croyais que j'en avais fini avec vous.

— Oui, je suis désolé, mais ce genre d'enquête est très courant.

— Vous mettez le village sens dessus dessous !

— En raison d'une mort inexpliquée.

— La femme a pris un peu de ciguë par erreur. Il y a un grand champ de ciguë juste après Church Lane. Les graines volent partout. Évidemment quelques-unes sont tombées dans son jardin et y ont pris racine. Je n'ai jamais vu autant de bruit pour une histoire si simple !

— Nous demandons à tous les habitants du village de nous indiquer leur emploi du temps pour le jour en question. C'est-à-dire vendredi dernier, le 17 juillet, l'après-midi et le soir. »

Le docteur laissa échapper un petit grognement irrité, mit son journal de côté et se leva, leur tournant le dos, regardant la cheminée.

« Eh bien… s'il le faut. Consultations l'après-midi… puis dans la soirée.

— Les consultations ont lieu le mardi et le jeudi, papa. »

Le ton de Judy était calme et raisonnable mais Barnaby crut déceler un sourire assez déplaisant aux coins de ses lèvres.

« Quoi ? Oh… oui… désolé. » Il prit un magazine dans la corbeille à bûches et se mit à le feuilleter, montrant son manque d'intérêt. « J'étais ici, bien sûr. J'ai fait un peu de jardinage mais surtout j'ai regardé la finale du Test. Quel match c'était !… un superbe concours de cricket…

— Et le soir ?

— Encore ici, je crois. Une journée ennuyeuse, vraiment.

— Et votre femme, était-elle avec vous tout ce temps ?

— Une partie de la soirée. L'après-midi elle a fait des courses.

— Merci. Mademoiselle Lessiter ?

— J'ai travaillé pendant la journée, je suis bibliothécaire, à Pinner.

— Et dans la soirée ?

— ... ici. »

Les deux policiers remarquèrent qu'en entendant cela le docteur avait eu un geste de surprise un peu trop vif, visiblement intentionnel. Un prêté pour un rendu, pensa Barnaby.

« Euh, articula-t-elle, je suis sortie pour une petite promenade... il faisait si beau.

— Vous rappelez-vous à quelle heure ?

— Non, je regrette. Je ne suis pas restée longtemps dehors.

— Où êtes-vous allée ?

— J'ai descendu Church Lane, au-delà des champs, sur cinq cents mètres, à peu près, puis je suis revenue.

— Avez-vous rencontré quelqu'un ?

— Non.

— Avez-vous entendu ou remarqué quelque chose d'anormal quand vous êtes passée devant Beehive Cottage ?

— Non... je pense que les rideaux étaient tirés.

— Et à quelle heure êtes-vous rentrée ? »

Elle haussa négligemment les épaules.

« Pouvez-vous nous aider sur ce point, docteur Lessiter ? demanda Barnaby.

— Non. »

Le docteur était revenu au canapé et s'était replongé dans la lecture de son journal. Barnaby était sur le point de demander s'il pouvait voir Mme Lessiter quand elle apparut derrière lui, sur le pas de la porte. Il s'était rendu compte de sa présence par un changement soudain d'atmosphère. Le docteur, après avoir jeté un coup d'œil par-dessus l'épaule de Barnaby, reprit sa lecture avec une telle concentration qu'elle ne pouvait être que feinte ; Judy ne regardait personne en particulier ; le sang du sergent Troy s'échauffa et fit un tour sous sa peau presque transparente, la colorant d'un rose assez vif et peu seyant.

« J'ai cru entendre parler. »

Elle s'assit dans le fauteuil près de la fenêtre, mit les pieds sur un petit repose-pieds et sourit aux deux policiers. Elle aurait pu sortir tout droit d'un magazine, pensa Troy, fixant ses courbes mûres dessinées par l'ensemble en tissu-éponge, ses cheveux en cascade et ses lèvres brillantes, fondantes. Ses pieds fins et bronzés étaient chaussés de sandales dorées à hauts talons. Barnaby se dit qu'elle n'était pas aussi jeune qu'elle essayait de le faire croire à force de soins et d'argent. Elle n'avait pas la trentaine mais plutôt la quarantaine, et même la cinquantaine.

Répondant à sa question, elle dit que dans l'après-midi elle avait fait des courses à Causton et que le soir elle était restée à la maison, sauf pour un bref moment où elle était sortie en voiture.

« Vous aviez une raison particulière de sortir ?

— Non... eh bien... pour être honnête nous avions eu une petite dispute, n'est-ce pas Pookie ?

— J'ai du mal à croire que nos querelles domestiques puissent présenter un intérêt quelconque pour la police, ma chère.

— J'avais dépensé en vêtements plus que la somme qui m'est allouée, et il s'est fâché. Alors j'ai pris la Jaguar et j'ai fait un petit tour en attendant qu'il se calme. Puis je suis rentrée à la maison.

— Et cela, à quelle heure ?

— Je suis partie vers sept heures, je crois. Je suis restée dehors pendant une heure à peu près.

— Mlle Lessiter était-elle ici quand vous êtes revenue ?

— Judy ? » Elle la regarda, les sourcils froncés d'une façon impersonnelle, comme si elle se demandait ce que la jeune fille avait à faire dans cette pièce. « Je n'en ai pas la moindre idée. Elle passe beaucoup de temps dans sa chambre. Les adolescents sont comme ça, vous savez ? »

Pour Barnaby la lourde personne qui occupait maintenant presque la moitié d'un canapé n'avait rien d'une adolescente. Le mot impliquait non seulement un manque de confiance, de la gaucherie et une personnalité non fixée, mais aussi de la fragilité (fût-ce celle de l'ego) et de la jeunesse. Judy Lessiter avait l'air d'être née adulte.

« Vous ne vous êtes arrêtée nulle part, madame Lessiter ? Pour prendre un verre, peut-être ?

— Non.

— Eh bien, merci. »

Quand Barnaby se leva il entendit retomber le couvercle de la boîte aux lettres. Judy se leva lourdement et sortit de la pièce en courant. Sa belle-mère jeta un coup d'œil à Barnaby.

« Elle est amoureuse. Chaque fois que le facteur passe ou que le téléphone sonne nous avons droit à une petite comédie. » Son sourire éclatant et moqueur s'adressait aux trois hommes. Il disait : " N'est-elle pas ridicule ? Comme si quelqu'un pouvait lui répondre. " « En plus, c'est un homme affreux, mais irrésistiblement attirant, ce qui rend les choses plus difficiles encore... »

Les doigts de Trevor pâlirent en serrant son journal. Judy revint avec une poignée de lettres. Elle en jeta une sur les genoux de Barbara et plaça le reste dans le pli du *Telegraph*. Son père claqua la langue avec ennui.

Quand ils quittèrent la maison, Barnaby s'arrêta pour admirer une superbe clématite Madame le Coultre qui grimpait sur le portail. Avant de partir, il regarda par la fenêtre de la pièce qu'ils venaient de quitter. Barbara Lessiter, maintenant debout, fixait le jardin sans rien voir. Son visage était le masque de la peur. Tandis que Barnaby l'observait, elle fit une boule serrée de sa lettre et la fourra dans la poche de son ensemble.

« Qu'y a-t-il, belle-maman ?
— Rien. »

Barbara revint vers le fauteuil. Elle avait envie de café noir bien fort. Tout était prêt sur une table basse devant le canapé. Mais elle ne pouvait pas se fier à ses mains tremblantes.

« Tu es blanche comme un linceul. » Judy fixa la femme vieillissante. « Tu n'es pas enceinte, n'est-ce pas ?
— Bien sûr que non !
— Bien sûr que non, fit en écho Judy. Ce n'est plus de ton âge, n'est-ce pas ?
— Tu as une cigarette, Trevor ? »

Son mari, sans lever les yeux de son journal, répliqua :

« Il y en a quelques-unes dans une boîte sur mon bureau. »

Barbara prit une cigarette, la tapota avec tant de force qu'elle faillit la casser. Elle l'alluma avec un ballon de football en argent et demeura près de la fenêtre à fumer, leur tournant le dos. Le silence, rempli d'animosités muettes, s'éternisa.

Judy Lessiter adressa un regard de feu au bouclier de papier que son père tenait devant lui. Elle aurait aimé le brûler de part en part, comme avec un rayon de soleil amplifié par une loupe. Le voir brunir et noircir et s'effriter, laissant un trou pour que le visage stupide de son père, stupéfait, apparaisse au travers.

Cinq ans s'étaient écoulés depuis le jour horrible où tous deux s'étaient présentés à la porte avec aux doigts des alliances d'or assorties. La veille, il n'était pas rentré à la maison, disant qu'il était au chevet d'un patient moribond. Elle ne lui avait pas pardonné ce mensonge, qu'elle trouvait absolument méprisable.

Elle n'était même pas sûre de l'aimer encore. En tout cas, le plaisir qu'elle prenait à observer sa déconfiture, jour après jour, n'était pas le signe d'un grand amour.

Dès le premier instant elle avait opposé une forte résistance aux suggestions de Barbara, qui, avec un enthousiasme à vrai dire assez tiède, proposait des améliorations dans sa manière de s'habiller, son maquillage, sa chambre à coucher. Elle aimait sa chambre telle qu'elle avait toujours été — vieux jouets, couverture en patchwork, ses livres d'école et tout le reste — et les suggestions de Barbara pour la rendre plus féminine (rideaux en dentelle, papier peint sentimental avec Pierrots romantiques, moquette douce et touffue comme les peluches) lui soulevaient le cœur. De plus, se disait-elle, elle était trop intelligente pour être séduite par les magazines idiots que Barbara passait la moitié de sa vie à lire. Comme si un nouveau *je* pouvait naître sur les débris de l'ancien. Mais les conseils maternels n'avaient pas duré longtemps, et Barbara avait rapidement glissé dans les habitudes qui régnaient depuis. Elle donnait ses ordres à la femme de ménage, allait chez le coiffeur, à son club de gym, faisait du shopping, traînait par la maison, lisant et étudiant ce que Judy appelait les « Harpies Bizarres * » et autres Gorgones.

Judy n'était pas heureuse. Elle ne l'avait jamais été depuis la mort de sa mère. Du moins, pas à la façon simple et confiante de l'enfant unique de parents aimants et heureux. Mais le malheur des deux autres lui procurait une sorte de curieux réconfort. Et puis, il y avait Michael Lacey. Ou plutôt il n'y avait pas Michael Lacey. Plus jamais. C'était ce qu'elle devait se répéter sans cesse chaque fois qu'un peu d'espoir naissait dans son cœur. Ce n'était pas à cause de son apparence (même après son accident son visage était encore très beau) mais à cause de son travail. Un peintre doit être

* Jeu de mots sur le magazine *Harper's Baazar* (N.d.T.).

libre. La semaine dernière encore il lui avait dit qu'il allait voyager, travailler à Venise, à Florence et en Espagne. Folle d'angoisse elle avait crié : « Quand ? Quand ? » Mais il avait simplement haussé les épaules en disant : « Un jour... bientôt. » Depuis ses fiançailles, sa sœur Katherine était rarement à la maison et Judy allait de temps en temps jusqu'au cottage pour faire un peu de ménage, préparer du café. Pas trop souvent. Elle tentait d'espacer ses visites dans le secret espoir qu'elle commencerait à lui manquer.

Deux semaines auparavant il l'avait prise par le bras et conduite à la fenêtre. Il avait tenu son menton et étudié son visage, puis il avait dit : « J'aimerais faire ton portrait. Tu as des yeux extraordinaires. » Il l'avait dit d'une façon presque clinique, comme s'il était le sculpteur et elle une masse de pierre dont on pouvait tirer quelque chose, mais le cœur de Judy avait fondu dans sa poitrine *(un nouveau je !)*, et ses rêves, remis à neuf, avaient repris de la vigueur. Il n'en avait pas reparlé. Quelques jours auparavant elle était passée devant chez lui le soir, elle avait vu par la fenêtre qu'il travaillait et, manquant de courage pour le déranger, elle s'était silencieusement éloignée. Elle n'était pas revenue, de peur qu'une visite non désirée ne l'agace et ne provoque ce qu'elle redoutait le plus : un renvoi définitif.

Tout en pliant son *Telegraph,* Trevor Lessiter observa sa fille, à des miles de là comme d'habitude. Il se demanda ce qu'elle pensait et comment il était possible d'être si loin d'une personne qu'on voit tous les jours. Il était content qu'elle ne se soit pas décidée — malgré les lourdes insinuations de sa femme — à prendre un appartement à Pinner pour être « plus proche de son travail ». Maintenant Judy ne faisait plus rien dans la maison. Elle qui avait toujours mis sa fierté à faire briller les objets de sa mère, à arranger les fleurs. Ce que Mme Holland ne trouvait pas le temps de faire, personne ne le faisait. Et chaque fois que lui et Barbara se chamaillaient (ce qu'ils faisaient presque tout le temps à présent, lui semblait-il), il voyait dans les yeux de Judy une délectation qu'il trouvait profondément blessante. Il savait ce qu'elle pensait : « C'est bien fait pour lui. » Il regarda sa femme, ses seins lourds, sa taille fine, et fut pris par un vertige de désir. Ce n'était pas de l'amour. Il reconnaissait maintenant qu'il ne l'aimait plus ; il se demandait même s'il l'avait jamais aimée, mais elle avait encore du pouvoir sur lui. Beaucoup de pouvoir. Si seulement il pouvait parler à Judy. Tenter de lui faire comprendre comment il avait été entraîné dans le mariage — presque pris dans une trappe. Elle pouvait certainement le comprendre puisqu'elle était amoureuse. Mais une telle tentative l'épouvantait. Immanquablement les jeunes gens étaient perturbés et même offensés par des révélations sur la sexualité de leurs parents. L'indifférence persistante de sa fille et son manque de gentillesse provoquaient chez lui la même réaction. Jamais il n'aurait cru cela possible quelques années plus tôt.

Il se souvenait comment, après la mort de sa femme, Judy l'attendait lorsqu'il visitait un patient la nuit ; elle lui préparait de l'Ovomaltine, puis s'asseyait près de lui pour être sûre qu'il le boirait. Elle prenait tous les messages avec exactitude et attention, et écoutait les radotages de ses patients avec autant de gentillesse que sa mère autrefois. Levant les yeux vers son visage triste et maussade, il lui sembla qu'il avait jeté à la poubelle une chose infiniment précieuse pour la remplacer par un produit de mauvaise qualité.

Barbara Lessiter sentait la boule de papier serré se presser contre sa cuisse quand elle se mouvait. Elle se demanda, pour la millionième fois durant les cinq dernières minutes, où diable elle allait trouver cinq mille livres.

3

« Où allons-nous maintenant, Monsieur ?

— Eh bien, chez Mme Quine à Burnham Crescent...

— Je pensais que c'étaient les autres qui s'occupaient des maisons HLM ?

— Je me charge de celle-ci, c'est la femme de ménage de Miss Simpson. Puis il y a ce bungalow un peu trop chic et les quatre cottages d'après — et la ferme des Trace. Ou plutôt Tye House.

— Ils s'attendent à voir un gradé, n'est-ce pas ? Des gens de la haute société ?

— Épargnez-moi ce genre de remarques sociologiques, Troy. Gardez votre esprit pour vous et vos yeux ouverts.

— Oui, chef.

— Et votre crayon bien taillé. Nous commencerons par la ferme puis nous descendrons. »

Il y avait sur la porte principale une traverse gracieuse en fer forgé striée de blanc avec des fioritures. Le magnolia était complètement fleuri, ses grandes corolles claires et leurs coupes vert sombre se pressaient contre les fenêtres. Le sergent Troy tira la sonnette en cuivre d'un coup sec et au loin on entendit une cloche tinter. Barnaby se demanda s'ils avaient dans la cuisine une vitrine d'acajou et de verre avec une rangée de petites clochettes qui sonnaient impérieusement sous leurs ordres. Petite salle à manger. Buanderie. Cellier. Personne ne vint.

« C'est peut-être le jour de congé de la bonne. »

Troy n'arrivait pas à poursuivre la plaisanterie. Cette remarque lui était venue comme une amère raillerie. Combattant des souvenirs désagréables, il suivit Barnaby qui faisait le tour de la maison. Avant d'ouvrir, sa mère était obligée d'enlever son tablier. Et son foulard. Il la voyait encore en train d'arranger ses cheveux et de lisser son col d'une main nerveuse devant le miroir du hall. « Miss Willow veut vous voir, Madame. »

Ils pénétrèrent dans une cour pavée derrière la maison et à ce moment un petit chien efflanqué au museau gris et au poitrail moucheté courut vers eux. C'était un vieux Jack Russell et ses yeux n'étaient plus très bons. C'est seulement quand il fut tout près d'eux qu'il découvrit son erreur. Troy se pencha pour le caresser mais le chien s'en alla, inconsolable. Barnaby s'approcha de la porte de derrière.

« Peut-être aurons-nous plus de chance ici. »

La porte était grande ouverte, révélant une immense cuisine. Un homme était assis en face de la porte à une table de réfectoire, dans une attitude de découragement total, le front appuyé sur une main, les épaules courbées. A côté de lui, perchée sur le bord de la table, tournant le dos à Barnaby, il y avait une jeune fille. Tandis que Barnaby les observait elle se pencha en avant et toucha les épaules de l'homme. Il serra immédiatement sa main, puis, levant les yeux, il vit les deux hommes sur le pas de la porte et se leva. La jeune fille se tourna plus lentement pour les voir.

Très longtemps après, alors que l'affaire serait terminée depuis des années, Barnaby se souviendrait du moment où il l'avait vue pour la première fois. Elle portait une robe de soie aux rayures ivoire et vert pomme, et elle était la chose la plus adorable qu'il ait jamais vue. Sa beauté était plus qu'une simple perfection du visage et du corps (et n'est-ce pas déjà bien rare ?). Elle avait l'éclat inaccessible d'une étoile lointaine. Une beauté qui frappait le cœur. Elle s'approcha de lui, ses lèvres exquises ouvertes dans un sourire.

« Je suis désolée... il y a longtemps que vous sonnez ? Je n'entends pas toujours de la cuisine. » Barnaby lui expliqua la raison de leur visite. « Oh, bien sûr, entrez, je vous prie. Nous avons été bouleversés d'apprendre qu'il avait fallu faire intervenir la police, n'est-ce pas, David ? » L'homme qui s'était assis de nouveau ne répondit pas. « Miss Simpson a été l'institutrice de mon père, vous comprenez. Mes parents l'aimaient beaucoup. Au fait, je suis Katherine Lacey. Et voici David Whiteley, notre régisseur. »

Barnaby hocha la tête et l'interrogea sur son emploi du temps le jour en question, tout en jetant de brefs coups d'œil à l'homme assis à la table. C'était un homme grand de plus d'un mètre quatre-vingts et il avait le visage bronzé, presque tanné, des gens qui travaillent en plein air. Ses yeux étaient d'un bleu vif comme le cobalt et ses cheveux avaient la couleur du lin. Il les portait un peu plus longs que la normale. Il semblait avoir entre trente-cinq et quarante ans, et maintenant il avait l'air plutôt fâché qu'abattu. Barnaby se demanda ce qui se serait passé si Troy et lui-même n'étaient pas apparus sur le pas de la porte. Que signifiait le geste de la jeune fille lui touchant l'épaule ? Était-ce un geste de réconfort ? Une caresse ? Il lui avait pris la main avec ferveur : où cela l'aurait-il mené ? A une rebuffade ? A un baiser ?

« ... pour l'après-midi c'est facile. J'en ai passé la plus grande partie à la mairie à préparer la kermesse de samedi. Vous savez... à dresser les tréteaux... à trier les objets... Je travaillais au stand de l'Institut féminin.

— Je vois... » Barnaby hocha la tête, cherchant sans succès à imaginer Miss Lacey à l'Institut féminin. « A quelle heure êtes-vous partie ?

— Oh, vers quatre heures, je pense. Mais peut-être

plus tôt. Je ne sais jamais l'heure qu'il est, comme Henry vous le dira.

— Êtes-vous rentrée directement chez vous ?

— Oui. Pour prendre la Peugeot. Puis j'ai été à la grange, à Huyton's End pour chercher Henry. Il a un bureau... »

Elle s'arrêta tout à coup, puis dit :

« Écoutez, vous ne croyez pas qu'il vaudrait mieux que vous nous parliez à tous les deux ensemble ? À cette heure-là nous prenons toujours le café dans le salon. Vous êtes les bienvenus. »

Barnaby refusa le café mais admit que sa proposition était très utile.

« Venez aussi, David. »

Elle sourit de nouveau, cette fois à l'homme qui était assis sur la chaise, et tous les trois la suivirent (elle était presque aussi belle vue de dos) : elle leur fit traverser un hall, puis prendre un long couloir moquetté. Un des murs était tapissé de tableaux à l'huile, aux cadres ornés, représentant Trace à diverses époques, l'autre d'aquarelles délicates vers lesquelles Barnaby tourna un œil expert et envieux. Au bout du couloir une baie vitrée s'ouvrait vers une orangerie : un lacis éblouissant de volutes et de spirales en fer peint en blanc. Par les baies, Barnaby aperçut une belle pelouse, des ifs élégamment taillés et une fontaine scintillante. Il se demanda s'il y avait des faons. Katherine parla pardessus son épaule :

« À part Henry, la seule personne qui vive ici en ce moment est Phyllis Cadell, sa belle-sœur. Sa chambre est à l'étage. »

Elle tourna brusquement et ouvrit la première porte à sa droite.

Ils pénétrèrent dans un salon tout en longueur. Les murs étaient tachetés d'abricot et de crème et de riches tapis persans étaient éparpillés sur le parquet luisant. Des rocailles recouvertes d'or à la feuille décoraient le plafond. Au fond de la pièce un homme était assis dans une chaise roulante à côté d'une magnifique cheminée Adam. Il n'y avait pas de feu mais à la place un étincelant bouquet de feuilles et de fleurs blanches et argentées. Les genoux de l'homme étaient recouverts d'un plaid de voyage. Il avait un visage grave — presque sévère —, deux sillons profonds couraient de son nez jusqu'aux coins de la bouche. Ses cheveux noirs commençaient à grisonner et ses épaules étaient légèrement courbées. Barnaby fut surpris lorsqu'il apprit plus tard qu'Henry n'avait que quarante-deux ans. Il se demanda si c'était tout à fait par hasard que David Whiteley s'était assis sur le siège le plus proche de son patron. Il était difficile d'imaginer un contraste plus cruel. Même au repos Whiteley respirait une vitalité agressive. Ses membres droits et vigoureux semblaient faire éclater les coutures de son pantalon de velours et de sa chemise à carreaux. « L'homme Marlboro », railla Troy en lui-même. Katherine expliqua la raison de la visite de la police, puis s'assit sur un tabouret à côté de la chaise roulante et prit la main de Trace.

« Une horrible affaire, dit-il, je ne peux pas croire qu'il s'agisse d'un crime !

— Pour l'instant nous nous contentons de poser quelques questions, monsieur.

— Je ne peux pas imaginer que quelqu'un aurait voulu lui faire du mal, continua Trace. C'était l'être le plus charmant au monde. »

Il n'avait pas ajouté, remarqua Troy, ouvrant son carnet de notes avec une petite chiquenaude, qu'elle avait été l'institutrice de sa mère. École privée sans doute. Parfait pour certains.

« En fait, je l'ai vue le jour de sa mort », dit Katherine, d'une voix totalement dépourvue de cette excitation légèrement malsaine qui accompagne d'habitude ce genre de remarque.

« Quand cela ? » demanda Barnaby, jetant un coup d'œil à Troy dont le crayon dessina un arc pour montrer son attention.

« Le matin. Je ne me souviens pas de l'heure exacte où je me suis arrêtée au cottage. Elle avait promis de me donner un peu de miel pour le stand. Elle m'a donné aussi du vin de persil. Elle était toujours très généreuse.

— Et c'est la dernière fois que vous l'avez vue ? » Katherine acquiesça. « Revenons à l'après-midi... vous avez quitté la mairie vers quatre heures... vous avez pris la Peugeot... ?

— Je suis passée prendre Henry au bureau, et nous sommes rentrés, nous avons soupé et passé la soirée à nous chamailler à propos...

— A discuter !

— A discuter », elle tourna la tête et lui adressa un sourire taquin, « à propos d'une nouvelle roseraie. Je suis partie vers dix heures et demie.

— Vous ne vivez donc pas ici, Miss Lacey ?

— Pas avant samedi. Samedi nous nous marions. » Elle échangea un regard avec l'homme au fauteuil roulant. Son regard à elle était seulement tendre, mais celui de Trace exprimait non seulement l'adoration mais aussi le triomphe. Le triomphe du collectionneur qui a remarqué un spécimen rare et beau et qui, contre toute attente, a réussi à s'en emparer. Avec de l'argent, pensa le sergent Troy, on peut acheter n'importe quoi !

« J'habite un cottage à la lisière du bois de hêtres. Holly Cottage. C'est très en dehors du village. » Une ombre passa sur ses yeux. Elle ajouta d'une voix si basse que Barnaby eut du mal à entendre : « Avec mon frère Michael. » Barnaby lui demanda l'emplacement exact du cottage et elle le lui indiqua, ajoutant : « Mais vous ne le trouverez pas en ce moment. Il est allé à Causton acheter des pinceaux. »

Apparemment cela lui faisait mal de fournir cette information pourtant si innocente : elle serra fortement les lèvres et fronça les sourcils. Trace lui caressa doucement la tête comme s'il calmait un animal craintif.

« Êtes-vous passée devant la maison de Miss Simpson en rentrant ?

— Oui.

— Avez-vous vu quelqu'un ? Avez-vous entendu ou remarqué quelque chose ?

— Non, je ne crois pas.

— Le cottage était-il encore allumé ? Les rideaux étaient-ils tirés ?

— Je regrette... je ne me souviens pas !

— Merci. »

Barnaby tourna son attention vers Henry Trace. Dans son cas, les questions n'étaient qu'une simple formalité mais ne pas les poser serait faire preuve d'indélicatesse. Trace avait, peut-être, été capable de pousser son fauteuil roulant jusqu'au cottage de Miss Simpson pour l'empoisonner (dans ce cas sa fiancée mentait en disant qu'ils avaient passé la soirée ensemble). Mais on l'imaginait mal folâtrant dans le bois cet après-midi-là, à supposer même qu'un homme sur le point d'épouser Katherine Lacey soit assez fou pour en avoir envie. Il n'y avait aucune marque de roues ou de pneus sur les lieux. Barnaby supposa que la paralysie de Trace n'était pas feinte. C'est seulement dans les films que des gens vigoureux, pleins de santé, passent des années sous une couverture, cloués à un fauteuil roulant, avec pour seul objectif d'en bondir au moment crucial pour commettre le crime parfait.

« Vous confirmez les affirmations de Miss Lacey à propos du temps que vous avez passé ensemble ? »

Il entendit Troy, dans son coin, manier son papier.

« Oui, je les confirme.

— Quand vous étiez dans votre bureau, y avait-il d'autres personnes avec vous ?

— Oh, oui ! À côté ; on y entrepose les tracteurs et aussi les fertilisants. Il y a une trémie... des remises... C'est une partie très active de la ferme.

— Quelle est l'étendue de la ferme ?

— Cinq mille acres. »

Le crayon du sergent Troy frappa sauvagement la page.

« Pourriez-vous me donner le nom de votre médecin ?

— Mon médecin ? » Henry Trace jeta à Barnaby un regard stupéfait. Puis il reprit son calme. Il dit : « Oh !... je vois. » Les rides de son visage parurent encore plus profondes. Il sourit, d'un sourire privé de toute gaieté, de tout plaisir. « Mon généraliste est Trevor Lessiter. Mais vous feriez mieux d'échanger quelques mots avec M. Hollingsworth, du University College à Londres. » Il ajouta amèrement : « Il sera en mesure de vous confirmer que ma paralysie est authentique. »

La jeune fille assise à ses pieds poussa un cri d'indignation : elle jeta un regard de fureur à Barnaby. Trace lui dit :

« Ne vous inquiétez pas, chérie. Ils sont obligés de poser ces questions. »

Mais elle ne se radoucit pas et continua de fixer les deux policiers pendant l'interrogatoire de David Whiteley. Elle n'en était que plus belle, pensait Troy. Les réponses du régisseur furent brèves. Il dit que cet après-midi-là il avait travaillé.

« Où exactement ?

— À trois kilomètres sur la route de Gessler Tye. Je réparais des clôtures. Il y avait eu un grave accident deux jours plus tôt et plusieurs clôtures s'étaient effondrées. »

Barnaby acquiesça.

« Et après ça ?

— Je suis allé à Causton pour commander du treillis supplémentaire. Et ensuite je suis rentré chez moi.

— Je vois. Vous n'êtes pas passé au bureau de la ferme ?

— Non. Il était presque six heures. Je n'ai pas besoin de pointer, vous comprenez ? Je ne suis pas un ouvrier. »

Il s'efforçait d'avoir l'air amusé mais il y avait une pointe d'agacement dans sa voix.

« Et vous habitez... ?

— Witchetts. La maison aux volets verts, en face du pub. Je suis logé là par mon patron.

— Et le soir ?

— J'ai pris une douche, j'ai bu un verre. J'ai regardé un peu la télé. Puis je suis allé au Bear à Gessler pour dîner et pour voir du monde.

— A quelle heure ?

— Vers sept heures et demie, je crois.

— Vous n'êtes pas marié, monsieur Whiteley ?

— Occupez-vous de vos affaires !

— David... », s'écria Henry Trace. « Pas besoin de...

— Je regrette mais je ne vois vraiment pas en quoi, bon sang, le fait que je sois marié ou pas ait quelque chose à voir avec l'enquête sur la mort d'une vieille femme que, pour commencer, je connaissais à peine. »

Il ferma la bouche d'un air buté, croisa les bras et les jambes. Un moment plus tard il les décroisa. Puis il les croisa de l'autre côté. Barnaby, l'air tout à fait dépourvu de curiosité, resta assis tranquillement dans son fauteuil. Troy observa, caustique, les mollets et les biceps de Whiteley. Il connaissait ce genre d'homme. Un homme qui se prend pour un étalon. Il n'était probablement même pas capable de bander avant d'avoir avalé une demi-douzaine de bières et d'avoir vu un film porno. Le silence se prolongea. Puis David Whiteley poussa un soupir exagéré.

« Eh bien, oui, si vous avez besoin de le savoir, je suis marié, mais nous sommes séparés depuis trois ans. En fait, très peu de temps avant que je ne vienne travailler ici. Elle est professeur d'arts ménagers et elle vit à Slough. Et, juste pour vous éviter de fouiller tous les détails généalogiques, nous avons un fils de neuf ans. Il s'appelle James Laurence Whiteley et la dernière fois que je l'ai vu il mesurait un peu plus d'un mètre et pesait à peu près quarante kilos. Il était plongé dans le système Depeche Mode, BMX et des jeux d'ordinateur, et il jouait un minable match de basket-ball. Bien sûr ça fait très longtemps. Maintenant tout est probablement différent. »

Dans cette dernière remarque il n'y avait plus ni sarcasme ni colère. Sa voix, lourde d'émotion, se cassa d'un coup.

« Merci, monsieur Whiteley. » Barnaby attendit quelques instants puis reprit : « Revenons à la soirée du 17, pouvez-vous me dire à quelle heure vous avez quitté le Bear ? »

Whiteley respira profondément avant de répondre :

« Approximativement une demi-heure avant la fermeture. Ils doivent se souvenir. Je suis un habitué.

— Êtes-vous rentré tout droit chez vous ?

— Oui.

— Pouvez-vous nous donner la marque de votre voiture et le numéro de votre plaque minéralogique ?

— J'ai un break Citroën. ETW 373 V.

— Parfait. » Barnaby se leva. « Vous avez été très coopératifs. Je crois, Miss Lacey, que vous avez fait allusion à un autre habitant de cette maison ?

— Eh bien, oui, dit Henry Trace, il y a Phyllis. Mais n'est-elle pas dans sa nouvelle maison ?

— Non. » Katherine se leva. « Je l'ai entendue rentrer il y a une demi-heure. Je vais vous conduire. »

Elle parlait dans la direction de Barnaby, mais sans le regarder. Quand elle fit le premier pas pour s'éloigner, Henry prit sa main.

« Revenez tout de suite ici.

— Bien sûr. »

Elle pencha la tête et l'embrassa au coin de la bouche. C'était un baiser chaste mais le regard qu'elle reçut en échange ne l'était pas du tout. « Ils forment un joli tableau », pensa Barnaby. Trace avec son profil sévère, distingué, la jeune fille fraîche et gracieuse penchée sur lui, tous deux se détachant contre un pan de rideau de soie grise délavée. C'est peut-être le caractère un peu théâtral du tableau qui donna à Barnaby le sentiment que cette scène charmante n'était pas tout à fait naturelle. Elle était trop parfaitement agencée, d'un pathétique débordant et faux, comme une carte de vœux victorienne sentimentale ou les illustrations des romans de Dickens. Il s'expliquait mal cette impression. Non pas qu'il crût que les deux personnages jouaient un rôle. Il déplaça son regard vers David Whiteley. C'est peut-être sa présence qui avait fait naître cette idée. Peut-être était-ce tout simplement parce que la jeune fille n'était pas avec le bon partenaire, parce que la jeunesse appelle la jeunesse. Barnaby observa Whiteley observant la jeune fille. Son regard n'était pas du tout chaste non plus. Barnaby se dit qu'Henry Tracê serait un homme bien exceptionnel si de temps en temps... quand sa fiancée et son régisseur étaient loin de ses yeux il ne se posait pas certaines questions. Un collectionneur s'attend naturellement à une attitude avide de la part d'autres collectionneurs. Particulièrement quand il s'agit de sa pièce la plus précieuse.

Katherine les conduisit par un haut escalier en courbe puis le long d'un autre couloir, avec des petites tables demi-lune en bois poli, portant des vases de fleurs, des tabatières et des miniatures.

« Quel est le nom complet de cette dame ?

— Phyllis Cadell.

— Miss ?

— Tout à fait. »

Le ton acide de sa voix étonna Barnaby et lui plut. « Trop de douceur et d'éclat écœurent au bout d'un certain temps », pensa-t-il. Et même au bout de peu de temps. Il aimait ce qu'il appelait « un peu d'humeur ». Il se demandait quelle était la place exacte de Phyllis Cadell dans la maison et si cette position changerait après le mariage. Toute jeune fille souhaite prendre la direction de la maison. Et avec un époux infirme, il lui faudrait être particulièrement compétente. Il regarda la main légèrement bronzée de Miss Lacey quand elle frappa à la porte. Cette main semblait plus vigoureuse qu'on ne l'eût attendu chez une personne d'apparence si fragile.

« Oh, Phyllis, je suis désolée de vous déranger... »

Barnaby la suivit dans la chambre. Il vit une femme plutôt rondelette, d'âge mûr, avec un visage pareil à une boule de billard, des yeux couleur groseille verte et des cheveux bruns ternes coiffés dans un style jeune avec une frange frisée et de petites boucles très serrées. Au-dessus de son visage long et pâle cela semblait ridicule, comme une perruque sur la tête d'un cheval. Une boîte de fondants sur les genoux, elle était assise devant un grand poste de télévision qui jetait des éclairs.

« C'est la police. »

La femme se leva d'un bond. Des cubes de fondant volèrent aux quatre coins de la pièce. Elle s'accroupit, cachant son visage, mais non sans que Barnaby remarque la peur qui surgissait dans ses yeux. Katherine s'accroupit elle aussi. C'étaient des fondants assortis : trois nuances de brun (vanille, moka, chocolat), et quelques cubes étaient fourrés aux noix et aux cerises.

« Vous ne pourrez plus les manger, Phyllis.

— Je suis capable de ramasser trois bonbons, merci. Laissez-moi tranquille. »

Elle fourrait les cubes couverts de poussière n'importe comment dans la boîte. Elle ne regardait toujours pas les deux hommes.

« Dans ce cas vous accompagnerez l'inspecteur principal jusqu'à la porte, je vous prie. » N'ayant pas reçu de réponse, Katherine se tourna pour sortir ; juste avant de fermer la porte elle dit : « C'est au sujet de Miss Simpson. »

A cette remarque Barnaby observa que la couleur revenait sur les joues de la vieille dame, mais irrégulièrement, laissant la peau mouchetée, comme si elle avait rôti près du feu. Elle s'écria à l'adresse des policiers :

« Bien sûr, pauvre Emily ! Pourquoi n'y avais-je pas pensé ? Asseyez-vous... Asseyez-vous tous les deux ! »

Barnaby choisit un siège en daim près de la cheminée et regarda autour de lui. Une atmosphère très différente de celle du salon du rez-de-chaussée. Le mobilier était plutôt confortable, mais tout à fait impersonnel. Ni bibelots, ni photos et presque pas de livres. Quelques exemplaires de *The Lady,* quelques gravures sans intérêt et une plante verte mourant sur l'appui de la fenêtre. Mis à part le poste de télévision cette pièce aurait pu être la salle d'attente d'un dentiste.

Phyllis Cadell ferma le poste et s'assit en face d'eux. Toute la peur qu'elle avait apparemment éprouvée lors de leur arrivée était maintenant fermement maîtrisée. Elle tourna vers eux un regard plein d'attention mais vide. N'étaient ses genoux trop fermement serrés et les veines apparentes sur son cou flasque et mou, Barnaby aurait pu la croire tout à fait détendue. Elle répondit volontiers aux questions sur son emploi du temps le 17. Elle avait passé l'après-midi à la mairie pour préparer la kermesse. Et elle avait passé la soirée « d'une façon tout à fait irréprochable, je vous assure, inspecteur principal, à regarder la télévision ».

Barnaby ne fut pas surpris. Il avait peine à imaginer cette matrone, la chair s'échappant de son corset rigoureusement serré, en train de rouler et de folâtrer dans les bois. Évidemment il n'excluait pas cette possibilité. Les personnages les plus invraisemblables inspirent parfois des passions romantiques. Combien de fois avait-il entendu sa femme dire : « Je ne sais pas ce qu'il lui trouve. » Ou, moins fréquemment, l'inverse. Non, ce qui empêchait de penser que Phyllis Cadell était la femme des bois ce n'était pas son apparence privée de charme, mais le fait qu'elle n'avait rien à perdre si on la découvrait. Compte tenu de l'attitude de la société à l'égard des femmes d'âge mûr, indépendantes, elle avait même beaucoup à gagner. Alors, pourquoi avait-elle été si effrayée quand ils étaient entrés ?

« À quelle heure avez-vous quitté la mairie, Miss Cadell ?

— Voyons », elle tapota sa lèvre supérieure d'un doigt potelé couleur de suif, « j'étais presque la dernière à partir... il devait être à peu près quatre heures et demie, cinq heures moins le quart.

— Êtes-vous sortie avec Miss Lacey ?

— Katherine ? Mon Dieu, non ! Elle est partie beaucoup plus tôt. Elle est restée très peu, en fait. » Elle remarqua le regard que le sergent Troy jetait au profil insensible de Barnaby. « Oh ! mon Dieu ! » Elle fit une petite moue de regret feint. « J'espère que je n'ai rien dit de travers.

— Êtes-vous sortie à nouveau après votre retour de la mairie ?

— Non. Je suis montée tout droit ici quand nous avons fini de souper. J'ai écrit une ou deux lettres, puis, comme je l'ai affirmé précédemment, j'ai regardé un peu la télévision. »

« Comme je l'ai affirmé précédemment », répéta Troy en lui-même, transcrivant soigneusement. Les gens parlent souvent comme ça quand ils s'adressent à la police. Des remarques dans un jargon officiel qu'ils ne songeraient jamais à employer en d'autres circonstances. Il écoutait Miss Cadell passer en revue la liste de toutes les émissions qu'elle avait vues ; puis, comme si cela pouvait paraître suspect, elle ajouta :

« Je me souviens seulement parce que c'était vendredi. Les émissions de jardinage, vous comprenez ? »

Barnaby comprenait. Il les regardait lui-même chaque fois qu'il arrivait chez lui à temps. Il dit :

« Vous avez des employés vivant ici ?

— Non. Nous avons un jardinier et un aide. A deux, ils s'occupent du parc, nettoient les voitures et s'occupent de tout l'entretien. Et il y a aussi Mme Quine. Elle arrive vers dix heures. Elle fait le ménage courant, prépare les légumes pour le dîner, un déjeuner rapide, puis s'en va vers trois heures. Je fais la cuisine le soir et elle nettoie tout et fait la vaisselle le lendemain. J'espère que Katherine la gardera. Mme Quine amène sa petite fille et ce n'est pas tout le monde qui accepte les enfants. C'est drôle mais nous la partagions avec la pauvre Miss Simpson. Elle allait là-bas pendant une heure tous les jours avant de venir chez nous...

— Et vous allez continuer à vivre ici après le mariage, Miss Cadell ?

— Mon Dieu, non ! » Un gloussement étouffé qui était peut-être un rire. « Il ne peut pas y avoir deux maîtresses de maison dans la même maison. Non, on me met à la retraite. Henry possède plusieurs cottages dans la propriété. Deux ont été... je crois que le terme exact est jumelés. C'est... très bien ! »

Pas aussi bien que d'être la maîtresse de Tye House, pensa Barnaby, se souvenant du superbe paysage qu'il avait aperçu par les vitres de l'orangerie. Pas du tout aussi bien.

« M. Henry est-il veuf depuis longtemps ? »

Et voilà que cela revenait. Aussi clair et brillant qu'une allumette s'enflammant dans une pièce sombre. L'étincelle de la peur. Phyllis Cadell détourna son regard, étudiant attentivement le plus insignifiant des deux paysages accrochés au mur.

« Je ne vois pas en quoi cela peut avoir un rapport avec la mort de Miss Simpson.

— Non, je vous demande pardon. »

L'inspecteur principal Barnaby attendit. Son expérience lui avait appris que — les grands criminels mis à part — les gens avaient quelque chose en commun : ceux qui n'avaient rien à cacher étaient incapables de rester longtemps silencieux au cours d'un interrogatoire policier. Quelques instants plus tard Phyllis Cadell commença à parler. Les mots tombaient en vrac comme si elle avait hâte de se débarrasser d'eux et d'en finir avec ce sujet.

« Bella est morte il y a un an à peu près. En septembre. Un accident de chasse. Cela a été une tragédie terrible. Elle n'avait que trente-deux ans. À l'époque, il y a eu un récit complet dans le quotidien local. »

Tout cela dit d'un seul trait, pensa Barnaby. Et par des lèvres blanches comme du lait.

« Est-ce alors que vous êtes venue diriger la maison ? dit-il.

— Pas du tout. J'ai emménagé ici juste après le mariage. Bella ne s'intéressait pas vraiment à la marche d'une maison. Ce qu'elle aimait, c'étaient les parties de chasse, monter à cheval, pêcher. Et s'occuper d'Henry, bien sûr. Ils étaient mariés depuis presque cinq ans quand elle est morte.

— Miss Lacey a l'air bien jeune pour prendre en charge autant de choses », dit Barnaby, mais elle ne mordit pas à l'hameçon. Ses émotions étaient maintenant aussi fermement contenues que sa poitrine dans son corsage serré.

« Oh, non, pourquoi ? Je pense qu'elle fera une maîtresse de maison charmante pour le manoir. Et maintenant — elle se leva —, si c'est tout… »

Elle descendit vivement les escaliers avec eux et les conduisit jusqu'au hall d'entrée, puis tout d'un coup elle s'arrêta entre deux statues de bois autrefois doré. Pendant un moment ils restèrent tous les trois debout sur le sol à carreaux noirs et blancs comme des pièces d'un jeu d'échecs, utiles mais impuissantes jusqu'à ce qu'on les déplace. Phyllis passa d'un pied à l'autre (reine piégée) puis elle parla :

« Humm… vous avez dû penser que je paraissais très étonnée de vous voir… que j'étais stupéfaite… quand vous êtes arrivés. »

Barnaby eut l'air poliment intéressé. Troy regarda la plus grande des deux figures ; un roi portant une couronne élancé qui avait encore des traces de lapis-lazuli sur les pupilles.

« La vérité est... je... eh bien, c'est la vignette de ma voiture. Vous savez comment ça se passe. » Un sourire nerveux se forma, montrant de fortes dents, toutes tachées. « On se dit qu'on va le remarquer...

— Oui », acquiesça l'inspecteur principal. Ce serait une bonne idée.

Quand la porte se ferma rapidement derrière eux, Troy dit : « Pathétique. » Parlait-il de l'apparence de la femme, de sa place dans la maison ou de son mensonge maladroit et évident à propos de la vignette de sa voiture ? Dans tous les cas Barnaby ne pouvait qu'être d'accord.

Katherine Lacey arpentait lentement la cour pavée, regardant les deux policiers s'en aller. Malgré la chaleur elle eut froid. Benjy geignait tristement depuis l'abri du premier silo. Elle traversa la cour et le prit dans ses bras. Il commença à se débattre. Sa fourrure glissait sur ses côtes comme s'il n'y avait pas de chair pour les séparer.

« Chérie... ? »

Elle entendit un bruit amorti quand Henry franchit le seuil de la cuisine et roula vers elle. Elle déposa le chien.

« Quelque chose ne va pas ? »

Elle s'efforça de se reprendre avant de se tourner vers lui. Elle ne répondit pas, elle se contenta de secouer la tête : une masse de cheveux sombres et brillants dansant autour de sa tête.

« Est-ce Benjy ? Il faut renoncer, vous savez, Kate. Tous les deux nous avons fait tout ce que nous pouvions. Il ne mangera pas. Je vous en prie... laissez-moi appeler le vétérinaire.

— Oh, encore un jour !

— C'est un vieux chien. Elle lui manque trop. Nous

ne pouvons pas nous asseoir ici et le regarder mourir de faim.

— Ce n'est pas seulement ça. » Elle se tourna et s'accroupit maladroitement à côté de sa chaise. « C'est... je ne peux pas expliquer... Oh, Henry ! » Elle prit ses mains. « Je viens d'éprouver un sentiment horrible...

— Que voulez-vous dire ? » Il lui sourit, sa voix était indulgente : « Quel genre de sentiment ?

— Je ne peux pas dire exactement... seulement que tout va aller très mal... le mariage n'aura pas lieu...

— Quelle bêtise !

— Je savais que vous alliez dire ça. Mais vous ne comprenez pas... »

Elle s'écarta, étudiant son visage. Aimable, beau, un tout petit peu suffisant. Et n'était-ce pas naturel ? Les Trace remontaient à la conquête normande. Les gisants de sir Robert Trayce, de sa femme Ismelda et de leur chat reposaient pour toujours dans la fraîcheur d'une église du XIIIe siècle. Les Trace avaient répandu une modeste quantité de leur sang de propriétaires terriens lors des deux guerres mondiales et étaient retournés couverts d'honneurs à leurs devoirs de gentlemen campagnards. Les mots « possession assurée » n'avaient aucun sens pour eux. Ils n'avaient jamais connu autre chose.

« Vous ne comprenez pas, répéta Katherine. Comme vous avez toujours eu ce que vous désiriez vous ne pouvez pas comprendre que la vie n'est pas comme ça. Je pense que ces choses qui se produisent maintenant... la mort de Miss Simpson... et maintenant Benjy... et Michael qui refuse de venir samedi... Je pense que ce sont de mauvais présages... »

Henry Trace sourit.

« Prends garde aux idées de mars.

— Ne vous moquez pas de moi.

— Pardonnez-moi, chérie, mais personne ne crie ni ne hurle dans les rues, me semble-t-il ?

— Quoi ?

— Et quant à Michael... eh bien... on peut difficilement parler d'un mauvais présage. Vous deviez savoir depuis des semaines qu'il refuserait sans doute de vous laisser partir. Vous savez comment il est.

— Mais je pensais... le jour de mon mariage...

— Vous voulez que je lui parle ?

— Cela ne changerait rien. On pourrait croire qu'après tout ce que vous avez fait pour nous...

— Chut ! Ne parlez pas comme ça. Je n'ai rien fait. » Quand elle se leva, se penchant sur les bras de son fauteuil roulant, il dit : « Pauvres petits genoux, tout abîmés par les pavés. » Il leva l'ourlet de sa robe et toucha tendrement la chair marquée. « Ah, les petits genoux chéris... Henry va les soigner. »

Phyllis Cadell, qui était penchée à la fenêtre au-dessus de leurs têtes, se détourna. Elle alluma brusquement le poste de télévision et s'effondra dans le fauteuil le plus proche. Des voix remplirent la chambre. A l'écran un couple, dans une extase de folle cupidité, se battait pour prendre dans ses bras une montagne de biens de consommation durables, tandis qu'un auditoire à peine moins extatique criait des insultes et des encouragements. Avec un sourire figé, fou, la femme glissa, déplaça une boîte et fit s'effondrer toute la pyramide. Phyllis appuya sur la télécommande et vit apparaître un couple abruti, chacun amoureux du petit déjeuner aux céréales de l'autre. Le troisième bouton activa une scène bucolique : un couple de gens âgés, au comble de la joie, entourés par leur charmante famille, lisant les télégrammes de félicitations qu'ils avaient reçus pour leurs noces d'or. Le quatrième bouton proposait un vieux film en noir et blanc. Deux hommes en tenaient un troisième par les bras, tandis que Sterling Haydon lui tapait dessus. Un gauche sur la mâchoire, puis un droit. *Boum. Crac.* Des coups de poing dans le ventre, la respiration coupée, un sifflement d'agonie. Puis un coup de genou à l'aine et un punch aux reins.

Phyllis s'enfonça dans son fauteuil. Elle prit la boîte de fondants et se mit à fourrer dans sa bouche les cubes grumeleux, poussiéreux. Elle les entassait férocement, sans s'arrêter, comme si elle attaquait ses propres mâchoires. Des larmes coulaient sur ses joues...

4

« J'imagine que ça va être un mariage très élégant. Avec des tentes et tout le reste ? »

Tout en parlant, Troy fixait l'horizon, jetant un regard vert de jalousie sur les biens d'Henry Trace. Des miles et des miles d'argent ondulant au vent.

« Sans doute. »

Laissant Tye House, Barnaby tourna à gauche, se dirigeant vers les cottages mitoyens. Craignant une autre rebuffade, Troy ne demanda pas pourquoi son chef entreprenait un tour mondain de porte à porte. Mais en l'occurrence Barnaby choisit de l'éclairer.

« C'est ce bungalow », il indiqua l'extrémité de la rangée de maisons, « qui m'intéresse. Là-dedans il y a quelqu'un qui surveille tout de très près. Je suis curieux de savoir ce que les voisins ont à dire.

— Je vois, Monsieur », c'était tout ce que Troy trouva à répondre, mais à cette confidence une vague de satisfaction le submergea.

Le premier cottage était vide : les occupants, leur dit une très vieille voisine, étaient des gens de Londres qui n'étaient pas venus depuis au moins un mois. Et l'homme qui habitait le dernier cottage était absent jusqu'à dix-huit heures tous les jours : il enseignait à Amersham. Troy prit son nom pour les policiers qui passeraient le soir. La vieille dame fut très discrète à propos de son emploi du temps, affirmant simplement qu'elle n'était pas sortie le jour en question. Puis elle secoua brusquement la tête vers la haie de buis bien taillée du cottage numéro trois.

« Demandez-lui donc, à elle, où elle était vendredi ! Elle empoisonnerait sa grand-mère pour un demi-penny de cacahuètes. »

Dans le cottage voisin une fenêtre se referma bruyamment.

« Et le bungalow ?

— Je ne sais rien d'eux. »

Elle ferma sa porte avec fermeté.

« C'est un peu étrange, non ? » dit Troy tandis qu'ils descendaient le sentier. « Un petit village comme celui-ci et elle ne sait rien des gens qui habitent deux maisons plus loin.

— C'est étrange en effet », répondit Barnaby, comme ils arrivaient au cottage suivant. Il souleva par la jambe un lutin qui faisait une grimace et le laissa retomber élégamment.

Une dame plus vieille encore apparut. Elle leur tint à peu près le même discours avec la seule différence que pour elle le prix du sang était évalué à deux pence de fromage. Puis elle posa la main, un tas d'os sans poids plein de taches de rousseur, sur la manche de l'inspecteur principal :

« Écoutez, jeune homme », dit-elle, et tout à coup il se dit qu'elle était la plus gentille des deux vieilles dames, « si vous voulez savoir ce qui se passe par ici », un petit rire sec, affreusement obscène s'échappa de ses lèvres flétries, « dites un mot à Mme Rainbird, la maison juste à côté. Elle est capable de vous dire ce qu'il y a dans votre mouchoir quand vous vous êtes mouché dans un noir d'encre, derrière une porte fermée. Elle passe tout son temps là-haut dans son grenier avec une paire de jumelles. Elle dit qu'elle est *ornithophile*. Camouflage. » Elle répéta le mot, tapotant le revers du veston de Barnaby. « Dans ma jeunesse on se penchait sur le portail et on bavardait sans se cacher. Je ne sais pas où va le monde ! »

Puis elle leur confia que Mme Rainbird avait un fils dans le commerce des boîtes et des cercueils.

« Une sale petite teigne, voilà ce qu'il est. Les gens disent qu'il conserve ses petites culottes dans le frigo. »

Le sergent Troy qui s'étranglait de rire fit semblant de tousser. Barnaby, qui avait déjà rencontré M. Rainbird, ne pouvait qu'être d'accord avec les gens qui disaient cela. Il remercia la vieille dame et s'en alla.

Le bungalow s'appelait Tranquillada. Barnaby se dit que cela faisait penser à l'Inquisition espagnole, en un peu plus détendu. Le nom était suspendu au cou d'une immense cigogne en faïence qui tuait le temps, juchée sur une patte devant la maison. Le jardin était assez grand, très bien entretenu, plein d'arbustes d'ornement et de roses. La Porsche métallisée était garée dans l'allée. Le sergent Troy choisit la sonnette plutôt que le marteau et obtint un chœur matinal d'oiseaux bref et aigu, Dennis Rainbird apparut.

« Eh bien, rebonjour. » Il semblait ravi de revoir Barnaby. « Et vous avez amené un ami ? » Il gratifia Troy d'un sourire radieux qui rebondit sur le visage fermé du sergent comme une balle de ping-pong sur une dalle en béton. « Entrez, entrez. Mère. » Il tourna la tête : « Mère, c'est la gendarmerie. » Il prononça... *gendaremerie.*

« Oh ! Mais je les attendais ! »

Une voix aimable, flûtée, leur arriva de loin.

Le bungalow était beaucoup plus grand qu'il ne semblait de l'extérieur et Dennis leur fit dépasser plusieurs portes ouvertes avant de les faire entrer au salon. Une cuisine qui luisait, une chambre à coucher (tout en blanc et en or) qui scintillait, et une deuxième chambre ornée de beaucoup de daim rouge et de cuivre étincelant.

« Je suis dans le salon, Denny », modula la voix.

Elle parlait en séparant toutes les syllabes des mots,

et en appuyant sur les finales. Quand ils entrèrent, Mme Rainbird se leva de ses coussins moelleux comme si elle quittait son nid.

Elle était très, très grosse. Elle s'étalait vers l'extérieur et se dressait vers le haut. Un quart de son poids semblait venir de ses cheveux, qui formaient une structure rigide semblable à une pagode : un paysage de pointes et de vagues, de volutes et de boucles qui se terminaient par un pic aigu comme le cône renversé d'un cornet de glace. Elle était abondamment maquillée de couleurs criardes, et portait un cafetan lilas plutôt court, montrant des jambes grosses comme des poutres et de tout petits pieds. L'inspecteur principal cueillit son regard de bienvenue, direct et tranchant comme une lancette, et il se présenta.

« Je savais que vous étiez en chemin. J'ai vu une voiture tandis que j'étudiais quelques hirondelles sur les câbles téléphoniques. Très joliment disposées. On aurait dit des notes de musique.

— Ah !... C'est peut-être vous que j'ai aperçue l'autre matin quand je suis allé à Church Lane. Dans votre grenier, je pense. Un excellent point de vue.

— Poste d'observation, monsieur Barnaby, c'est le terme que nous préférons, nous autres ornithologues, monsieur Barnaby. » Ça se corsait. Barnaby s'excusa. Elle agita une main chatoyante. « Mais asseyez-vous donc ! »

Barnaby s'affaissa dans un fauteuil tout incrusté de coussins au crochet.

« Et vous, mon cher ? » Dennis dansait autour du sergent Troy. « Vous n'allez pas rester sur vos jambes, voyons ! »

Vexé, Troy choisit la chaise la plus dure, s'assit droit comme un piquet et sortit son carnet de notes. Un sifflement perçant remplit l'air.

« Denny ? Prépare le thé ! » Dennis disparu, elle dit à Barnaby : « Vous avez besoin d'être nourri et désaltéré. » Puis, sans tenir compte de ses protestations elle ajouta : « Voyons, voyons. Ne me dites pas que vous n'êtes pas complètement exténué de poser toutes ces questions aux gens. C'est presque prêt. »

Et il en fut comme elle le voulait. Quelques instants plus tard, précédé par un léger cliquetis, Dennis entra dans le salon poussant un chariot qui ressemblait à l'Oratoire de Brompton. Il était chargé de petits sandwiches ornés de cœurs, piques, trèfles et carreaux et de gâteaux pleins de crème. Mme Rainbird remplit une assiette pour l'inspecteur principal Barnaby et la lui tendit.

« Vous ne pouvez pas refuser, monsieur Barnaby. »

Elle l'appelait « monsieur » Barnaby, croyant qu'il en allait de même pour les policiers que pour les médecins : quand ils sont haut placés on s'adresse à eux comme à des civils. « Il ne faut pas refuser ce dont le cœur a envie, vous savez. »

Son fils servit le thé ; ses doigts blancs, privés de sang, dansaient sur la vaisselle. Il posa sur la soucoupe une petite cuiller dont le manche était incrusté d'une immense pierre rouge et la tendit à Barnaby avec la tasse. Légèrement dégoûté, l'inspecteur principal se renfonça, plutôt mal à l'aise, dans son siège festonné.

Dennis mit sur une assiette un trèfle aux anchois, un pique au beurre de saumon, un carreau au pâté et un cœur aux légumes ; il y ajouta de la meringue en forme de volcan qui laissait échapper des vermisseaux couleur marron et navigua vers le sergent Troy. Dennis plaça l'assiette sur une petite table, apporta le thé puis retourna vers sa mère. Ils échangèrent un sourire et il arrangea ses coussins avant de s'asseoir, bien à sa place, sur un pouf à ses pieds.

« Nous faisons une enquête à propos d'une mort inexpliquée...

— La mort de cette pauvre Miss Simpson, bien sûr », interrompit Mme Rainbird, « je suis désolée pour sa famille.

— ... et j'aimerais bien que vous-même et votre fils

me donniez quelques détails à propos de votre emploi du temps dans l'après-midi et dans la soirée du vendredi 17.

— Je m'occupais de la disposition des fleurs et des plantes à la mairie du village. Vous avez sûrement entendu parler de la kermesse ? » Barnaby dit que oui, en effet. « Je suis partie vers quatre heures et demie avec Miss Cadell, de Tye House. Une des dernières, comme d'habitude. Je fais malheureusement partie de ces gens insupportables qui se croient obligés de tout faire eux-mêmes exactement comme il faut. » Un peu de vanité. Un sourire satisfait. Elle avait la bouche d'un poisson rouge qui même au repos garde une moue protubérante. « Délègue, Iris, délègue ! je me le dis toujours, mais vous croyez que j'y arrive ? Où en étais-je ?

— Vous étiez une des dernières à quitter la mairie.

— Ah, oui ! Je crois que seule Miss Thornburn, notre chère Akela, y était encore.

— Avez-vous remarqué à quelle heure Miss Lacey est partie ?

— Quelques minutes avant quatre heures.

— En êtes-vous sûre ? »

Question idiote ! Il avait déjà senti qu'il était en présence d'un oracle plutôt que d'un observateur. De toute évidence, Mme Rainbird avait l'œil d'un aigle et, de même, chose presque aussi importante, elle avait l'olympien désintérêt de l'aigle pour le bien-être de sa proie.

« Tout à fait sûre », répondit Mme Rainbird. « En fait, elle s'est éclipsée, à mon avis, *d'une façon presque furtive.* » En disant ces mots, elle jeta un coup d'œil au sergent Troy pour s'assurer qu'il les notait. « Mais je suis plutôt intriguée : pourquoi nous interrogez-vous à propos de l'après-midi ? Si j'ai bien compris, Miss Simpson est morte beaucoup plus tard.

— Nous ne sommes pas très sûrs de l'heure de son décès.

— Eh bien, en tout cas elle était vivante vers cinq heures puisque je l'ai vue.

— Vous l'avez vue ?

— Certainement. » Elle jouit un instant de la réaction de l'inspecteur. Dennis tourna la tête et lui offrit un sourire approbateur. « Je me trouvais justement à mon poste d'observation à ce moment-là, dessinant le vol d'un bombyx. J'ai vu Emily marcher très vite dans Church Lane, venant des bois. Elle s'est arrêtée une fois, et a mis la main à son côté. Je me suis demandé si elle était malade et j'avais presque décidé de courir à sa rencontre quand Dennis est arrivé pour le thé. N'est-ce pas, mon chou ? »

Sa main n'avait-elle pas serré l'épaule de son fils ? Un geste d'avertissement sans doute.

« Mm. » Dennis posa rapidement sa joue contre ses genoux. « D'habitude j'arrive à la maison vers cinq heures et demie, mais ce soir-là…

— Si cela ne vous ennuie pas, monsieur Rainbird, nous prendrons note de ces détails un peu plus tard.

— J'attends ce moment avec impatience. » Dennis mordit sa lèvre inférieure, rouge de plaisir d'avoir reçu une injonction aussi autoritaire. Il sourit au sergent Troy, un sourire aussi doux et écœurant que la tranche de gâteau à la vanille qu'il mangeait. « Je crois que le sergent n'aime pas sa lyonnaise aux marrons, mère.

— Propose-lui donc une frangipane. Oui… » Elle revint à Barnaby : « J'étais vraiment inquiète. En fait j'étais presque décidée à aller lui rendre visite après le dîner mais nous nous sommes mis à jouer au Monopoly et je me suis dit que cela pouvait attendre jusqu'au lendemain matin. Après tout, elle avait le téléphone et Miss Bellringer était à côté. Nous ne sommes donc pas sortis du tout, n'est-ce pas, mon chou ?

— Non. Nous sommes des petits oiseaux d'intérieur.

— Et qui a gagné tout Park Lane ?

— Moi, moi ! *Et* un gros morceau de Piccadilly !

— Mais j'ai vu Katherine Lacey à nouveau. Vers huit heures.

— Vraiment ? N'était-ce pas un peu tard pour votre passe-temps préféré ? Qu'est-ce qui vole encore à cette heure-là ?

— Des chouettes, monsieur Barnaby. »

Coup d'œil très acéré.

« Ah !

— Les hôtes de la nuit !

— Très juste.

— Nous avions fait une pause, Dennis préparait le café et il m'est arrivé de jeter un coup d'œil par la fenêtre.

— Je vois. Avez-vous vu où Miss Lacey est allée ? »

Elle se pencha dramatiquement en avant et, comme elle avait encore la main posée sur l'épaule de son fils, il fit de même. « Quel macabre duo d'acteurs », se dit Barnaby. Inexplicablement il pensa à la pièce de Joe Orton où sa femme avait joué le mois précédent. Ils auraient fait merveille tous deux.

« Elle a tourné dans Church Lane.

— Pensez-vous qu'elle rendait visite à quelqu'un ?

— Je n'ai pas pu le voir. La route fait un grand tournant tout de suite. Elle avait un des beagles avec elle. Et une lettre à la main.

— Alors elle est peut-être allée tout simplement à la boîte aux lettres ? » Mme Rainbird leva un sourcil crayonné qui ressemblait à un croissant de lune. Ce geste signifiait : s'il croit cela il croira n'importe quoi. « Et vous l'avez vue revenir ?

— Non, malheureusement non. » Sa voix était lourde de regrets. « Mme Pauncefoot m'a téléphoné. Elle voulait d'autres lis royaux pour la tribune des juges. Si seulement j'avais su... » Elle frappa du poing la paume de sa main : « Je serais restée pour observer. »

Son expression était beaucoup plus que simplement contrariée. Elle semblait bouillonner de regret au souvenir d'une occasion manquée. Manifestement, elle ne pouvait supporter l'idée qu'elle ne savait pas tout ce qui se passait, tout le temps, chez tout le monde. « Dessiner le vol d'un bombyx, mon œil », pensa Barnaby, et il se tourna pour interroger le fils.

« Au travail tout l'après-midi, comme mon associé le confirmera, je suis parti vers cinq heures moins le quart, j'ai conduit tout droit jusqu'à la maison et j'y suis resté.

— Je ne savais pas que vous aviez une part dans cette entreprise, monsieur Rainbird.

— Mère m'a acheté une participation à mon vingt et unième anniversaire. Je travaillais là-bas depuis trois ans et à cette époque je savais déjà que je ne voudrais jamais faire autre chose. » Il entoura ses genoux de ses bras, d'un geste enfantin. « J'adore ça. Vous comprenez ? »

Barnaby s'efforça d'avoir l'air de comprendre. À vrai dire les alibis des Rainbird ne l'intéressaient pas beaucoup. Ce qu'il cherchait à Tranquillada était beaucoup plus utile. Des informations générales sur les habitants du village. Et des ragots. S'il avait jaugé correctement Iris Rainbird, ces deux éléments sortiraient une fois que l'ouverture correcte aurait été jouée.

Il dit :

« Je suis sûr que vous comprenez, madame Rainbird, à quel point, dans un cas comme celui-ci, nous sommes heureux d'interroger quelqu'un d'aussi éveillé… d'aussi observateur que vous. Pour remplir les lacunes en quelque sorte. » La pagode s'inclina gracieusement. « Dites-moi… Miss Lacey et son frère… vivent-ils au village depuis longtemps ?

— Toute leur vie. Mais ils n'ont pas toujours été à Holly Cottage. Leurs parents avaient une grande maison de campagne juste un peu en dehors du village sur la route de Gessler Tye. Pas de terre pour ainsi dire, seulement un demi-hectare de jardin. Oh, c'étaient des gens très chics à cette époque-là. Une nurse, les enfants à Bedales, des poneys, des voitures et des voyages en France toutes les cinq minutes. Et des parties de chasse pendant les vacances. Ils se prenaient vraiment pour des aristocrates. Ils ne l'étaient pas, bien sûr. Aucune éducation. » Le sergent Troy, son crayon au repos, reconnut tout de suite dans cette remarque un ressentiment caché, sans en discerner la raison. « Les gens aimaient Madelaine mais lui c'était un homme épouvantable. Il buvait beaucoup et conduisait comme un fou. En plus, il était violent. On dit qu'il la maltraitait. Tout à fait sans cœur.

— Exactement comme son fils. » Dennis était intervenu impulsivement et ses joues jaunâtres avaient rougi. Cette fois il n'y avait pas de doute : les doigts s'étaient bien resserrés en guise d'avertissement sur son épaule. Il ajouta, bégayant : « Enfin... du moins c'est ce que j'ai entendu dire.

— Puis quand les enfants avaient à peu près treize ans tout l'argent a disparu. Il avait spéculé, pris une deuxième hypothèque sur la maison, fait un autre emprunt pour la rembourser, et il a tout perdu. Ça a tué Madelaine.

— Vous voulez dire littéralement ?

— Absolument. Elle s'est jetée en voiture dans la Tamise à Flackwell Heath. Elle était morte depuis à peine deux ou trois mois quand il a épousé une gamine qu'il avait rencontrée à Londres. Ils quittèrent le pays pour aller vivre au Canada.

— Et les enfants ?

— Eh bien... plus question d'écoles privées, naturellement. Ils ont dû aller à l'école de Gessler Tye avec le reste des *hoi polloi* *. »

Il y avait de la satisfaction dans sa voix. Troy hocha inconsciemment la tête en guise d'approbation.

* *Hoi polloi,* la foule, en grec ancien *(N.d.T.).*

« Et où vivaient-ils ?

— C'est ici que les Trace font leur entrée. Henry était une des premières personnes à qui Gerald Lacey s'était adressé pour obtenir de l'argent. Et il lui a prêté des sommes considérables. Je pense qu'il s'est dit plus tard qu'il aurait mieux fait de s'en abstenir. Il aurait mieux valu qu'il aide Gerald à mettre de l'ordre dans ses affaires. Du moins c'est l'impression que j'ai eue en parlant avec Mme Trace... c'est-à-dire avec Bella... »

L'inspecteur principal Barnaby tenta d'imaginer la feue Mme Trace discutant des affaires de son mari avec Mme Rainbird sans y parvenir. Il se demanda où elle avait réellement ramassé cette information.

« D'où Holly Cottage.

— Pardon ?

— Auparavant c'était le logement d'un garde-chasse. Henry a offert le cottage aux enfants et la nurse est restée pour s'occuper d'eux. Ils lui en ont fait voir de toutes les couleurs à la pauvre vieille âme. Ils s'entendaient comme larrons en foire quand ils étaient petits, ils lui ont donné du fil à retordre. Puis quand ils ont grandi, c'étaient des querelles sans arrêt. Eh bien, vous savez comment sont les adolescents. Ce n'est pas que Dennis m'ait donné le moindre ennui. » Dennis minauda derrière sa tranche de gâteau à la vanille. Une traînée de crème qui avait presque la même couleur que sa peau ornait sa lèvre supérieure. « Elle avait l'habitude de venir ici, la nurse Sharpe, rien que pour prendre une tasse de thé et pour avoir un peu de paix et de silence. Ici il n'y avait personne pour se quereller comme chien et chat. Avez-vous vu la cicatrice sur le visage de Michael ?

— Nous n'avons pas encore questionné M. Lacey.

— C'est elle qui lui a fait cela... sa sœur. Elle lui a balancé un fer à repasser à la figure, paraît-il. » Elle remarqua son changement d'expression et fit une moue : « Oh ! vous pouvez le voir, monsieur Barnaby, tout le monde se laisse avoir par ces visages angéliques, mais ils ne vous trompent pas vraiment. »

La sérénité de Mme Rainbird, qu'il avait admirée au début de leur rencontre, semblait l'avoir temporairement abandonnée. Que son fils — manifestement adoré, quoique d'un amour quelque peu malsain — ait été humilié d'une façon ou d'une autre, elle ne l'avait pas oublié.

« M. Trace a-t-il aidé les Lacey financièrement ?

— Oh, oui ! Le père n'avait pas laissé un seul penny derrière lui ! Et autant que je sache, Henry aide encore Michael. Même si ça ne lui vaut pas le moindre mot de remerciement.

— M. Lacey ne travaille-t-il donc pas ?

— A moins que vous appeliez la peinture du travail.

— Est-ce qu'il a du succès ? Est-ce qu'il vend beaucoup de tableaux ?

— Non. Et cela ne m'étonne pas. Il fait des choses laides, violentes. Il étale la peinture avec une pelle. Remarquez, ce ne sont pas les modèles qui lui manquent.

— Non. » Dennis mit son grain de sel. « La fille de Lessiter est toujours en train de rôder par là. Ça ne la mènera d'ailleurs nulle part, cette vilaine nana mal ficelée. Michael a fait mon portrait une fois, vous savez. »

Il s'épanouit, tout pâle d'excitation, le regard tourné vers Troy.

« Et c'était une chose hideuse.

— Oh, j'étais le petit chéri du mois, aussi longtemps qu'il me peignait », continua Dennis. « J'étais un modèle irréprochable. Puis quand il a eu ce qu'il voulait, il m'a dit de me tirer.

— Dennis ! Une autre glace sombrero, monsieur Barnaby ?

— Non, merci. Et la nurse, Mme Sharpe, vit-elle toujours ici ?

— Mme Sharpe ? Non. Elle est allée vivre à Saint-

Léonards aussitôt qu'ils ont été en âge de se débrouiller tout seuls. Elle était bien contente de s'en aller. Ils avaient à peu près dix-sept ans, je crois. Elle n'est même pas entrée me dire au revoir. Je dois dire que j'ai été un peu blessée. J'ai réussi à avoir son adresse par les Trace et je lui ai écrit une ou deux fois, mais elle n'a jamais répondu. Je lui ai envoyé une carte postale à Noël, puis j'ai laissé tomber. »

La frustration fit à nouveau surface. Manifestement elle aurait préféré une longue scène d'adieux pleine de révélations terribles. Tandis qu'elle se lançait dans une vive description d'une des plus terribles querelles domestiques à Holly Cottage, Barnaby, hochant la tête de temps en temps pour marquer son attention, se dégourdit les jambes en se promenant jusqu'aux portes qui donnaient sur le patio, au bout de la pièce.

Dehors, le gazon était clair et bien tondu. D'autres arbres en fleurs, des arbustes et une jolie tonnelle tout au fond. Il se demanda comment M. Rainbird avait gagné tant d'argent. Ils devaient en avoir beaucoup : il y avait le bungalow, la participation de Dennis dans l'entreprise de pompes funèbres, son beau jouet métallisé. Sans parler du chariot de thé.

Il revint à la conversation. Il commençait à se sentir mal à l'aise. Malgré le temps chaud les radiateurs étaient branchés à fond. Il observa Dennis dont les cils incolores battaient tandis qu'il regardait le sergent Troy. Avait-il froid? demandait Barnaby. Ce garçon n'était pas assez enrobé pour s'isoler du froid.

Vraiment, ce salon était affreusement oppressant. Il était bourré de meubles voluptueusement capitonnés, de couleurs voyantes. Et il y avait des vitrines pleines de porcelaines, principalement celles de Capo da Monti, et des rayons couverts de poupées portant les costumes de différents pays, plus plusieurs tableaux originaux profondément atroces. Celui qui était le plus près de Barnaby représentait un épagneul — il le regarda de plus près, attentivement, incrédule — noyé dans un flot de larmes. Tout un bazar que sa fille appellerait du baroque XXe siècle.

Il coupa court, courtois mais ferme.

« Merci beaucoup, madame Rainbird. »

« De rien, monsieur Barnaby. » Elle dessina un arc éblouissant dans sa direction. Il ne put éviter de lui serrer la main. C'était comme s'il tenait de la cire molle. « Ne sommes-nous pas sur terre pour nous entraider ? »

Quand les deux policiers descendirent l'allée le sergent Troy dit :

« Des hommes comme ça on devrait les châtrer. » Voyant que Barnaby ne répondait pas il ajouta à la fin un « Monsieur » pour améliorer son discours et continua : « Quant à la mère... elle n'est rien qu'un vieux moulin à paroles plein de venin.

— Mme Rainbird et les gens qui lui ressemblent sont une aubaine dans toute enquête policière, Troy. Mais il ne faut pas prendre les commérages pour des faits. Et quand ces gens vous livrent ce qu'ils affirment être des faits, il faut toujours vérifier à fond. Et ne tirez pas des conclusions trop rapides. Il faut garder un esprit ouvert, sergent, un esprit ouvert.

— Oui, Monsieur. »

Ils marchèrent jusqu'à Burnham Crescent, à l'appartement numéro 7, où habitait Mme Quine.

Tandis que Barnaby et Troy franchissaient une entrée ouverte dans une haie rébarbative et poussiéreuse, flanquée de montants de bois pourris, Mme Rainbird et son fils fermèrent la porte de Tranquillada et se regardèrent, brûlants d'excitation.

« Tu l'as pris ?

— Oui... maman !

— Ohhh... où... où est-ce ?

— Attends un peu. Tu n'avais pas dit...

— Tu es un gentil garçon. Maintenant... montre-le-moi.

— Non. » Le visage de Dennis, d'un déplaisant orange contre la lampe du hall, se rapprocha, obstiné. « Ce n'était pas bien. Tu dois le faire bien.

— Tu es un gentil garçon », chantonna-t-elle, en l'embrassant sur la bouche. Son souffle était très doux, un léger effluve de cachous à la violette, de crème et de vanille chaude. « Le plus gentil garçon à sa maman. » Ses doigts glissèrent sous sa chemise, caressant ses omoplates saillantes. « Le plus gentil, le seul petit garçon de sa maman. »

Il lécha le bout de son oreille, avec ses boucles d'oreilles en cascade :

« Mmm. » Sa respiration s'accéléra. « Il est malin, Dennis.

— Maintenant », elle prit sa main et le conduisit le long du couloir ; par les portes-fenêtres ils passèrent au jardin, « montre-le-moi...

— Je veux jouer un peu plus encore.

— Plus tard nous jouerons.

— À toutes sortes de choses ?

— Tout. Allons... où est-ce ? »

Ils s'arrêtèrent sur le gazon. Devant la tonnelle, il y avait un grand tas noir, une chose humide, dégoulinante : l'eau suintait sur la pelouse verte, brillant en cercles concentriques. Fièrement, Dennis conduisait sa mère. La main dans la main ils baissèrent les yeux. Ceux de Mme Rainbird brillèrent.

« Où l'as-tu trouvé ?

— Dans l'étang, derrière le bois de hêtres. Je les ai vus le jeter, ils l'ont lié autour de quelque chose. »

Mme Rainbird ne dit rien, elle soupira seulement, un long et lent sifflement de joie.

« Mon pantalon est tout mouillé. J'ai dû le mettre dans mes bottes, tu vois.

— Nous t'en achèterons un autre.

— Oh, maman ! » Excité, ravi, Dennis pressa son bras. « Alors tu penses que ça vaut cher ?

— Oh, oui ! mon chéri. » Elle fit un pas en avant et poussa la masse trempée de la pointe de sa chaussure. « Très cher. Très très cher. »

5

Le jardin du numéro 7 était un dépotoir. Littéralement. Il y avait une petite pyramide d'ordures chancelante, appuyée contre le côté de la maison. Châssis de lits, landaus cassés, vieilles boîtes, chaînes en fer rouillées et une grande cage à lapins défoncée. Les rideaux du rez-de-chaussée étaient bien fermés. Barnaby fit résonner la boîte aux lettres. Quelque part dans la maison un enfant pleurait. Il entendit une femme crier : « Ferme-la, Lisa Dawn. » Puis : « Attendez un instant, voulez-vous ? » Pensant que cela s'adressait peut-être à lui, Barnaby attendit.

Finalement Mme Quine apparut. C'était une femme mince, elle avait la poitrine creuse et un amas de taches rouges entouraient sa bouche. Elle fumait, et elle avait l'air d'être constamment en mouvement même quand elle s'arrêtait, comme si on venait de la remonter et qu'elle était pressée de se mettre en marche.

« Entrez. » Elle fit un pas en arrière quand ils entrèrent. « Ma voisine m'a dit que vous rendiez visite à tout le monde. »

La pièce où ils pénétrèrent était remplie d'une épaisse fumée et à peine éclairée par un lustre en bois aux abat-jour de parchemin décorés de galions. Le poste de télévision hurlait. Mme Quine ne fit aucun geste pour l'éteindre. La pièce était en désordre et pas très propre. Une petite fille, assise près d'une table en plastique, reniflait et se mouchait.

« Voyons, regarde qui est là, Lisa Dawn. » L'enfant fixa Barnaby. « Je t'avais dit que j'appellerais les gendarmes si tu n'étais pas sage. » Nouvelles larmes. « Regardez ce qu'elle a fait, Monsieur le Gendarme. » Mme Quine attrapa sur la table un objet noir et trempé. « Son livre animé *Jésus bébé*. Elle l'a eu à Noël ! Il y a du jus de cassis partout. » Elle ouvrit le livre. Jésus, Marie, Joseph, et des animaux de toutes sortes surgirent de la page, richement et symboliquement empourprés. « Au bout de cinq minutes rien n'est plus neuf dans cette maison !

— Oh, je suis sûr que c'était un accident. »

Barnaby sourit à Lisa Dawn qui baissa les yeux tristement et se remit à renifler. Il se tourna vers Mme Quine, qui maintenant arpentait vivement la pièce, tirant violemment sur sa cigarette, lui donnant des chiquenaudes et laissant tomber des cendres partout.

« Je ne peux pas m'arrêter, expliqua-t-elle. Il faut que je bouge tout le temps.

— J'ai appris que vous travailliez pour Miss Simpson.

— C'est vrai. Là et à Tye House. J'ai travaillé aussi pour la vieille Clanger. Mais seulement pendant une semaine. Elle m'a dit que je pouvais faire ce que je voulais à condition de ne rien déplacer. Mais comment peut-on nettoyer sans déplacer les choses ? Pouvez-vous me le dire ?

— Vous parlez de Miss Bellringer ?

— C'est ça.

— Est-ce que vous êtes allée travailler comme d'habitude le matin où Miss Simpson est morte ?

— Bien sûr. Il n'y avait pas de raison de ne pas le faire, hein ? Miss Bellringer surveillait depuis sa fenêtre. Elle est sortie et elle m'a dit... Vous pouvez vous asseoir si vous voulez.

— Pardon ? Oh ! merci. »

Barnaby s'assit sur le bord d'un canapé en vinyle noir. Un des coussins dégorgeait des éclats de mousse multicolore par une déchirure faite au rasoir.

« Elle m'a donné une tasse de thé au cas où je me trouverais mal. Puis je suis allée à Tye House.

— Ça a dû être un choc ?

— Ça l'a été. Le docteur était passé quelques jours plus tôt. Miss Simpson avait un petit trouble aux bronches mais il pensait que si elle se soignait bien elle vivrait encore dix ans. » Mme Quine alluma une cigarette sur le mégot de la précédente. « Bien sûr, maintenant nous savons pourquoi elle est partie ! Sales violeurs ! L'autre soir il y en avait un à la télé, en gros plan. Je sais bien ce que je leur ferais, moi ! » Elle s'assit un instant sur le garde-feu, jetant le mégot dans la cheminée vide. Son pied tambourina furieusement le tapis. Elle inspirait avec tant de force que la chair de ses joues se creusait, formant des crevasses profondes. « Pauvre vieille môme ! À son âge ! »

Se gardant de commenter cette intempestive manière de broder, Barnaby lui demanda si c'était agréable de travailler pour Miss Simpson.

« Oh, oui... elle aimait que tout soit bien fait, mais je connaissais ses habitudes. Nous nous entendions très bien.

— Et à Tye House ? »

Sur son visage se dessina un sourire satisfait, montrant des dents très blanches parfaitement fausses.

« Vous êtes allé là-bas, n'est-ce pas ? » Barnaby acquiesça. Elle continua : « Alors vous avez ri un bon coup, non ? La vieille Phyllis Cadell s'y cramponnant de toutes ses forces. Vous avez pu voir de quel côté va le vent là-bas. Ah ça ! oui. Elle se préparait à occuper le poste vacant, hein ? Elle faisait déjà des pieds et des mains quand Mme Trace était encore en vie. Elle se rendait indispensable, du moins c'est ce qu'elle pensait. Vous auriez dû la voir après l'accident. Elle faisait semblant d'être triste quand quelqu'un était là. Triste ! Elle était aux anges. On voyait bien ce qu'elle espérait. Puis, voilà que se pointe Miss Angleterre, celle de Holly Cottage, elle se met à entrer et à sortir de la maison, et elle décroche le gros lot. J'ai cru que Miss Cadell allait se jeter sous l'autobus le plus proche le jour où les fiançailles ont été annoncées. Ce jour-là je n'ai pas perdu ma journée, je vous jure.

— Pour en revenir à vendredi dernier, madame Quine… étiez-vous à la mairie du village dans l'après-midi ?

— Moi ? Me mélanger avec toute cette bande ? Vous plaisantez ? Institut des femmes ? Un chargement de vaches snob ! Elles peuvent se les avaler leurs arrangements floraux ! Et leurs sales pickles aux noix.

— Alors, vous étiez chez vous ?

— Oui, je regardais la télé, n'est-ce pas, Lisa Dawn ? Tout l'après-midi. Sauf quand elle a couru acheter quelques biscuits à l'épicerie. » Barnaby regarda Lisa Dawn, dont les petites jambes se balançaient au moins à trente centimètres du sol. Lisant dans son regard, Mme Quine continua : « Elle fait toujours très attention en traversant la route. Et elle revient tout droit à la maison. C'est une grande fille, n'est-ce pas, Lisa Dawn ? Dis ton âge au gentil gendarme.

— À peu près quatre ans », dit très bas la petite fille.

« Tu as quatre ans. » Mme Quine insistait. « Un bon quatre », dit-elle, comme si l'enfant était une paire de chaussures. « Et qui t'a acheté des sucreries à l'épicerie ?

— Judy.

— Tante Judy. C'est la fille du Dr Lessiter. Elle la gâte souvent. A Pâques elle lui a acheté un œuf, plein de lapins. » Lisa Dawn se mit à pleurer. « Oh, mon Dieu tais-toi, veux-tu ? Qu'est-ce que les messieurs vont penser ? Je n'aurais pas dû en parler… de l'œuf. Le chien de la maison voisine a cassé sa chaîne et a attrapé son lapin.

— Pauvre Smokey !

— Ça va, ça va. Nous t'en trouverons un autre.

— À quelle heure votre fille est-elle allée à l'épicerie ?

— Je ne sais pas exactement. Nous regardions *Fils et Filles*, donc il devait être trois heures passées.

— Et vous êtes sûre que c'était le 17 ?

— Je vous l'ai dit, non ? »

Elle alluma une troisième cigarette.

« Et vous êtes restée chez vous toute la soirée ?

— Avec elle je ne peux aller nulle part.

— Merci. »

Tandis que Troy relisait sa déposition à Mme Quine, elle tirait sur sa cigarette, tapait le sol de ses pieds et soupirait. Barnaby tenta de parler à Lisa Dawn, mais celle-ci se recroquevilla sur sa chaise et ne voulut pas le regarder. Des taches bleuâtres, jolies comme des pensées, fleurissaient à l'intérieur de ses bras. Avant qu'ils ne repassent entre les montants pourris, Barnaby l'entendit se remettre à pleurer.

Barnaby brancha le ventilateur de son bureau et demanda qu'on lui apporte un peu de café et un sandwich. Avant de sortir pour aller les chercher Miss Brierly, l'agent de police féminin, lui dit :

« Je vous ai mis un message sous votre classeur, Monsieur. C'est d'une certaine Miss Bazely. Elle a laissé le numéro de son bureau et demande que vous la rappeliez. »

Barnaby décrocha le téléphone et composa le numéro. Les hélices bleues du ventilateur produisaient beaucoup de bruit, un bruit de tourbillon, mais elles ne faisaient rien de plus que déplacer l'air chaud dans un courant lent vers son visage en sueur.

« Miss Bazely ? Ici l'inspecteur de police principal Barnaby.

— Oh, oui... Bonjour... vous savez, quand nous

avons discuté l'autre jour et que je pensais qu'il y avait quelque chose que je ne vous avais pas dit ?

— Oui.

— Eh bien, je me suis rappelé ce que c'était. Je vous le dis maintenant ?

— Oui, s'il vous plaît.

— Hier j'étais à High Wycombe avec ma sœur. Le mois prochain je serai sa demoiselle d'honneur, vous voyez, et nous étions allées essayer ma robe. Le magasin est tout à côté de la gare, ce qui veut dire que parfois on peut se garer là-bas, pas pour longtemps, bien sûr, et le nom du magasin est Anna Belinda. Et c'est ça ce que Miss Simpson avait dit. Enfin, presque.

— Vous vous souvenez exactement de ses mots ?

— Oui. Elle a dit : " Exactement comme la pauvre Annabella. "

— Vous êtes sûre ?

— Absolument.

— Ce n'était pas simplement Bella ?

— Non, c'était Annabella, sans aucun doute. »

Barnaby raccrocha et il regarda pensivement le téléphone. Son sandwich arriva — poulet et cresson —, et le délicieux café réchauffé sur la plaque électrique du bureau. Barnaby le prit tout en disant :

« Appelez le Service d'assistance sociale, s'il vous plaît. Je crois qu'il faut que quelqu'un aille au 7, Burnham Crescent à Badger's Drift.

— Qu'est-ce que je dois dire, Monsieur ?

— Oh... il s'agit peut-être d'un cas d'enfant martyr. Le nom de la femme est Quine. Elle a besoin d'aide, elle aussi. Elle est au bord d'une dépression nerveuse, je crois. Et j'aimerais que vous contactiez Slough. J'ai besoin de l'adresse et du numéro de téléphone d'une certaine Mme Norah Whiteley. Elle est professeur d'arts ménagers. Un fils de neuf ans. »

Avec voracité il arracha un morceau de son sandwich, le réduisant de moitié, décrocha le téléphone et composa un autre numéro.

« Miss Bellringer ? Savez-vous si votre amie connaissait une personne appelée Annabella ? » Il y eut une très longue pause puis une réponse négative. « Ne s'agirait-il pas de Mme Trace ?

— Oh, non... elle s'appelait Béatrice. Elle se faisait appeler Bella parce qu'elle trouvait ça plus élégant.

— Et Miss Simpson le savait ?

— Mais bien sûr que oui ! Un jour, je me souviens, elle m'a dit que Mme Trace avait bien tort. Quelle horreur ! Elle trouvait que Béatrice était un très beau nom. Et que Bella était plutôt quelconque ! » Elle s'arrêta pour reprendre haleine. « Il y avait une Isabella dans ma classe de musique il y a des années. Une enfant angélique. Je crois que maintenant elle est diaconesse. Cela peut vous aider ? »

Barnaby la remercia et prit congé. Il avait oublié que Miss Simpson avait enseigné pendant plus de quarante ans. Malgré la relative rareté de ce nom, il y avait des chances qu'une ou deux Annabella lui soient passées entre les mains, brillant parmi les ternes Joan, June, et Jane. Mais en l'occurrence ce nom s'était imposé à la mémoire de Miss Simpson à la vue d'un couple qui forniquait. Il y a vingt, trente ou quarante ans, à quel âge commençait-on à faire l'amour ? Probablement à peu près au même âge qu'aujourd'hui. Certaines choses ne changent jamais.

Et pourquoi : « Pauvre Annabella » ? Il avala encore une gorgée de son café et regarda, du coin de l'œil, une araignée qui pendait du plafond se balançant d'avant en arrière. Annabella était-elle pauvre ? Dépravée ? Morte ? Barnaby pensa à toutes les sortes de personnes qu'une dame de quatre-vingts ans, qui avait pas mal voyagé, avait pu rencontrer tout au long de sa longue vie. Ou connaître par ouï-dire ou par ses lectures. Il soupira, prit une autre bouchée de son sandwich et affronta les faits. Annabella pouvait être pratiquement n'importe qui.

« Puis-je faire quelque chose, Monsieur ?

— Oui. » Barnaby vida son gobelet. « Vous pouvez me déposer à l'*Echo*. Je veux lire le compte rendu de la mort de Bella Trace.

— Vous pensez qu'il y a un rapport quelconque ?

— A ce stade de l'enquête, je ne pense rien. Mais c'est une mort non naturelle qui a eu lieu dans le même petit village, et qui implique un groupe de gens que maintenant nous devons considérer comme suspects. On ne peut pas oublier cela. Finissez donc votre thé et ouvrez les yeux ! »

Dans un sous-sol sous les bureaux du *Causton Weekly Echo,* Barnaby eut affaire à un vieil homme qui semblait faire partie des meubles tout autant que les étagères, les classeurs d'un vert passé et les conduites d'eau rouillées sur les murs du fond. Il y avait aussi une énorme chaudière, maintenant éteinte et silencieuse.

Barnaby demanda les éditions de septembre et d'octobre de l'année précédente. Le vieil homme traîna les pieds jusqu'aux dossiers puis pour revenir. Il ne dit mot et ne retira même pas la cigarette mollement roulée qui pendait, éteinte, de sa bouche. Quelques bribes de tabac au gingembre tombèrent sur les journaux quand il les tendit à Barnaby. L'inspecteur les porta à un bureau de lecture près de la fenêtre. Il y avait peu de lumière car les carreaux étaient en verre dépoli, couleur lait mêlé de whisky. Au milieu des bruits de pas divers qui se faisaient entendre au-dessus de sa tête, Barnaby feuilleta le premier des deux numéros. L'enquête sur la mort de Mme Bella Trace se trouvait dans le troisième. Elle était rapportée très longuement et prenait plus d'une page.

La partie de chasse rassemblait assez peu de monde. Henry Trace, David Whiteley (qui dans un *addendum* joliment tourné, quoique inutile, était décrit comme l'assistant de M. Trace), le Dr Trevor Lessiter, ami de M. Trace et son médecin personnel, Mme Trace,

Mlle Phyllis Cadell, deux propriétaires du voisinage et Frederick Lawney, des voisins de M. Trace. Plus deux rabatteurs : Jim Burnet, un garçon de la ferme, et Michael Lacey, un jeune ami de la famille.

Quand l'accident se produisit Mme Trace se trouvait apparemment à quelques centaines de mètres du groupe principal. Comme toujours dans ces cas-là les récits étaient confus et parfois contradictoires. Le Dr Lessiter pensait qu'elle avait trébuché et que le coup de feu était parti au moment où elle tombait, semblant indiquer qu'elle avait perdu l'équilibre et qu'elle était tombée sur son fusil. Auparavant, elle avait déjà trébuché sur une racine. Le docteur admit que c'était peut-être ce premier incident qui l'avait amené à interpréter de cette façon la mort de Mme Trace. Michael Lacey avait affirmé que le coup de feu était parti avant, mais après l'interrogatoire serré du juge d'instruction, il semblait moins assuré. Le reste du groupe n'avait rien remarqué avant de voir Mme Trace gisant sur le sol. M. Trace, cherchant désespérément à s'approcher de sa femme, avait poussé son fauteuil si vite qu'il l'avait fait basculer. Les chiens couraient partout; il y avait beaucoup de confusion. Michael Lacey, qui était le plus près de Mme Trace au moment de l'accident, avait couru vers elle mais le docteur lui avait dit de ne pas toucher à la femme blessée, de courir plutôt téléphoner pour appeler une ambulance.

Dans sa déposition, le Dr Lessiter dit que Mme Trace était déjà mourante quand il était arrivé auprès d'elle. Il n'y avait plus rien à faire. Elle n'avait rien dit, elle avait perdu connaissance presque immédiatement, et elle était morte quelques instants plus tard. Il y avait quelques détails révélés par l'autopsie sur la trajectoire de la balle, qui avait traversé le cœur et qui était sortie du corps en brisant une vertèbre. Le docteur Lessiter et M. Trace en avaient fait tous les deux la remarque : au moment de l'accident tous les membres de la partie de chasse, à l'exception de Jim Burnet, se trouvaient soit derrière Mme Trace soit à sa gauche ; il était donc impossible que l'un d'eux ait tiré le coup fatal. Jim était devant, mais trois cents mètres à sa droite. Sur les ordres de M. Trace les deux rabatteurs étaient revenus plus tard pour chercher le projectile, mais il demeura introuvable, ce qui n'avait rien de surprenant dans un bois très dense. Le juge d'instruction exprima ses condoléances à l'homme endeuillé et délivra le verdict : mort accidentelle.

Barnaby relut le récit. Il était très clair, tout paraissait parfaitement normal, et pourtant quelque chose le gênait, quelque chose qui était comme enterré là, et qui ne paraissait pas tout à fait d'équerre.

Il rendit les trois premiers numéros au vieil homme décharné — qui paraissait moins empressé à les reprendre qu'il l'avait été pour les apporter — et lui montra sa carte.

« J'aimerais une photocopie de ce rapport », dit-il, dessinant un cercle rapide autour des détails de l'enquête.

« Eh ! » L'épave reprit vie contre toute attente. « Ce n'est pas possible. Vous ne pouvez pas faire ça. Ça vient des archives !

— Vraiment ? » Barnaby regarda avec sévérité le cercle qu'il avait tracé et hocha la tête. « Je ne sais pas où va le monde ! À quatre heures, si ça vous convient. »

6

Tandis que Troy descendait Church Lane, l'inspecteur principal remarqua que Beehive Cottage avait déjà l'air légèrement négligé, comme une coquille récemment abandonnée. Les plantes de bordure se répandaient sur l'allée, les rideaux étaient droits, immobiles. Wellington était allongé sur le mur extérieur de la maison de Miss Bellringer, il tendait la patte vers les papillons qui passaient, et de temps en temps il en avalait un.

De l'autre côté de l'aire de stationnement, là où s'arrêtaient les maisons, une pancarte en bois indiquait : « Gessler Tye : 1,5 km. » La chaussée était large et des marques de pneus étaient clairement visibles. Barnaby dit à Troy de continuer tout droit, et le sergent prit grand soin d'éviter les ornières.

« Heureusement qu'on n'est pas dans la Rover, Monsieur.

— Si nous étions dans la Rover », coupa Barnaby, « je ne vous aurais pas demandé de le faire, non ? »

Le mélange du sandwich de poulet au cresson et des canapés monstrueusement caloriques de Mme Rainbird le rendait malade. Et il avait laissé ses cachets au bureau.

« Je crois que non, Monsieur. »

Le sergent Troy pensa que Barnaby était un nom approprié pour quelqu'un qui se comportait toujours comme un ours ayant la migraine, et s'imagina plus tard en train de faire à son propre sergent la tête au carré. Il passa par un trou dans la haie, qui s'ouvrait sur un grand terrain grossièrement aplati ; il s'arrêta. Les deux hommes descendirent.

« Pas rassurant », pensa Troy au premier coup d'œil qu'il jeta sur Holly Cottage. La maison était grise et austère, cachée dans la lisière du bois comme un crapaud bossu. Malgré la chaleur de la journée, il frissonna. On imaginait très bien une sorcière sortant de là et engloutissant Hansel et Gretel. Du Grimm vraiment. Satisfait de son intelligence, il ébaucha un petit sourire et se demanda s'il convenait de transmettre à Barnaby cette remarque spirituelle. Il décida qu'il valait mieux se taire. Aujourd'hui les choses étaient déjà assez tendues comme ça.

Puis, tandis qu'ils s'approchaient du portail, le soleil parut, frappant la façade sud. Les pierres prirent feu, étincelant des couleurs les plus subtiles. Barnaby en toucha une. C'était comme un immense bonbon brun, comme du caramel, avec des stries couleur crème. Il frappa à la porte. Aucune réponse.

Il remarqua alors presque à son pied un chèvrefeuille, tout petit, qui luttait au milieu d'une luxuriante touffe d'orties. Peut-être la jeune fille l'avait-elle planté là, désherbant le sol, arrosant la plante, espérant qu'à la fin le chèvrefeuille couvrirait tout le porche. Deux fleurs s'étaient ouvertes malgré l'environnement hostile. C'était apparemment un *Lonicera Scrotina*.

« Essayons l'arrière. »

Derrière la maison il y avait une petite cour en ciment, d'autres orties, une citerne où l'eau verdâtre stagnait couverte d'une épaisse couche de limon, et trois sacs en plastique noir vomissant des déchets. Il y avait aussi deux fenêtres dont les carreaux étaient couverts de poussière. Barnaby frotta un carreau et regarda au travers.

Un homme portant une chemise bleue et un pantalon

en velours côtelé taché de peinture était debout devant un chevalet. Il avait le dos tourné à la fenêtre. Il semblait travailler avec fièvre : le pinceau allait et venait de la palette à la toile avec des mouvements brusques, presque des coups.

« Il nous a sûrement entendus, monsieur.

— Oh, je ne sais pas. Les gens en proie à la création... il est probablement très très loin d'ici. »

Le sergent Troy renifla. Il n'était pas prêt à admettre que la peinture rend sourd. Il n'avait pas de temps à perdre avec ce qu'il appelait : « les professionnels du vent pseudo-artistique » : ils n'apportent rien de valable à la société et, en plus, ils veulent qu'on les paie pour cela en bon argent.

L'homme se retourna tout de suite. Il y eut un mouvement confus dans la pièce, un visage blanc se détourna rapidement et l'homme sortit presque en courant, claquant la porte derrière lui. Barnaby entendit le bruit d'une porte fermée à clé, puis des pas qui se dirigeaient vers l'autre côté de la maison. Barnaby et Troy arrivèrent devant le portail juste au moment où Michael Lacey ouvrait la porte.

Il était légèrement plus grand que sa sœur et il lui ressemblait assez pour qu'on n'ait aucun doute sur leur parenté. Les mêmes yeux d'un violet profond, les mêmes cheveux noirs coupés très court, des boucles abondantes couvrant une tête bien faite. Il avait de petites oreilles bien dessinées, placées assez vers l'arrière, ce qui, ajouté à des yeux écartés, lui donnait un air un peu dangereux, l'air d'un cheval méchant.

Se souvenant de la remarque de Mme Rainbird à propos du fer à repasser, Barnaby s'attendait à voir une cicatrice bien visible et livide, mais au premier abord, le visage de Michael Lacey semblait tout à fait intact. Puis Barnaby remarqua que depuis la pommette gauche jusqu'au coin de la bouche la peau était trop tendue, une peau d'un rose brillant de cochon en sucre. Il avait fallu que ce soit une bonne brûlure pour nécessiter une greffe de cette dimension. Michael Lacey n'était pas seulement beau (étrangement cette bande de peau brillante ne semblait pas gâter sa beauté) : il exsudait également une virilité sardonique, étincelante. Mais aucune chaleur. Michael Lacey était le genre d'homme qui dispose du monde et des hommes de la manière qui lui convient le mieux. Barnaby en fut désolé pour Judy Lessiter. Et même, après tout, pour le répugnant M. Rainbird.

« Pouvons-nous entrer un instant ? demanda-t-il.

— Que voulez-vous ?

— Nous sommes des officiers de police.

— Ah bon ! Vous êtes des officiers de police ? Que dois-je faire ? Hisser les couleurs ?

— Nous interrogeons tous les habitants du village...

— Je n'habite pas le village. Je suis surpris que vos pouvoirs de déduction aient pu vous amener à le croire.

— ... et des environs. C'est très normal, monsieur Lacey, lors d'une enquête générale, et...

— Écoutez. Pour Miss Simpson je suis désolé. Je l'aimais bien. Mais je ne me mêle jamais des affaires du village, ce que n'importe quelle commère locale pourra vous confirmer. Et maintenant, veuillez m'excuser.

— Nous ne vous retiendrons qu'un moment, monsieur. »

Barnaby avança légèrement et Michael Lacey recula très légèrement, juste assez pour que les deux hommes pénètrent dans le cottage. Il y avait un escalier sans tapis tout de suite à gauche et il s'y assit, laissant les deux autres debout.

« Vous connaissiez bien Miss Simpson ?

— Je ne connais personne bien. Elle m'a laissé peindre son jardin... à différentes époques de l'année... mais ça fait très longtemps. Je ne l'avais pas vue... oh... depuis au moins un ou deux mois. »

Il regarda l'inspecteur principal d'un air attentif, détaché, un peu amusé, décidant qu'il fallait traiter cette interruption imposée comme un divertissement.

« Pouvez-vous me dire où vous étiez l'après-midi et la soirée de vendredi ?

— Ici.

— Eh bien, voilà sans aucun doute une réponse rapide, monsieur Lacey. Vous n'avez pas besoin de réfléchir ?

— Non. Je suis toujours ici. Au travail. Parfois je fais une pause pour marcher dans les bois.

— Et avez-vous marché dans les bois ce jour-là ? demanda Barnaby.

— C'est possible. Vraiment je ne me souviens pas. Comme tous mes jours sont pareils je n'ai pas besoin de tenir un journal.

— C'est une vie plutôt terne pour un jeune homme. »

Michael Lacey regarda ses pieds nus. Ils étaient beaux : longs, étroits, élégants, avec une peau fine comme le papier et des os minces. Des pieds byzantins. Puis il regarda Barnaby droit dans les yeux et dit : « Mon travail est ma vie. » Il parlait calmement mais avec une telle charge de conviction passionnée que Barnaby, qui barbotait dans les aquarelles, membre occasionnel du Cercle d'art de Causton, fut poignardé par la jalousie. Il se dit que conviction ne voulait pas toujours dire talent : plusieurs représentations données par le groupe de comédiens amateurs où jouait Joyce l'avaient confirmé dans cette idée. Armé de ce sentiment un peu fruste, il dit :

« J'ai encore deux ou trois questions à vous poser, monsieur Lacey, si ça ne vous dérange pas.

— Mais ça me dérange ! Je déteste qu'on m'interrompe.

— Si je suis bien informé », poursuivit calmement Barnaby, « vous étiez présent quand Mme Trace a été tuée.

— Bella ? » Il parut stupéfait. « Oui, mais je ne vois pas... » Il marqua une pause. « Vous pensez qu'il y a une relation... » Son animosité antérieure semblait oubliée. Il paraissait véritablement intéressé. « Mais... comment pourrait-il y en avoir ?

— J'ai appris par les comptes rendus publiés dans les journaux que vous avez été la première personne à accourir auprès de Mme Trace.

— C'est exact. Lessiter m'a dit de ne pas la toucher, de courir téléphoner pour demander une ambulance, ce que j'ai fait.

— Y avait-il quelqu'un à Tye House à ce moment-là ?

— Katherine, c'est tout. Elle se démenait comme une folle.

— Pardon ?

— A la cuisine, préparant les sandwiches, remplissant des vol-au-vent, hachant la viande pour le pâté du chasseur.

— Tandis que vous vous rendiez utile à la chasse comme rabatteur ?

— C'était différent. Moi j'étais payé ! »

Les questions de Barnaby réveillèrent la colère dans la voix de Michael. Il confirma qu'aucun des membres du groupe de la partie de chasse n'était en mesure de tirer sur Mme Trace. Puis il ajouta :

« Je ne sais même pas pourquoi vous me posez ces questions. Je n'avais même pas de fusil.

— Je crois que plus tard vous-même et l'autre rabatteur, vous avez cherché la balle.

— Je ne l'affirmerais pas aussi fermement. Nous avons regardé un peu tout autour, mais ça semblait si inutile que nous avons vite laissé tomber.

— Merci, monsieur Lacey. »

Quand les deux policiers montèrent dans la voiture, Troy, se souvenant de la gaffe qu'il avait faite à propos de la Rover, s'efforça de trouver quelque chose de perspicace et d'intelligent à dire :

« Avez-vous remarqué qu'il a fermé à clé la porte de la pièce où il peignait ? Je pense que c'est un peu bizarre.

— Oh, je n'en suis pas sûr. Les créateurs ont une attitude extrêmement protectrice à l'égard de leurs travaux en cours. Pensez à Jane Austen et à sa porte grinçante. »

Le sergent Troy fit demi-tour, se servant d'un grand miroir double qui avait été fixé à la haie et qui permettait de voir le chemin d'accès et la façade du cottage.

« Très juste, Monsieur », répondit-il.

Pas question d'avouer à quiconque qu'il ne savait rien de la porte grinçante de Jane Austen. Quant à Michael Lacey bourreau des cœurs... eh bien... Il regarda dans le miroir et arrangea ses cheveux carotte. Sûrement, c'était seulement dans les feuilletons romantiques que les filles préféraient les bruns.

Michael Lacey resta sous le portail à regarder la voiture qui s'éloignait, et il retourna à son atelier. Il prit la palette et le pinceau, regarda un moment le chevalet, puis il les posa de nouveau. La lumière mourait. Malgré l'interruption récente la journée avait été bonne. Parfois, il travaillait dans une fureur vengeresse, déchirant des esquisses, peignant frénétiquement par-dessus des scènes qui s'obstinaient à rater, pleurant quelquefois de rage. Mais des jours comme celui-ci payaient les jours comme ceux-là. Il arrivait que de l'effort vienne une merveilleuse, une heureuse aisance. Il étudia la silhouette sur le tableau. Il y avait encore beaucoup à faire. Il avait peint les couleurs neutres, voilà tout. Mais il était excité par son travail. Il était absolument sûr que ce tableau serait réussi. C'était merveilleux quand cela lui arrivait. Cette certitude que, quoi qu'il fît, quelle que fût son approche, le tableau allait se mettre en place. Sa conviction était si puissante qu'il sentit qu'il ne pourrait pas le gâcher même en le faisant exprès.

Il se dirigea vers la cuisine, ouvrit une boîte de saucisses aux haricots blancs à la sauce tomate et, en les avalant à la cuiller, revint à son atelier. La lumière déclinante semblait transformer les lieux ; les murs paraissaient changeants et sans forme. À quelques pas de lui quatre tableaux abstraits, immenses, couverts d'une épaisse couche de blanc, le menaçaient. Au coin de chaque tableau il y avait une étoile noire, implosée, qui n'était maintenant pas plus qu'une tache dans la lumière crépusculaire.

En haut du placard était posée une lampe ancienne en étain. Il alluma la mèche et erra autour de la pièce, regardant les nombreuses toiles empilées contre les murs. Il y avait au plafond un néon puissant, mais Michael Lacey aimait l'effet des bougies. Sous les jeux de la lumière les couleurs des tableaux devenaient plus riches, révélaient des couches nombreuses ; les yeux semblaient jeter des éclairs et les bouches se contracter. La chair solide se transformait en quelque chose d'exquis et délicat. L'effet était stimulant, et semblait remplir son esprit d'idées merveilleuses et subtiles.

Dans le placard d'angle étaient empilés des livres de poche et des catalogues d'art, tout cornés, les dos fendus et parfois brisés. Il en prit un au hasard et s'assit, contemplant une reproduction de Botticelli. « Comme ils étaient séduisants, pensa-t-il, ces tendres visages, vivants, ornés de fleurs fraîches du printemps. » Il finit de manger les haricots et resta très longtemps assis, parfaitement heureux : il s'imaginait marcher dans les Offices, puis arrêté devant l'original, lui rendant hommage. Il ouvrit la fenêtre, jeta la boîte en l'air et lui donna un coup de pied — un arc brillant traversa la fenêtre et tomba dans la nuit.

7

Tard dans la soirée Barnaby était assis à sa table jouant avec sa salade. Il était resté au bureau exprès, feuilletant les papiers comme ils venaient dans sa corbeille jusqu'à l'heure où on pouvait penser que le dîner étant irrémédiablement perdu il pourrait ouvrir une boîte sans offenser Joyce. Il avait oublié qu'il y avait des choses telles que les tomates, les concombres et les betteraves.

On aurait pu penser que même Joyce n'était pas capable de maltraiter une salade au point qu'elle devienne immangeable : on se trompait. Toute remplie de représentants de la vie sauvage, frémissants, elle nageait, en plus, dans une mare vinaigrée. Barnaby souleva une feuille de laitue toute molle et trempée. Un petit insecte émergea, nageant vaillamment contre la marée.

« Le dessert est un soufflé Bakewell », cria-t-elle de la cuisine, doublement perspicace.

En plus il avait faim. Ce phénomène le surprenait toujours. En fait c'était plutôt touchant : il avait beau imposer des souffrances à son estomac, quelques heures plus tard de nouveau il se pointait plein d'appréhension mais aussi d'espoir, à se demander si cette fois la chance tournerait.

« Et Cully vient le week-end prochain. » Elle lui

donna du soufflé, une tasse de thé et un baiser plein de tendresse. « Ça va ?

— Très bien. Pour combien de temps ?

— Seulement jusqu'à dimanche après-midi. »

Barnaby et Joyce se regardèrent. Tous les deux aimaient leur fille unique et étaient immensément fiers d'elle. Et tous les deux pensaient que tout était beaucoup mieux quand elle n'était pas là. Ils ne se l'étaient jamais avoué. Toute petite déjà Cully avait un regard perçant et une langue méchante qui s'aiguisèrent avec les années. Excellente élève, elle faisait actuellement de l'anglais au Lady Margareth Hall et espérait être classée deuxième, bien qu'il semblât à Barnaby qu'elle passait tout son temps à répéter des pièces de théâtre.

« Est-ce que tu pourras la prendre samedi ?

— Ce n'est pas sûr. »

Barnaby avala son soufflé Bakewell, ce qui était beaucoup plus qu'il ne méritait, et se demanda ce que sa fille porterait lors de sa prochaine visite. Elle s'était toujours habillée de façon provocante mais lui et Joyce avaient cru, en la mettant dans le train de Cambridge, que le temps des torchons et des chemises aux épingles à nourrice, des cravates et du maquillage outrageux était révolu (à vrai dire ils s'attendaient à ce qu'on la renvoie à la maison illico) mais depuis lors chacune de ses visites rapides et rares faisait voir des transformations plus alarmantes et plus exotiques. Ce qu'il y avait de bien lors des visites de Cully c'est qu'ayant quitté la maison, comme elle le disait, alors que sa santé et sa force n'avaient pas encore été détruites, Cully protégeait ces deux biens en apportant avec elle un merveilleux approvisionnement de plats cuisinés achetés chez Marks and Spencer et chez le traiteur Joshua Taylor.

« N'oublie pas d'appeler ton père. »

Barnaby prit son thé et s'assit à côté de la cheminée. Comme il appelait ses parents une fois par semaine depuis un quart de siècle, il y avait peu de chances qu'il l'oublie. Ils avaient tous les deux plus de quatre-vingts ans et ils s'étaient retirés aux environs de Eastbourne depuis vingt ans. Là ils respiraient l'ozone, jouaient à la pétanque et faisaient du jardinage, aussi frais que des gardons, toujours aussi pleins d'entrain.

« Non, je n'oublierai pas.

— Fais-le maintenant avant de t'installer dans ton fauteuil.

— Je suis déjà installé.

— Après tu pourras boire ton thé tranquillement. »

Résigné, Barnaby se leva de son fauteuil. Sa mère répondit au téléphone et après un interrogatoire de pure forme sur sa santé, celle de sa femme et de sa fille, elle se lança dans un compte rendu de sa propre semaine qui incluait une magnifique dispute au Cercle d'Art, quand un nonagénaire avait proposé une classe verte. Elle finit, comme toujours, en disant :

« Je vais appeler Papa. »

Le vieux Barnaby décrivit sa semaine, qui incluait une magnifique dispute lors d'un meeting de la Société de protection de l'environnement à propos d'un kiosque d'époque victorienne. Quel couple belliqueux ! pensa Barnaby, qui lors de leur déménagement les avait imaginés passant leur vie à sommeiller dans leur serre. Image plutôt fausse, il l'admettait maintenant. Ses parents n'avaient jamais été du genre sommeillant. Son père finit par lui décrire comment il avait enfin trompé un adversaire peu scrupuleux à la pétanque.

Barnaby écouta patiemment puis il dit, comme s'il venait d'y penser :

« À propos, nous sommes au beau milieu de la saison de cricket, je suppose que tu es collé à ton poste ces jours-ci ?

— Bien sûr que je le suis. J'ai loué un de ces gadgets vidéo. Je repasse les meilleurs moments des matchs. Une catastrophe vendredi, n'est-ce pas ? »

Barnaby sourit avec indulgence. Son père aurait dû savoir qu'il n'était jamais chez lui les après-midi pour regarder le cricket, et malgré cela il l'imaginait toujours parfaitement au courant de ce dont on parlait.

« Que s'est-il passé ?

— Quoi ? Il n'y a pas eu de match, mon cher garçon ! Pas assez de lumière. L'arbitre a laissé Allenby choisir et il a décidé d'arrêter la partie. Et les joueurs étaient là : onze contre onze ! Ici tout était prêt, sandwiches au concombre, une carafe de thé à la menthe. On s'était installés pour un long match. Le désespoir ! Bien, pour être honnête, ta mère n'était pas trop ennuyée, mais ça a ruiné ma journée, je peux te le dire. »

Après s'être dûment apitoyé, Barnaby revint à son fauteuil et à une nouvelle tasse de thé.

« Les gens se sont mis à me mentir, Joyce.

— Oh, oui, chéri... ? » Le tricot pâle et soyeux s'allongeait... « Dans cette affaire à Badger's Drift, tu veux dire ?

— Hum. Katherine Lacey a été aperçue au village le soir où elle affirme qu'elle n'était pas sortie. Judy Lessiter affirme qu'elle a travaillé tout l'après-midi et elle a été aperçue à l'épicerie du village à trois heures et demie. Trevor Lessiter dit qu'il était chez lui, regardant le cricket... " un match superbe " et le match a été annulé. Et Phyllis Cadell est devenue raide de peur quand elle nous a vus, puis elle a tenté de dissimuler son émoi avec une histoire stupide de vignette pour sa voiture.

— Mon Dieu... il me semble que tu as de quoi faire. »

Les noms ne disaient rien à Joyce Barnaby et elle savait qu'en fait Tom était en train de penser tout haut, mettant de l'ordre dans ses réflexions. Pourtant elle l'écoutait attentivement.

« Et Barbara Lessiter, l'épouse estimée du docteur, a reçu quelque chose dans le courrier du matin qui l'a rendue aussi blanche qu'un linceul.

— Comment le sais-tu ? » Barnaby lui raconta la scène. « Oh, c'est probablement le dernier avertissement d'un fournisseur, dit-elle. J'imagine qu'elle a fait des folies dans un magasin de vêtements et que la facture est énorme.

— Non. » Barnaby secoua la tête. « C'était beaucoup plus que ça. Et où était-elle la nuit où Miss Simpson a été tuée ? Faisant un tour en voiture. Pas précis du tout.

— Mais les gens innocents sont imprécis. Ils n'ont pas toujours d'alibi. Ou bien ils ne savent plus exactement ce qu'ils faisaient à ce moment-là. C'est ce que tu dis toujours. Que faisait-elle cet après-midi-là ?

— Des courses à Causton.

— Voilà, nous y sommes, dit Joyce. Elle a fait des folies. »

Barnaby lui sourit, finit sa tasse et la remit sur la soucoupe. Quelque chose lui disait que ce n'était pas si simple. Que rien n'allait être simple.

8

Le lendemain, qui était la veille de l'enquête du juge d'instruction, Barnaby arriva à son bureau tôt le matin et s'installa pour relire rapidement des formulaires, des dépositions et des rapports. L'essentiel de tout cela serait transféré plus tard dans un fichier rotatif (ils n'avaient toujours pas d'ordinateur). Il demanda qu'on lui apporte un peu de café et se mit au travail.

Il lisait rapidement et attentivement, pesant les moindres détails, négligeant les banalités et les simples répétitions. Il trouva à peu près ce qu'il s'attendait à trouver. Les seuls mâles du village qui ne travaillaient pas dans l'après-midi du 17 ou qui n'étaient pas chez eux avec leurs épouses respectives étaient deux chômeurs qui avaient passé leur temps sur leurs lopins de terre, parfaitement visibles l'un de l'autre. Le curé était dans son bureau préparant le sermon du dimanche. C'est ce que confirma sa bonne, qui avait passé l'après-midi dans la cuisine à faire de la confiture et qui se montra profondément indignée qu'on interroge le curé, un vieil homme frêle de soixante-treize ans. Les hommes avaient passé la soirée avec leurs familles ou au Black Boy. L'agent Brierly apporta le café et Barnaby le prit, reconnaissant.

Apparemment les femmes de Badger's Drift avaient elles aussi un alibi. Quelques-unes étaient au travail. Les plus âgées à la maison. Les autres (à l'exception de

Mme Quine) à la mairie préparant la kermesse du lendemain. Les jeunes femmes qui avaient quitté la mairie à une heure — ce qui aurait permis quelques brefs ébats dans les fougères — avaient toutes attendu leurs enfants à l'arrêt du car scolaire et étaient reparties chez elles pour un goûter irréprochable. Le soir, trois voitures étaient allées à Causton pour un cours de mise en forme et les autres femmes étaient restées chez elles. Si on admettait que le couple du bois habitait le village, ce que Barnaby était encore enclin à croire, le cercle des suspects était vraiment très réduit.

Il finit son café, remarquant avec surprise qu'à mesure que le liquide baissait apparaissait une grenouille verte au sourire amical, portant un chapeau de paille et jouant du banjo. Il se replongea dans les rapports relatifs au lieu du crime.

Il n'y avait pas beaucoup de surprise. La fenêtre du garde-manger avait été forcée et il y avait des traces de peinture blanche sur l'étagère intérieure. Le temps étant sec, il n'y avait pas, hélas, un peu de boue portant l'empreinte d'une semelle clairement visible. Aucune empreinte digitale sur la table marquetée, ni non plus sur le pot plein de ciguë, le déplantoir, les poignées de portes et tous les autres endroits où on s'attend à en trouver. Et aucune sur le téléphone, ce qui était étrange puisque le Dr Lessiter avait dû être la dernière personne à s'en servir. Et quelle raison avait-il d'effacer ses empreintes ? La marque sur le *Jules César* avait été faite avec un crayon 6B. Ce n'était pas un type très courant, mais pas non plus une espèce en voie de disparition. Le crayon n'avait pas été retrouvé. Les tests d'élimination avaient montré que toutes les empreintes appartenaient ou à la défunte ou à Miss Lucy Bellringer.

Barnaby relut rapidement le deuxième rapport, mais il n'avait presque rien laissé passer lors de sa première lecture. On cherchait encore le petit plaid utilisé dans les bois mais Barnaby n'était pas optimiste. La personne qui avait effacé aussi soigneusement ses empreintes digitales n'allait pas laisser cet objet traîner dans le coffre d'une voiture ou le jeter sur un canapé. Bien entendu, peu de personnes savaient que des fibres du plaid avaient été retrouvées, et tout le monde ne sait pas non plus que les taches de sperme sont aussi concluantes que des empreintes digitales. Peut-être aurait-on de la chance. Troy ouvrit la porte.

« La voiture est prête, Chef. Quand vous voudrez. »

« Bien sûr, Monsieur », dit le sergent Troy sortant de la route de Gessler Tye et se dirigeant vers Badger's Drift. « Dans les bois, c'était peut-être des pédés. Vous savez... un couple gay. »

Si le couple avait été vu en train de dévorer des enfants, Troy n'aurait pas eu l'air plus dégoûté.

C'était sa cinquième suggestion dans les dix dernières minutes, toutes scrupuleusement ponctuées par des « Monsieur ». Il était vraiment généreux en « Monsieur ». Sur la politesse, il était irréprochable. Et sur la discipline. Le sergent Troy n'improvisait pas. Il passait les examens avec facilité, ses rapports étaient des modèles, complets mais concis. Il était dépourvu de ce romantisme idiot qui amenait beaucoup d'hommes et de femmes à s'engager dans la police ; dépourvu aussi de cette compassion un peu larmoyante qui s'évaporait d'habitude quand l'agent trouvait pour la première fois en face de lui un vrai méchant, cent pour cent amoral, efficace et sans pitié, et assez souvent armé. Il était tout particulièrement dépourvu de compassion. Le sergent Troy était sur le point de pépier à nouveau. « En somme, pensa l'inspecteur principal, si seulement il était moins antipathique on pourrait le dire irréprochable. »

Avant que Troy ne puisse parler Barnaby répondit :

« Cette idée m'avait aussi traversé l'esprit mais, à notre connaissance, seul Dennis Rainbird correspond à cette description. J'ai vérifié auprès de son associé et il est certain que ce vendredi-là il n'a pas quitté son travail avant cinq heures moins le quart. De plus, il ne semble pas avoir de raisons pour cacher une telle relation. Par ailleurs, on ne voit pas pourquoi il cacherait une telle relation. Ce n'est plus interdit par la loi.

— C'est bien dommage », dit Troy — ajoutant avec une perspicacité inhabituelle : « Mais je parie que sa mère serait jalouse. » Puis, il continua : « On n'est pas un peu en avance pour voir la jeune Lessiter ?

— C'est sa demi-journée de congé.

— Oh, mon Dieu ! »

Le sergent Troy freina à mort. Les pneus crissèrent et la voiture s'arrêta. Barnaby fut projeté en avant, sauvé d'une collision avec le pare-brise par sa ceinture de sécurité. Une silhouette avait bondi de derrière la boîte aux lettres du village, presque droit sous leurs roues. Barnaby baissa la vitre et les mots s'échappèrent comme un souffle de ses lèvres blanches :

« Ce n'est pas vraiment une bonne idée, Miss Bellringer.

— Quelle coïncidence ! »

Elle leur fit un grand sourire. Un léger parfum d'œillet et de racine d'iris envahit la voiture. Avant que Barnaby ne puisse l'arrêter, Miss Bellringer avait ouvert la portière, était montée dans la voiture et s'était installée sur la banquette arrière.

« Maintenant, dit-elle, d'abord et avant que je ne l'oublie : les funérailles auront lieu demain. À onze heures et demie. Je ne sais pas si vous voulez venir. »

Barnaby murmura une réponse qui ne l'engageait à rien. Troy sortit un paquet de Chesterfield : ses doigts tremblaient.

« Et pas de ça ici, jeune homme. Vous mettez en danger notre vie à tous ! » Troy laissa tomber les cigarettes sur ses genoux, se pencha en arrière et ferma les yeux. « Maintenant », elle sourit doucement à

Barnaby, « racontez-moi comment va notre enquête. Vous avez fait des progrès ?

— Nous continuons à chercher.

— Pas la peine d'être aussi susceptible, inspecteur principal. Après tout, sans moi vous n'auriez pas d'affaire du tout. Et vous avez dit que je pourrais vous être utile. » Un regard brillant, aussi clair et candide que celui d'un enfant, accompagna ce mensonge éhonté. Avant que Barnaby ne reprenne son souffle elle ajouta : « Avez-vous parlé à cette horrible Mme Rainbird ?

— Oui.

— Qu'est-ce qu'elle a dit ? A-t-elle vu quelque chose ? »

L'inspecteur principal ne jugea pas utile de cacher les révélations de Mme Rainbird. Sans aucun doute tout le village était déjà au courant.

« Elle a vu Miss Lacey ce soir-là. Miss Lacey sortait pour mettre une lettre à la poste.

— Humm. » Miss Bellringer grogna. « Cette jeune fille est beaucoup trop belle pour la paix du monde. Écoutez bien : on n'a pas besoin de tourner autour du pot. Pour un vieux machin comme moi il est facile de comprendre pourquoi vous nous interrogez à propos de l'après-midi et pas seulement de la soirée. Emily a vu quelque chose dans les bois et selon moi il s'agit de passion illicite. » Sa voix résonna, donnant à ces mots une splendeur très brontéenne. « Il s'agit de Katherine Lacey et de son *innamorato*. C'est clair comme l'eau de roche. Pouvez-vous imaginer ce qui se passerait si cela se savait ? Pas de mariage — pour commencer. Henry est très amoureux, soit, mais il n'est pas fou à ce point. Ce serait l'adieu à Tye House et à tout l'argent, et, accessoirement, à un époux facile à cocufier. Follement amoureux et cloué à un fauteuil roulant. Est-ce qu'on peut rêver une meilleure combinaison ? Elle pourrait faire à peu près tout ce qu'elle voudrait. Et il y a du mauvais sang dans cette famille. Le père était un méchant homme. Il a conduit sa femme à la tombe !

— C'est ce que j'ai cru comprendre.

— Le poids des péchés anciens est très lourd. » Barnaby resta silencieux. « Est-ce que Mme Rainbird l'a vue revenir ?

— Apparemment non ! Elle s'est mise à jouer au Monopoly avec son fils.

— Cette limace ! »

Barnaby eut un sourire de connaisseur.

« Elle a dit que Miss Lacey avait un des beagles avec elle.

— *Un des beagles ?* » Miss Bellringer attrapa son bras. « Vous en êtes sûr ?

— Mme Rainbird en est sûre. »

Elle se recroquevilla dans son siège.

« Alors notre accusation s'écroule.

— Pourquoi ? », demanda l'inspecteur principal, laissant passer pour le moment le « notre accusation ».

« Benjy n'a pas aboyé. Il était gentil avec les gens qu'il connaissait... très gentil... mais qu'un autre chien mette ne serait-ce que la patte dans le jardin et il devenait fou furieux. Et je l'aurais certainement entendu. J'habite si près.

— Peut-être Miss Lacey l'avait-elle attaché », suggéra Troy, entraîné malgré lui par la vivacité du récit. « Le beagle je veux dire.

— Hooa. » Un son comme une sirène de navire. « Vous ne connaissez pas les beagles. Ils ne restent pas là à vous attendre bien tranquillement pendant que vous vous occupez de vos affaires. Ils sont très bruyants. Si elle l'avait attaché tout le village l'aurait su. Non... aucun chien n'a aboyé, j'en suis sûre. Eh bien... », elle ouvrit la portière droite (un cycliste qui passait par là vieillit de dix ans d'un coup) et sortit alertement de la voiture, « ... il nous faut y repenser. N'empêche, je regrette bien d'abandonner les Lacey. Et le frère ?

— Le frère n'avait pas de mobile, Miss Bellringer. Et maintenant, si vous voulez bien nous excuser... »

« Si quelqu'un lui tordait le cou, je lui pardonnerais. » Troy respira profondément en démarrant. « Ils s'en moquent, n'est-ce pas ? Les vrais excentriques ? Ils se moquent de ce que vous pensez.

— Un vrai excentrique », répliqua Barnaby, « ne remarque même pas que vous pensez. » Puis il ajouta : « Essayez de repérer ce chien », tandis que Troy entrait dans la cour pavée de Tye House et se garait, presque sobrement, sans son habituel brio, près de la porte de la cuisine.

Mais l'avertissement n'était pas nécessaire. Benjy ne vint pas à leur rencontre : il était allongé sur une marche, très maigre, son museau gris reposant sur ses pattes. Sa queue battit une ou deux fois tandis qu'il regardait anxieusement dans leur direction. Tel le chien d'Ulysse, il attendait, il attendrait jusqu'à la fin.

« Pauvre vieux », dit le sergent. « Brave garçon. » Il allait caresser le chien quand Benjy tourna la tête. Quelque chose dans ses yeux arrêta la main de Troy. « On aurait dû s'occuper de ce chien depuis longtemps. »

Barnaby montra l'autre extrémité de la pelouse. « Dans le jardin », dit-il. Quand les deux hommes descendirent les marches entre les vases de pierre débordants de fleurs, il sentit une brise agréable caresser ses tempes. Elle pressait la robe de Katherine Lacey, une robe en toile couleur citron, contre les courbes sveltes de son corps. Katherine se tenait derrière le fauteuil roulant d'Henry, elle entourait de ses bras la poitrine de l'homme, sa tête reposant près de la sienne. Tandis que Barnaby s'approchait, elle désigna du bras un bosquet de peupliers tout proche. Henry hocha la tête et tous les deux se mirent à rire. Puis elle poussa le fauteuil dans la direction de Barnaby.

« Samedi nous aurons une centaine de personnes ici,

inspecteur, dit Trace. Où, à votre avis, faut-il dresser la grande tente ? »

« Vraiment il n'a que l'embarras du choix ! » pensa Troy, « dans un jardin aussi grand ! » Et malgré cela, tout l'argent du monde ne donnerait pas vie à ses jambes. Penser qu'il irait à l'autel en chaise roulante pour rejoindre cette somptueuse beauté ! Sûr de lui il sourit et dit :

« Bonjour, Miss Lacey.

— Où que nous la mettions », dit-elle aux deux policiers avec un sourire, « la pelouse sera très abîmée.

— Oh, le gazon repousse vite », répliqua Henry. « Êtes-vous jardinier, inspecteur Barnaby ? »

Barnaby l'admit et il demanda s'ils s'étaient mis d'accord à propos de leur roseraie. Cela amena un charmant bavardage horticole : Henry décrivit le cadeau de mariage qu'il offrirait à Katherine — dix-neuf pieds de roses anciennes, moussues et grimpantes.

« Une fleur pour chaque année de sa vie.

— Puis nous planterons un rosier à chacun de nos anniversaires de mariage jusqu'à ce que nous soyons fort vieux et tout gris, dit Katherine. Et cela sera notre roseraie. »

Barnaby laissa cette charmante mare se remplir un moment puis il y jeta son pavé.

« Oh, juste une petite question, Miss Lacey. Quand nous avons discuté il y a quelques jours vous avez dit, je crois, que vous aviez passé toute la soirée du 17 avec M. Trace.

— C'est bien cela.

— Et vous n'êtes pas sortie du tout ?

— Non. Nous sommes restés ici toute la soirée.

— On vous a vue au village.

— Moi ? » Elle semblait vraiment étonnée. « Mais c'est impossible ! Ah, oui ! Bien sûr. Je suis sortie pour mettre une lettre à la poste. Tu te souviens, mon chéri ? Nous avons dit que nous allions faire venir un catalogue de chez Notcutt et j'ai voulu le faire tout de suite.

— N'aurait-il pas été plus rapide de le faire par téléphone ?

— Ces catalogues ne sont pas gratuits. Il faut envoyer un chèque.

— Vous commandiez sans doute à leur principale succursale à Woodbridge ? » Elle acquiesça. « Combien de temps a duré votre absence, vous vous en souvenez ?

— Pas exactement. J'ai promené Peel jusqu'au bout de Church Lane puis je suis revenue. C'est tout. Certainement », ajouta-t-elle brusquement, « celui qui m'a vue sortir a dû me voir rentrer.

— Apparemment non.

— Mon Dieu ! Ils s'étaient endormis à leur poste de garde ?

— Vous n'avez vu personne lors de votre promenade ?

— Pas une âme !

— Vous confirmez ce que Miss Lacey a dit, monsieur ?

— Eh bien... je n'ai pas vu Katherine sortir.

— Non, vous avez fait un somme après le dîner. C'est justement pour ça que je suis sortie à ce moment-là.

— Oui, parfois je m'endors », dit-il à Barnaby en souriant. « Mais elle était ici quand je me suis réveillé. »

Tandis qu'il parlait, deux fourgons noir et or — Lazenby and Cie — franchirent le portail principal, faisant crisser le gravier.

« Ce sont les traiteurs, s'écria Katherine. Il faut que j'y aille.

— Miss Lacey, j'aimerais vous dire encore un mot...

— Oh. »

Elle regarda son fiancé, hésitante.

« Ne vous inquiétez pas, j'y vais. »

Henry Trace s'éloigna sur son fauteuil, prenant la

rampe en bois à côté des marches. Katherine le suivit lentement, Barnaby à ses côtés, Troy venant derrière.

« Est-ce que par hasard, dit Barnaby, vous vous souvenez du jour où Mme Trace est morte ?

— Bella. Bien sûr. » Elle le regarda avec curiosité. « Ce n'est pas le genre de choses qu'on oublie vite. C'était horrible.

— Si j'ai bien compris, vous ne participiez pas à la partie de chasse.

— Non. J'étais restée ici pour préparer le thé. D'habitude Phyllis restait à la maison et travaillait à la cuisine avec moi, mais ce jour-là elle était allée à la chasse.

— C'était exceptionnel ?

— Très.

— Comment donc avez-vous appris qu'il y avait eu ce tragique accident ?

— Quand Michael est revenu en courant, qu'il a pris le téléphone et qu'il leur a crié d'envoyer une ambulance.

— Je vois. Aviez-vous l'impression... », il hésita, choisissant très soigneusement ses mots, « que M. et Mme Tracc étaient heureux ?

— Eh bien... oui... ils m'ont toujours semblé heureux. Quoique, bien sûr, les gens de l'extérieur ne sachent pas vraiment, n'est-ce pas ? Ils étaient tous les deux très gentils avec Michael et avec moi-même. Et Henry a été absolument désespéré quand elle est morte. »

Barnaby se tourna et regarda vers la ligne des peupliers et le bois au-delà.

« C'est là-bas que l'accident s'est produit ? »

Katherine suivit son regard.

« Oh, non... dans le bois de hêtres qui s'étend derrière Holly Cottage.

— Je vois. Bien, encore merci. »

Ils étaient arrivés aux marches de la terrasse et ils les gravirent ensemble. Quand ils traversèrent la cour,

Benjy, toujours étendu sur le pas de la porte, laissa échapper un gémissement et se mit debout sur des pattes flageolantes. Katherine détourna la tête.

« Oh ! Pourquoi ne veut-il pas manger ? » s'écria-t-elle avec passion aux deux hommes. « Je lui ai tout acheté... de l'excellente viande et des biscuits. Il a son propre panier, sa couverture et son plat... tout ce qu'il avait là-bas...

— Ils languissent, malheureusement, dit Barnaby.

— Mais on imaginerait qu'ils ont envie de vivre, même malheureux !

— C'est un très vieux chien, Mademoiselle », dit Troy avec sympathie. « Je pense qu'il est fatigué. C'est tout. Il a eu son compte.

— Vous en avez fini avec Katherine, inspecteur principal ? J'ai vraiment besoin d'elle ici.

— Eh bien... voilà », soupira Barnaby quelques moments plus tard quand ils s'éloignèrent. « On ne pouvait pas espérer que Katherine Lacey et la fille de Lessiter se soient promenées dans Church Lane au même moment vendredi soir. Ç'aurait été trop beau.

— Mais... vous la croyez, Monsieur », demanda Troy, encore un peu ébloui par l'arc-en-ciel éclatant du sourire de Katherine Lacey, « à propos de la lettre ?

— Oh ! oui. Je vais faire vérifier naturellement, mais je ne doute pas qu'elle l'ait mise à la poste au moment et au lieu qu'elle a indiqués. Si elle est innocente il n'y avait pas de raison d'inventer une telle histoire. Si elle est coupable elle se sera doublement assurée que tout ce que nous pouvons contrôler est bien vrai.

— *Coupable !* »

Imprudemment Troy détourna la tête de la route pour lancer un regard incrédule à Barnaby, manquant l'entrée de l'allée des Lessiter.

« Il faut vraiment abandonner cette manie de juger les gens d'après leur visage, Troy. Cela ne peut que gêner votre carrière. Elle a plus à perdre que n'importe qui d'autre.

— Mais le chien, monsieur ? Le chien n'a pas aboyé !

— Oui, le chien fait problème, je l'admets. »

« Ou peut-être que non, que le chien ne faisait pas problème », pensa-t-il quand Troy fit marche arrière et s'arrêta devant la porte d'entrée des Lessiter. Peut-être que le chien signifiait qu'il pouvait ajouter Katherine Lacey une fois pour toutes à la liste des suspects. Un d'inscrit et ça faisait six suspects à poursuivre. Ou sept s'il envisageait toutes les possibilités et incluait, malgré les difficultés, Henry Trace. Et s'il était tombé éperdument amoureux de Katherine quand sa femme vivait encore et qu'il ait engagé un tueur qui se serait caché dans les bois pour tirer sur Bella ? Barnaby reporta son attention sur le présent et se souvint une fois encore qu'il n'avait pas de raison de supposer que la mort de Mme Trace avait été autre chose qu'un accident. Et que pour l'heure il était engagé dans une enquête tout à fait différente.

Les consultations du Dr Lessiter ne finiraient pas avant un quart d'heure, ce qui convenait fort bien à l'inspecteur principal. Judy Lessiter ouvrit la porte. Elle paraissait encore plus laide que la veille. Elle avait l'air frileux d'un petit animal qui émerge après une longue période d'hibernation.

« Oui.

— Nous aimerions parler à votre père.

— Le cabinet est de l'autre côté. »

Elle se disposait à fermer la porte. Barnaby fit un pas en avant.

« Et à vous aussi, je vous prie. »

Elle le regarda un moment d'un air maussade puis haussa les épaules et les fit entrer dans la cuisine. Elle se retourna pour le regarder, appuyée contre l'évier.

« Miss Lessiter, vous m'aviez dit que vous étiez à la bibliothèque l'après-midi du 17 ?

— Non, je ne l'ai pas dit.

— Je suis désolé, mais j'ai vérifié votre déposition avant de venir ici.

— J'ai dit que je travaillais. Je ne reste pas derrière un comptoir à mettre des cachets sur des livres. Une partie de mon travail consiste à visiter des écoles, des collèges techniques... assurer la liaison avec l'administration, vérifier s'il y a des projets en cours pour lesquels il faut commander tel ou tel livre. Vendredi après-midi j'étais à l'école élémentaire de Gessler Tye.

— Franchement, j'ai l'impression que vous avez délibérément tenté de nous induire en erreur.

— C'est votre problème », dit-elle grossièrement.

« Voulez-vous donc, je vous prie, reprendre point par point votre emploi du temps ?

— J'ai mangé des sandwiches à midi, puis...

— À la bibliothèque de Pinner ?

— Oui. J'ai fait un peu de café. J'ai conduit jusqu'à l'école, je suis arrivée vers deux heures et j'y suis restée jusqu'à la sortie, vers trois heures quarante-cinq.

— Et après ? Vous êtes revenue à la bibliothèque ?

— Non. Ça ne valait plus la peine. Je suis revenue directement ici... m'arrêtant à l'épicerie du village pour m'acheter des cigarettes. »

Simple comme bonjour ! « Veinarde ! » pensa le sergent Troy, toujours convaincu que tous les autres, lui excepté, ne travaillaient pas et pouvaient se tirer quand ils voulaient.

« Votre père pourra-t-il confirmer l'heure à laquelle vous êtes rentrée ?

— Mon père ? »

Elle sembla étonnée, puis sur ses gardes.

« Si j'ai bien compris il était ici tout l'après-midi. »

Il y eut une pause pendant laquelle elle promena son regard de Barnaby au sergent Troy, revenant à nouveau à Barnaby.

« C'est un piège ?

— Quoi ?

— Je veux dire... vous voulez me prendre en défaut ?

— Je ne vous suis pas, Miss Lessiter. Votre père a affirmé qu'il avait passé tout l'après-midi ici. Je vous demande simplement s'il peut confirmer l'heure de votre retour.

— Eh bien... je suis montée tout de suite à ma chambre... donc... il n'a pas pu me voir.

— Bien. Et le soir ?

— Oh ! Je n'ai rien à changer ici. Je suis sortie me promener, comme je l'ai déjà dit.

— Vous avez descendu la petite route, traversé les champs sur un demi-mile, puis vous êtes rentrée ?

— C'est ça.

— Et vous ne vous êtes arrêtée nulle part, vous n'avez rendu visite à personne ? » Il ajouta rapidement avant qu'elle ne puisse parler : « S'il vous plaît, réfléchissez bien avant de répondre. »

Elle le fixa. Il semblait sérieux, encourageant et d'une certaine façon bien informé. Il voyait bien qu'elle se demandait pourquoi il procédait à ce nouvel interrogatoire serré.

« En fait... je ne suis pas sûre de m'en souvenir... exactement. »

Elle déglutit et mordit sa lèvre inférieure.

« Je sais à quel point il est difficile de changer d'histoire, mais si vous devez le faire, c'est le moment. Je dois vous rappeler que garder pour soi des informations susceptibles de faciliter une enquête policière est une affaire sérieuse.

— Oh ! Mais je ne cache rien ! Du moins rien qui puisse servir à l'enquête, c'est-à-dire...

— Je crois que vous feriez mieux de m'en laisser juge.

— Oui. » Elle respira profondément. Elle s'écarta de l'évier et se tint toute droite, l'air tendu et peureux, comme quelqu'un qui se prépare à plonger de très haut. « J'ai... c'est-à-dire, je suis très amie avec Michael

Lacey, de Holly Cottage. Je n'avais pas eu de ses nouvelles depuis quelques jours et… heu, il avait dit qu'il voulait faire mon portrait, alors je me suis dit que j'allais faire un saut, vous comprenez, voir quand il voulait commencer. » Barnaby écoutait avec sympathie. Cherchant à paraître désinvolte elle n'avait fait que souligner son désespoir. « Donc je suis allée jusqu'à sa maison, mais quand j'y suis arrivée… j'ai vu par la fenêtre qu'il travaillait…

— Quelle fenêtre ?

— La fenêtre du devant, à côté du portail.

— D'habitude il n'utilise pas cette pièce, n'est-ce pas ?

— Parfois… dans la soirée. Pour profiter de la lumière qui reste.

— Je vois. Continuez.

— Il est très fâché si on le dérange quand il peint. Il dit qu'il est très difficile de retrouver le sens de ce qu'on faisait. J'ai donc pensé qu'il valait mieux… bon, je me suis éloignée tout doucement.

— Pensez-vous qu'il ne s'était pas aperçu de votre présence ?

— Oh, je suis sûre qu'il ne m'a pas vue. Je ne faisais pas de bruit. » Elle s'arrêta un moment, puis, fixant Barnaby pour la première fois, elle explosa : « Il ne faut pas croire ce que les gens disent de Michael. Ils le haïssent parce qu'il n'aime pas les choses qu'ils aiment, les choses insignifiantes… ennuyeuses. C'est un esprit libre ! Il n'a besoin que d'une chose : peindre, se promener dans les bois et regarder le ciel… il est très malheureux. Katherine est tellement bourgeoise, elle ne se préoccupe que des choses matérielles, et maintenant, après le mariage, il va être seul… »

Il y avait une note d'espoir dans ses derniers mots. Un instant ses yeux brillèrent si vivement que son visage plutôt massif en fut transfiguré. Pour la première fois Barnaby comprit pourquoi Michael Lacey avait demandé à cette fille de poser pour lui. Il jeta un coup d'œil à l'horloge au-dessus de la porte de la cuisine. Comme si elle regrettait déjà sa déclaration passionnée, Judy leur tourna le dos et ouvrit les deux robinets. Elle resta là à regarder l'eau jaillir du métal brillant, écoutant les deux hommes qui passaient la porte, traversant le hall. Elle réduisit l'eau à un filet mince et sans couleur. La porte d'entrée claqua. Elle ferma les robinets.

Ses mains tremblaient et elle s'accrocha au bord de l'évier pour les calmer. C'était toujours comme cela quand elle parlait de Michael. La description de sa visite ratée, de son manque de courage et de sa retraite humiliante sur la pointe des pieds l'avait rendue malade. Mais les choses étaient remises à leur place, et c'était l'essentiel. Surtout après sa tentative stupide pour jouer au plus fin à propos de son emploi du temps de l'après-midi du 17. Puis elle se dit que sa récente confession avait un autre avantage. Si la mort de Miss Simpson était due à un acte criminel (et sinon, comment expliquer tous ces interrogatoires ?), elle avait fourni à Michael un alibi. Peut-être qu'il s'en souciait peu dans un sens ou dans l'autre, mais le fait demeurait. Elle cajola dans son cœur la douce pensée qu'elle lui avait rendu ce petit service.

Il ne le saurait peut-être jamais, mais c'était une chose à mettre en réserve, pour la lui offrir si jamais le moment venait.

Elle entendit le déclic du téléphone. C'était sans doute Barbara. Ces dernières minutes Judy était restée si parfaitement immobile et muette que sa belle-mère la croyait sans doute dans sa chambre. Ou dans le jardin. Parce qu'il y avait un je-ne-sais-quoi de très retenu, de presque furtif dans ce déclic, Judy s'avança silencieusement sur les carreaux. Barnaby avait laissé la porte entrouverte et Judy resta immobile à épier par l'entrebâillement.

Barbara tournait le dos à la cuisine et protégeait le récepteur avec sa main. Cependant son chuchotement rauque rendait chaque mot parfaitement audible.

« Chéri, je suis désolée mais il fallait que je te parle. As-tu reçu mon mot ?... Qu'est-ce que tu veux dire ? Tu ne peux rien faire ? Mais, il faut que tu m'aides. Il le faut... Tu as bien un peu d'argent... Je l'ai fait. J'ai vendu tout ce que j'ai cru qu'il ne remarquerait pas, même ma fourrure... Non, elle était au magasin, pour l'hiver... Ce que je vais lui dire ? Comment veux-tu que je le sache !... Trois mille et elle lui en a coûté dix donc il m'en faut encore presque mille. Pour l'amour du ciel !... C'est à cause de toi que je suis dans ce pétrin... Salaud, ce n'est pas moi qui disais que je comptais les heures... Oh, pardon, je ne voulais pas dire ça. Chéri ? Pardon... ne raccroche pas ! S'il te plaît... Aide-moi ! Ça sera la fin de tout s'il l'apprend. Tu ne sais pas ce qu'était ma vie avant ça. Plus jamais ça ! Je... allô, allô ? »

Barbara tapota fébrilement sur l'appareil. Elle resta un moment debout devant le téléphone, courbant le dos dans son désespoir. Elle raccrocha enfin et monta les escaliers en courant.

Judy quitta l'étroit entrebâillement de la porte et sourit.

Le cabinet était vide. Quand ils entrèrent, une femme, le visage couleur de craie, sortit de la salle de consultation et resta debout à regarder autour d'elle stupéfaite, incrédule. La réceptionniste sortit précipitamment de son petit bureau mais la femme sortit de la pièce presque en courant, passant devant elle et devant les deux hommes. L'interphone du Dr Lessiter sonna et un instant plus tard les policiers furent introduits dans son cabinet. Il rangeait un dossier dans un grand placard en bois.

« C'est le côté horrible de ce métier », dit-il, l'air

brusque et indifférent. « Pour annoncer les mauvaises nouvelles, il n'y a pas de bonne méthode, n'est-ce pas ?

— Non, docteur Lessiter, il n'y en a pas. » Barnaby n'aurait pu souhaiter meilleure ouverture. « Pour ma part, je préfère être direct. Pouvez-vous me dire où vous étiez l'après-midi du 17 de ce mois ?

— Je vous l'ai déjà dit. » Il s'assit derrière son bureau et se mit à faire craquer ses doigts. « Quelle bande d'incompétents vous êtes, inspecteur ! Ne me dites pas que vous l'avez déjà oublié !

— Vous avez affirmé que vous regardiez le match de qualification à la télévision.

— En effet.

— Tout l'après-midi.

— Absolument. »

Il tira sur son dernier doigt. Le craquement résonna bruyamment dans la pièce silencieuse. Tout d'un coup le silence parut s'épaissir, changer de caractère. Le docteur contempla ses doigts avec une certaine surprise, comme s'il ne les avait jamais vus auparavant. Il regarda le visage grave de Barnaby puis il regarda Troy puis de nouveau Barnaby.

« Oui. Absolument... c'est exact. »

Mais sa certitude s'était envolée. Cc n'était plus une affirmation. Il avait l'air d'un homme qui sait qu'il a été piégé mais qui ne sait pas encore comment.

« À onze heures du matin ce jour-là, on a été obligé d'arrêter la compétition, et pour toute la journée. Il n'y avait pas assez de lumière.

— Ah... c'est peut-être jeudi que j'ai regardé le match. Oui c'est bien cela. Je me souviens maintenant.

— Jeudi, vous avez fait vos visites. Ou du moins c'est ce que vous avez affirmé dans votre précédente déposition.

— Oh, oui... bien sûr. Bien sûr ! Je suis stupide !... »

La transpiration perlait sur son front. Elle commençait à couler, comme de petites perles de verre transparent, le long de son nez. Ses yeux errèrent autour de la pièce, cherchant une inspiration dans la vitrine aux instruments de cabinet, le chrome, le lit d'examen recouvert de caoutchouc, le grand placard en bois.

« C'est que je ne comprends pas l'intérêt de cette question. Je veux dire, nous savons tous que la vieille dame est morte le soir.

— Je peux vous garantir que nos questions touchent de près cette affaire. Nous ne gaspillons sans nécessité ni notre temps ni celui du public. »

Trevor Lessiter garda le silence. Barnaby ne voulait pas lui laisser des rênes trop longues. Déjà il voyait bien que le docteur s'effondrait sous le coup de son alibi détruit et qu'il cherchait à s'en fabriquer un autre. C'était le moment de l'intimidation. Peut-être qu'il finirait par cracher le morceau !

« Vous ne pouvez pas nier que vous ayez ici et la compétence et le matériel pour préparer une infusion de ciguë.

— Quoi ? Mais c'est ridicule... on n'a pas besoin d'un matériel particulier. N'importe qui aurait pu...

— N'importe qui ne pouvait pas signer un certificat de décès.

— Je n'ai jamais été insulté de cette façon. Je suis resté ici toute la soirée.

— Pour cela nous n'avons que votre parole, monsieur.

— Ma femme et ma fille ?

— Elles sont sorties, vous vous en souvenez ?

— Je vous jure...

— Vous aviez aussi juré que vous nous disiez la vérité à propos de votre emploi du temps cet après-midi-là, docteur Lessiter. Dans ce cas vous mentiez. Pourquoi ne mentiriez-vous pas maintenant ?

— Comment osez-vous ? » Il avala sa salive et sa pomme d'Adam remua furieusement de haut en bas comme si elle cherchait à s'échapper de sa gorge. « Je n'ai jamais entendu une pareille...

— Pouvez-vous expliquer comment il se fait qu'aucune empreinte n'a été retrouvée sur le téléphone de Miss Simpson, que vous avez été le dernier à employer ?

— Bien sûr que non.

— Pour quelle raison avez-vous nettoyé le combiné ?

— Moi ! Je ne l'ai pas touché... » Nouvelle émotion de la pomme d'Adam. « Écoutez... d'accord... Je n'étais pas ici cet après-midi-là. Écoutez, Barnaby... ce que je vais vous dire restera-t-il absolument confidentiel ?

— Je ne peux pas vous le garantir, malheureusement. Bien entendu, si cela n'a pas de rapport avec l'affaire il n'y a pas de raison qu'on en parle.

— Mais ce sera enregistré, n'est-ce pas ?

— Nous prendrons une nouvelle déposition. »

Reconnaissant l'injonction cachée, Troy sortit son carnet de notes.

« Je serais obligé d'abandonner ma clientèle si cela se savait. Quitter la région. » Trevor Lessiter s'effondra dans son élégant fauteuil en cuir. Ses joues rebondies, maintenant toutes dégonflées, formaient des poches grises crevées. Puis le gris devint rouge sous l'effet de la panique. « Vous ne le raconterez pas à ma femme ?

— Nous ne " raconterons " rien à personne, monsieur. Ce n'est pas ainsi que nous travaillons. Les alibis sont vérifiés pour éliminer les innocents autant que pour découvrir les coupables.

— Oh, cria-t-il, je n'ai rien fait de mal. »

« Le nombre de gens qui pensent que mentir à la police c'est ne rien faire de mal augmente tout le temps », se dit Barnaby. Il attendit.

« Vous... c'est-à-dire... avez rencontré ma femme, inspecteur principal. On me jalouse, je le sais, beaucoup de gens... d'hommes, je veux dire... » A ce point, malgré son intense angoisse, une lueur de satisfaction passa sur ses traits. Barnaby se souvint fugitivement d'Henry Trace... « Mais Barbara est... oh, mon Dieu, je ne sais pas comment formuler cela sans paraître déloyal. C'est une compagne merveilleuse... très agréable à vivre mais pas très... » Son visage semblait plus petit, ratatiné par l'embarras. Il tenta de plaisanter : « Je vois que je ferais mieux d'y aller carrément, comme John Blunt. Elle n'est pas très intéressée par le côté physique du mariage. »

« Ça devait être trop pour cet emballage de luxe », pensa Barnaby, se souvenant des yeux peints, du parfum tenace et des deux sommets qui auraient fait tressaillir d'incrédulité même le vaillant Cortez.

« Donc, continua le docteur, souhaitant évidemment la rendre heureuse, je ne lui ai pas imposé mes attentions. » Il baissa les yeux non sans que Barnaby puisse y cueillir une lueur de dépit et d'aigre ressentiment. Le regard d'un homme qui dans un marché a tenu ses engagements et qui s'est fait rouler dans la farine. « Seulement voilà », un haussement d'épaules désinvolte, « j'ai des besoins ». Ici sa paupière gauche trembla, au bord d'un clin d'œil complice... « Nous en avons tous, et moi... hum... une fois de temps en temps, oh, très rarement, je visite un établissement qui... hum... qui satisfait de tels besoins.

— Vous voulez dire un bordel ?

— Oh ! » Le docteur n'avait plus envie d'y aller carrément, comme John Blunt. Il semblait presque dégoûté d'un tel manque de tact. « Ce n'est pas ainsi que je le nommerais. Pas du tout. C'est très raffiné, vraiment. Il y a un petit magasin qui vend toutes sortes d'objets plaisants. Et il y a un petit spectacle. Et un rendez-vous avec une des jeunes dames ensuite, si on en a envie. Et d'habitude on en a envie. Les représentations sont assez stimulantes. De bon goût, mais stimulantes.

— Et c'est là que vous étiez dans l'après-midi du 17 ? » Le docteur acquiesça. « Le nom et l'adresse de l'établissement ? »

Lessiter fouilla dans son portefeuille et en sortit une carte.

« Peut-être avez-vous entendu parler de ce... hum... club ? »

Barnaby lut la carte.

« Je crois que je le connais, oui. »

Puis il demanda au docteur une photo.

« Une photo ? »

Le docteur poussa un cri d'horreur.

« Simplement pour l'identification. Elle vous sera rendue, je vous le garantis. Peut-être préférez-vous m'accompagner...

— Grands dieux, non. » Il marqua une pause. « Je viens de faire des photos d'identité. Elles sont dans mon bureau. »

Il quitta la pièce et revint quelques minutes plus tard avec quatre photos nettes, carrées, en noir et blanc. Il en tendit deux.

« Je pense que celle-ci... voyez... où je souris, est la plus...

— Celle-ci me suffit, je vous remercie. »

Quand Barnaby se détourna pour partir, le docteur ajouta :

« Demandez Krystal. C'est ma préférée. »

9

La Casa Nova n'était guère visible pour un œil distrait. Elle se cachait dans une allée sordide, très peu poétique, Tennyson Mews, encadrée par un entrepôt de papeterie et par une usine de sacs à main. Les fenêtres de l'usine étaient grandes ouvertes, faisant entrer le chaud soleil de juillet dans les ateliers déjà surchauffés. L'odeur du tannage flottait dans l'air, avec le martèlement confus des machines. Troy se gara près d'une porte à la peinture bordeaux tout écaillée ornée sur une moitié d'une guirlande d'ampoules faiblardes qui dessinaient une enseigne : « 10 MERVEILLEUSES FILLES 10. » Les yeux brillants d'espoir, il se débarrassa de sa ceinture de sécurité.

« Casanova, hein », dit-il moqueur. « Grivois.

— Ceci est nouveau pour vous, dit Barnaby. Mais je suis persuadé que leurs ruses sont vieilles comme le monde.

— Ça semble prometteur, tout de même. Dix filles merveilleuses !

— Un œuf de vautour promet un fils de vautour, mon garçon », répliqua Barnaby, descendant de la voiture. « Attendez ici ».

Il sourit en pressant la sonnette, sentant entre ses omoplates le regard de ressentiment que Troy lui lançait.

« Krystal, s'il vous plaît », dit-il à un interphone enroué.

« Attention en montant l'escalier, mon cher. »

L'escalier était faiblement éclairé. Au pied des marches une des dix filles merveilleuses — dix — s'avança. On pouvait lui donner n'importe quel âge entre trente et soixante ans. Une seule chose était certaine : elle avait déjà cessé d'être une jeune fille à l'époque où il était boy-scout. Ses cheveux avaient la couleur et l'épanouissement poussiéreux du raisin noir. Son rouge à lèvres avait l'air d'une vaseline vermillon et un maquillage épais s'étalait sur les éruptions et les cratères de son visage. « Elle a tellement de boutons qu'on n'arriverait pas à les compter, » pensa Barnaby, même si on y mettait de la bonne volonté. » Elle portait des shorts à dessins léopard, un soutien-gorge assorti, à deux fermetures, et des talons tellement hauts qu'elle semblait se balancer sur des échasses en cuir. Elle chancela en avant, enlaça son bras d'un geste expert et sourit, montrant des dents comme les perles d'une huître contaminée.

« Je suppose que tu as envie d'être un très vilain garçon, n'est-ce pas, chéri ?

— Pas vraiment », dit Barnaby, se dégageant et montrant sa carte.

« Seigneur Dieu ! Que diable voulez-vous ? Tout est légal ici, vous savez ?

— J'en suis sûr. » Il montra la photo d'identité. « Connaissez-vous cet homme ? »

Elle jeta un coup d'œil rapide.

« Bien sûr que je le connais. C'est M. Joie d'Amour.

— Est-ce qu'il était ici vendredi après-midi ? Le 17.

— Nom de Dieu, il vit ici, mec.

— Il me faut une réponse précise.

— Alors il vaudrait mieux que vous parliez à Krystal.

— Voulez-vous lui dire de venir ici, je vous prie ?

— Celle-là, elle ira où vous voudrez, si elle touche sa

paie. » Elle lui donna un coup de coude. « Vous avez l'air d'un type bien balancé. Pourquoi ne pas revenir ici quand vous ne serez pas en service ? Vous échauffer un peu ? Vous faire un petit plaisir ? » Elle attendit une minute pour que le regard vide de Barnaby change d'expression, puis elle ajouta : « Eh bien, tant pis pour vous ! Krystal joue l'histoire du cours de dessin. Elle en a encore pour dix minutes. C'est la deuxième porte à droite. »

Barnaby souleva un rideau de velours et se trouva dans un froid couloir de pierre. Il y avait des portes des deux côtés. Il ouvrit la deuxième à sa droite et se trouva devant un autre rideau très poussiéreux. Il l'écarta et franchit le passage avec une prudence inutile. Aucune tête ne se retourna. Tous regardaient la scène.

Sur une estrade très illuminée une jeune femme bien en chair était debout, mimant l'inquiétude à la manière de la *commedia dell'arte* : les yeux écarquillés, les mains levées devant elle pour écarter le danger, à moitié détournée pour s'enfuir. Elle portait une jupe plissée d'écolière, une chemise blanche et un blazer. Un chapeau en feutre avec une bande à rayures était perché en équilibre précaire sur sa tête. Elle avait des cheveux blond platine qui lui arrivaient à la taille. Un jeune homme portant des pantalons trop moulants, un blouson en velours et un béret assorti peignait l'air devant son chevalet. Une dure voix masculine, soulignée par des heurts brutaux et par une musique d'orgue de Barbarie, jaillissait des deux haut-parleurs accrochés au mur.

« Ce fut alors que la gentille Brigitte, désespérée de ne pas pouvoir acheter des médicaments pour son père mourant, fut amenée par la ruse du célèbre artiste Fouquet à quitter le couvent et à poser dans son atelier sous les toits. Malgré ses promesses ferventes Fouquet révéla, une fois qu'il l'eut bien enfermée dans sa tanière, qu'il ne la payerait que si elle posait nue. »

Ici le jeune homme mima de façon assez explicite ce

qu'il attendait de la gentille Brigitte. Elle pleura et gémit et se tordit les mains, puis, tremblotant, minaudant, elle commença à se déshabiller. Tout d'abord elle enleva son blazer, puis sa petite chemise blanche d'écolière que ses seins faisaient éclater, puis la courte jupe plissée. Elle se blottissait de façon très réaliste, enveloppant de ses bras minces sa poitrine prodigieusement forte. La voix grésillait.

« Si tu veux sauver la vie de ton père bien-aimé, tu sais ce qu'il te reste à faire », cria l'infâme Fouquet.

En larmes, la fille enleva ses bottines à lacets, ses chaussettes et son soutien-gorge. L'infâme Fouquet, pour ne pas être en reste, enleva son blouson de velours, montrant une poitrine brune et glabre. Brigitte ne portait plus qu'un slip d'un genre que toute mère supérieure qui se respecte aurait jeté au feu en se servant de pincettes.

« Mais quand l'artiste lubrique voulut faire prendre la pose à la jolie vierge une vague de désir l'emporta. »

« Surprise, surprise », pensa Barnaby en bâillant. Il se glissa derrière le rideau et attendit dans le couloir Colditz. La mise en scène lugubre de la leçon de dessin lui faisait soudainement regarder d'un œil neuf sa vie conjugale et les étreintes tendres et propres qu'il partageait avec Joyce. Tout d'un coup il se rendit compte que le soufflé Bakewell de Joyce, même raté, était formidable, et que c'était une chance d'avoir une femme comme la sienne. C'était aussi une chance d'avoir une fille comme Cully, même si elle semblait une épave de Vénus et si ses propos étaient aussi âpres que certaines tirades de Swift. Il la compara à la préférée du Dr Lessiter et fit le compte de ses bonheurs.

Enfin libérés par le cri d'un orgasme feint, les habitués sortirent : des jeunes gens, des hommes mûrs, des vieux. Aucun, semblait-il, n'était accompagné d'une amie. Ils émergeaient solitaires, clignant des yeux, éblouis par la lumière, comme des taupes mélancoliques. Il laissa passer quelques instants puis rentra dans la pièce.

« Brigitte » était perchée sur le tabouret de l'artiste, fumant, enveloppée dans un peignoir. Sa chair miroitait au travers de cet habit en voile. Sa chair nacrée, ses longues boucles argentées et son teint de lis lui donnaient une apparence saine qui contrastait totalement avec l'environnement. On l'aurait mieux vue dans une ferme, occupée à traire. Elle parla :

« Laissez-nous une foutue chance de nous reposer, mon amour. Le prochain spectacle est d'ici une demi-heure. On paie dehors. » Il montra sa carte. « Bordel de merde ! » Elle jeta sa cigarette mais il avait eu le temps de reconnaître l'odeur. « Je ne me shoote pas, vous savez ? Vous prendriez quelque chose vous aussi, croyez-moi, si vous faisiez ce sale boulot.

— J'interroge certaines personnes.

— Je ne vous parlerai pas sans témoin. »

Elle disparut par la porte qui était à l'arrière de la scène et qui donnait directement sur une petite loge. Barnaby réussit de justesse à y entrer. La pièce empestait le parfum bon marché, la laque, un mélange de sueur et de fumée de cigarette. Elle était occupée par deux filles, leurs fesses calées sur des chaises en plastique. Elles étaient affublées de plumes aux couleurs criardes et d'étoiles sur la pointe des seins. Elles reconnurent tout de suite un policier, et lui dédièrent des regards mécontents.

« Et alors qu'est-ce que tu as fait, Krys ?

— Que dalle. Et il ne peut m'accuser de rien. »

Barnaby lui montra la photo de Trevor Lessiter.

« Connaissez-vous cet homme ?

— Ouais, c'est le pauvre vieux Sans Amour. Ou Joie d'Amour. C'est le nom qu'il se donne. Je ne connais pas son vrai nom.

— Était-il ici vendredi dernier ? Dans l'après-midi ?

— Il est ici tous les vendredis après-midi. Et les lundis et les mercredis. Il ne pose pas de problèmes. Un peu d'esclavage. La routine de l'effeuillage. Mais il est plutôt normal. Sa femme ne lui donne rien, vous comprenez ?

— Ouais ! » Cette interjection jaillit des plumes rouges avec la force d'un coup de poing. « Il lui a pourtant offert un manteau en vison pour Noël.

— J'ai calculé, dit Krystal, et je lui ai dit : " Il faudrait que je le fasse cinq cents fois pour acheter un vison. Un bon, je veux dire, pas un qui ficherait le camp pour le zoo au premier coup de sifflet. "

— Tu serais trop vidée pour porter ça, Krys !

— Tu le crois vraiment ? »

Elle poussa un soupir sans joie.

« Ils puent et tout ça quand on est sous la pluie », dit la fille aux tétons décorés d'étoiles rouges. « Et puis la fourrure fait tomber les fesses d'une cocotte. »

Encore des cris sans joie. Barnaby coupa court avec fermeté.

« Pouvez-vous me dire à quelle heure M. Joie d'Amour est parti vendredi dernier ?

— À cinq heures et demie. Je me souviens car c'est le moment où je m'arrête pour une heure. Il m'a demandé d'aller prendre le thé avec lui. Il me demande toujours de sortir avec lui. Il faut faire semblant... vous savez... que vous les aimez et alors, certains — les plus naïfs —, ils vous croient vraiment. Ils essaient de vous arracher un rendez-vous à l'extérieur. C'est vraiment pathétique. »

Elle leva les deux mains et souleva la lourde masse de boucles argentées. Sous la perruque ses cheveux étaient sales, rouges, coupés court, d'une coupe sauvage et maladroite. Elle éclata de rire devant l'involontaire sursaut de surprise que ne put réprimer l'inspecteur principal.

« Il croyait que c'était des vrais, n'est-ce pas, mon rayon de soleil ?

— J'aime les innocents, pas toi ? » dit la fille à la voix perçante. « Ils vous donnent vraiment envie de pisser.

— J'ai été innocente autrefois, dit Krystal. Avant de découvrir cet endroit je pensais qu'un godemiché était un oiseau préhistorique. »

Croassements de rire ; les plumes loqueteuses hoquetaient. Elles le regardèrent avec des yeux durs, brillants. Elles avaient l'air à la fois cruel et inoffensif, comme des oiseaux de proie privés de bec. Il s'excusa et partit.

10

La petite église de campagne était comble. Barnaby s'y glissa sans se faire remarquer et resta debout derrière un pilier du fond. C'était une journée éclatante ; le soleil se déversait par les vitraux. Derrière la grille du chœur tout était blanc : le curé, robe blanche et cheveux blancs, les deux merveilleux bouquets blancs qui flanquaient l'autel ; le simple bouquet de lis posé sur le petit cercueil blanc.

La plupart des assistants portait des vêtements ordinaires, mais on notait comme une tache d'un noir d'encre. Plusieurs hommes portaient un brassard noir, quelques femmes des écharpes noires. Barnaby constata avec étonnement qu'au moins un quart des assistants étaient ce qu'il considérait comme des jeunes : des gens de moins de trente ans.

Miss Bellringer, vêtue d'un tailleur d'un noir fatigué, était assise au premier rang de la travée de droite, son profil d'aigle vide de toute expression sous un chapeau à plumes, les yeux secs. Dans le banc d'en face (réservé au châtelain et à sa famille), Henry Trace, accompagné par Katherine, était assis, en costume sombre. Elle portait une robe en soie brun foncé et une écharpe noire avec de petites pièces d'or cousues sur les bords. Les Lessiter étaient assis ensemble et semblaient pourtant séparés : ils regardaient droit devant eux. On n'aurait jamais pensé qu'ils formaient une famille.

Dennis dans son rôle de maître de cérémonie était tout à côté de l'autel. Il avait attaché à son bras un gros ruban noir dont les extrémités tombaient timidement sur sa hanche. Sa mère, une montagne de taffetas gris plomb, le visage voilé de gris, se tenait très tranquille au deuxième rang. Mme Quine essuyait ostensiblement une larme inexistante. À ses côtés Lisa Dawn soupirait et reniflait comme d'habitude. Phyllis Cadell était en bleu marine, David Whiteley portait des jeans et une chemise à rayures foncées. Au dernier rang, le vieux Jake pleurait sans retenue, essuyant ses larmes avec un mouchoir à pois rouges. Quand tous s'agenouillèrent et qu'Henry Trace courba la tête, Barnaby vit Michael Lacey qui se tenait tout droit sur son banc, regardant la respectable assemblée qui l'entourait avec un mélange d'impatience et de mépris. Il n'avait pas fait de concessions aux convenances : il portait un bleu taché de peinture et un béret en coutil à visière.

« Car l'homme né de la femme n'a qu'un temps bref à vivre... »

Emily Simpson avait vécu bien longtemps en comparaison avec une vaste proportion de la population du monde, mais elle n'avait pas accompli le temps qui lui avait été imparti. « Personne, pensa Barnaby, ne devrait être envoyé vers ce long voyage ne serait-ce qu'un jour, une heure ou même une seconde avant son heure naturelle. » Il faisait chaud dans l'église. Il desserra son col, ferma les yeux et reposa son front un instant contre la pierre froide.

Derrière ses paupières baissées des figures dansaient. Les Lacey et les Lessiter, Phyllis Cadell, David Whiteley, les Rainbird, Henry Trace. Ils s'approchaient les uns des autres, se saluaient, se mélangeaient et se dispersaient dans une pavane sans passion. Qui appartenait à qui ? Si seulement il le savait, il saurait tout.

Barnaby avait commencé à rêver la nuit du couple dans les bois : deux formes s'entrelaçaient, se tournaient en boucles et en nœuds de jambes blanches, tantôt elles se figeaient comme des sculptures, tantôt elles se fondaient doucement ensemble. La nuit précédente, ils avaient tournoyé très lentement, un mobile de désir charnel suspendu par un fil invisible, et il avait attendu dans son rêve, retenant son souffle, semblait-il, que leurs visages lui apparaissent pour la première fois. Mais quand les figures avaient achevé leurs courses lentes il n'avait vu que deux ovales vides et blancs à la place des visages.

Un rayon de soleil où dansait la poussière éclaira les lis. Tous se levèrent pour chanter « Le jour que tu lui as donné est achevé, Seigneur. » Derrière Barnaby, une branche d'if, noire, poussée par une rafale soudaine, vint frapper le vitrail.

Troisième partie

LA RÉPÉTITION

1

L'après-midi de l'audience, le tribunal était comble. Tous les strapontins en chêne clair étaient occupés. On avait l'impression que tout Badger's Drift était là. Barnaby passa en revue les rangées de visages : apparemment seuls David Whiteley et Michael Lacey manquaient à l'appel. Le jury avait pris place, s'efforçant de prendre un air sérieux, désintéressé et digne de la confiance qu'on lui accordait.

Barbara Lessiter portait une robe festonnée à pois noirs et blancs qui eût mieux convenu pour une garden-party, un petit chapeau noir avec une voilette froncée à pastilles qui cachait son visage. Judy portait un pull-over à torsades et un pantalon en tweed, Katherine Lacey un tailleur-pantalon en lin blanc. Ses cheveux étaient retenus par deux écharpes, l'une d'un turquoise brillant, l'autre d'un jaune acide, étroitement tordues autour de sa tête. Mme Rainbird n'avait pas lésiné : elle était emballée, comme un gargantuesque cadeau de Noël, dans du satin rouge brillant et surmontée d'un chapeau vert couvert de petites baies. Le juge d'instruction prit place et la séance commença.

La déposition du Dr Lessiter fut lue à haute voix. Il insistait avec force sur le fait qu'en examinant la défunte, il avait bien remarqué une congestion des poumons, mais comme à cette époque il soignait Miss Simpson pour une bronchite, il n'avait pas trouvé la chose bien surprenante. Naturellement il n'avait pas cherché des symptômes d'empoisonnement à la conicine. Quel médecin l'aurait fait dans de telles circonstances ? Le juge d'instruction dit que sur ce point le témoin était irréprochable, et le docteur regarda fixement le journaliste du *Causton Echo* pour s'assurer qu'il notait ces propos. Puis il signa sa déposition et, l'air grave, regagna son siège. Même de dos sa tête ronde et ses épaules grassouillettes semblaient se donner de l'importance.

On lut le rapport du médecin légiste. Il y eut un bourdonnement d'intérêt à la mention de la ciguë et les Rainbird se serrèrent la main, tout excités. Puis, un expert du laboratoire de la police fit un rapport sur l'analyse des fibres retrouvées en un certain point du bois de hêtres à côté du village de Badger's Drift, et sur la terre et les feuilles mortes attachées aux chaussures de tennis appartenant à la victime : elles venaient bien du même endroit.

Les deux officiers qui avaient mené les recherches sur le lieu du crime décrivirent la grande aire aplatie où l'on avait trouvé les empreintes profondes des mêmes chaussures, prouvant qu'Emily Simpson était restée debout à cet endroit pendant un certain temps. Barnaby remarqua que Miss Bellringer rougissait de colère et fixait le policier d'un œil malveillant. L'homme continua sa déposition, décrivant l'empreinte qu'on avait retrouvée un peu plus loin, et qui aurait pu être produite par la chute d'une personne ayant la taille et le poids d'Emily Simpson. Le juge d'instruction demanda une suspension d'audience pour vérifier la déposition du Dr Lessiter. Puis il demanda à ce dernier si les contusions qui se voyaient sur la peau de Miss Simpson auraient pu être provoquées par cette première chute. Le docteur poussa un profond soupir et, d'une voix qui montrait qu'il avait déjà gaspillé assez de son précieux temps, répondit que c'était possible.

La déposition des officiers responsables du lieu du

crime se poursuivit. Il était maintenant question d'empreintes digitales. Marques sur le volume de Shakespeare, faites par un crayon 6B qu'on n'avait pas retrouvé. L'après-midi avançait. On fit venir le facteur puis Miss Bellringer. Elle affirma devant la cour que le matin de la mort de son amie, la fenêtre du garde-manger était intacte et qu'il n'y avait pas de ciguë dans la maison. Quant au crayon 6B, Miss Simpson n'aurait jamais abîmé son Shakespeare bien-aimé.

« Elle n'écrivait jamais sur aucun de ses livres. Ils étaient bien trop précieux à ses yeux. »

L'inspecteur principal Barnaby décrivit la première visite de Miss Bellringer, et sa rencontre avec Terry Bazely, ce qui provoqua un bourdonnement d'intérêt encore plus marqué. Il regarda autour de lui lorsqu'il prononça le nom d'Annabella mais il ne vit que quelques regards étonnés. Aucun signe de reconnaissance. En s'asseyant il observa le jury. Leur sérieux n'était plus feint. Ils étaient parfaitement attentifs et gardaient les yeux fixés sur le juge d'instruction. Une femme était devenue très pâle. Un huissier s'approcha d'elle et lui chuchota quelque chose mais elle secoua la tête et s'assit encore plus en avant sur le bord de son siège.

Le juge d'instruction récapitula l'affaire et conclut en donnant au jury des indications très claires. Ils ne discutèrent qu'un bref instant avant de donner leur verdict : Emily Simpson avait été assassinée par une ou des personnes inconnues.

Aussitôt le journaliste de l'*Echo,* peut-être parce qu'il avait vu trop de films policiers, enfila son trench-coat blanc tout neuf, repoussa sur son front une visière invisible et quitta le tribunal en courant. Les autres sortirent plus lentement — discutant, posant des questions, se regardant avec un mélange d'excitation et de consternation, tel un groupe de critiques à une prestigieuse première lorsque leurs pires craintes se sont confirmées.

Barnaby regarda Barbara Lessiter sortir au bras de son mari. Elle était restée apparemment très calme tout au long de la séance, mais il avait remarqué que ses mains s'agitaient. Il se dirigea vers la place qu'elle avait occupée et baissa les yeux : juste devant sa chaise il y avait une petite pyramide de mouchoirs en papier réduits en lambeaux. Il se souvint de la lettre qu'elle avait si rapidement cachée l'autre matin et maudit la voilette. Il aurait aimé voir son visage au moment du verdict.

Presque tout le monde était parti. Mais sur un banc, un peu plus loin, une personne solitaire était assise, les épaules courbées, la tête baissée. Il traversa la pièce et s'assit.

« Miss Bellringer... ? » Elle le regarda. Sa peau était couleur de cendre, ses beaux yeux éteints. « Vous vous sentez bien ? » Comme elle ne répondait pas il dit doucement : « Vous saviez très bien où notre enquête allait nous mener !

— Bien sûr... enfin... Je crois. » Toute son effervescence avait disparu. Elle paraissait très vieille. « Mais je ne l'avais pas formulé en moi-même. Pourquoi est-ce pire maintenant que c'est formulé ? »

Elle lui jeta un regard interrogatif, comme s'il pouvait connaître la réponse. Il y eut une longue pause. Barnaby dit enfin :

« Je suis profondément désolé.

— Quelle méchanceté ! » Un éclair de rage passa sur son visage et laissa une lueur dans ses yeux. « Après toute une vie passée à s'occuper des autres ! C'était un professeur merveilleux, vous savez ? Elle était bien meilleure que moi. Et bien sûr elle connaissait ceux qui ont fait ça. C'est bien ce qui est horrible. Elle les a sans doute accueillis amicalement. » Barnaby acquiesça en silence. « Eh bien, il faut les prendre », continua-t-elle, et sa voix était de nouveau très ferme. « Bon — quelles sont vos instructions, inspecteur principal ? Que dois-je faire maintenant ?

— Rien, malheureusement. Nous...

— Oh, mais il faut que je fasse quelque chose. Je peux discuter avec les gens, non ? Découvrir si quelqu'un a remarqué quelque chose, n'importe quoi, le jour où elle est morte. Et qu'en est-il de la mystérieuse Annabella ? Peut-être puis-je découvrir qui elle est !

— Je regrette, Miss Bellringer, mais...

— Mais il faut que je participe. Ne me dites pas, inspecteur principal, que vous ne comprenez pas pourquoi.

— Bien sûr, je comprends votre...

— Poirot », elle l'interrompit tristement, « avait bien son Hastings, non ?

— Et moi, Miss Bellringer, dit Barnaby, j'ai toutes les ressources d'une force de police moderne à ma disposition. C'est un autre monde.

— Ils ne peuvent pas être partout à la fois. Et de toute façon, je sais bien », elle posa une main gantée sur son bras, « qu'ils ne peuvent pas être tous aussi intelligents que vous.

— Je vous en prie, soyez raisonnable », dit Barnaby, résistant comme il pouvait à une flatterie aussi flagrante. « Je suis sûr que votre amie n'aimerait pas vous voir mettre votre vie en danger. »

Elle retira sa main.

« Mais que voulez-vous dire par là ?

— Dans une petite communauté comme Badger's Drift, tout le monde saura ce que vous faites. Celui qui a tué une fois et qui pense qu'il peut se protéger en tuant encore n'hésitera pas à le faire. Et n'oubliez pas », il fit demi-tour et tous deux s'avancèrent vers la sortie, « que si Miss Simpson connaissait très bien celui qui l'a tuée, vous aussi vous le connaissez. »

2

Le même soir, à neuf heures, Phyllis Cadell se tenait à côté du chiffonnier dans le plus vaste des deux salons de Tye House. Elle était parfaitement immobile, à l'écoute. Elle avait avalé son pudding avec une telle hâte que les deux autres pensa-t-elle, l'avaient peut-être remarqué, mais comme d'habitude — et c'était écœurant — ils n'avaient d'attention que l'un pour l'autre.

Elle jeta un coup d'œil par la porte entrouverte. Pas de danger du côté de Katherine : elle était à la cuisine, disposant les assiettes dans le lave-vaisselle. Henry était sans nul doute tout à côté, la regardant avec une vaniteuse admiration accomplir cette tâche si compliquée. Phyllis déboucha rapidement la lourde carafe en cristal taillé. Elle attrapa un grand verre et le remplit à moitié de brandy. Il y eut un tintement clair quand le verre et la carafe se heurtèrent. Elle jeta un nouveau coup d'œil vers la porte, replaça le bouchon et se mit à boire.

C'était merveilleux. Brûlant et fort. Le brandy réchauffait sa misère avec la douceur d'un manteau douillet. Il y avait eu du vin au dîner mais qu'est-ce que deux bouteilles de vin pour trois personnes ? De toute façon, le vin ne semblait plus avoir d'effet sur elle. Phyllis vida son verre, enleva le bouchon et se resservit, éclaboussant un peu dans sa précipitation.

« Tu m'en donnes un petit verre, Phyllis, veux-tu ?

— Oh ! » Elle se retourna. Henry s'approchait, roulant son fauteuil sur le tapis. « Bien sûr... excuse-moi... je ne t'avais pas entendu venir. » Elle lui tourna le dos, cachant le verre presque plein qu'elle tenait en sa main. Elle le poussa derrière une plante et servit un verre à son beau-frère. « Et Katherine ? demanda-t-elle, constatant avec plaisir qu'elle parlait sans difficulté.

— Je ne crois pas. Elle boit rarement, comme tu sais. »

« Elle n'en a pas besoin, n'est-ce pas ? pensa Phyllis avec fureur. Crois-tu que je boirais si j'avais la vie qu'elle a ? Sa beauté ? Son avenir ? » Cachant le verre dans sa main, elle alla jusqu'à la fenêtre et se plaça derrière une haute jardinière. Elle prit une autre gorgée, longue, profonde.

Elle se sentait mieux. Puis, tandis que le chagrin refluait, son sens de l'espace se déformait étrangement. Le velours du tapis semblait vivant : il paraissait se frotter contre ses pieds comme un chat, les rayures des rideaux se levaient et se mettaient à siffler et à passer de haut en bas comme des lignes électriques le long d'une voie ferrée. Dans une jardinière, une pluie de stéphanotis répandait un parfum tenace, sensuel, remplissant cruellement ses narines. Lui rappelant les noces à venir. « Si on nous pique, est-ce que nous ne saignons pas ? » pensa-t-elle confusément.

Peut-être ne serait-il pas si mal de vivre au cottage. Au moins elle serait loin d'eux. Le cottage était à dix bonnes minutes de marche de la maison principale et ils n'allaient certainement pas venir la voir à tout bout de champ. Au début, ils viendraient de temps en temps, un peu mal à l'aise de la savoir si seule, mais très vite ce sentiment se dissiperait.

Maintenant la cuisine était silencieuse. Katherine allait les rejoindre d'une minute à l'autre. Phyllis respira profondément et tenta de reprendre ses esprits. Elle cligna très fort les yeux, s'obligeant à voir le salon tel qu'il était et non comme un décor de théâtre faussement vivant d'un dessin cruel. Puis elle vit la fiancée traverser la cour portant les fleurs fanées qui avaient orné la table du dîner. Phyllis la fixa à travers la vitre. Peut-être qu'après tout il n'y aurait pas de mariage, pensa-t-elle. Peut-être que Katherine serait victime d'un accident — elle tomberait dans le lac, écraserait la Peugeot contre un arbre, serait happée par la moissonneuse-batteuse ! Les images que son cerveau fabriquaient lui firent peur. Non, Katherine était jeune, et en bonne santé : elle vivrait longtemps, longtemps. Probablement toujours !

Et puis, ils auraient peut-être des enfants. Quelque part sous le manteau douillet du brandy un couteau creusa la plaie. Alors elle serait de nouveau utile. Pauvre vieille tante Phyllis ! Drôle de tantine Phyllis. Une larme tomba dans son verre vide. « Mon Dieu, j'en boirais bien un autre. » Elle se rendit vaguement compte qu'Henry lui parlait.

« ... tous les deux nous nous faisons beaucoup de souci à ton sujet.

— ... à quel sujet, Henry ?

— Tu ne m'écoutais pas ? » Elle le fixa avec l'intense concentration des ivrognes. « À ton sujet, bien sûr.

— Il ne faut pas se faire de souci pour moi. »

Il posa son verre et poussa son fauteuil tout près d'elle.

« Écoute, il n'est pas du tout nécessaire que tu ailles vivre au cottage, Phyllis. C'est toi qui l'as proposé. Kate et moi nous serions heureux de te garder ici. » Elle laissa échapper un son bizarre qui pouvait être un sanglot ou un rire. « En tout cas, nous espérons que tu passeras beaucoup de temps avec nous. Katherine n'a pas l'habitude de diriger une grande maison, tu sais. Elle sera reconnaissante de toute l'aide que tu pourras lui donner. Comme je l'ai toujours été.

— Alors c'est à cela que je suis réduite ? Une domestique sans gages ?

— Bien sûr que non. J'ai simplement...

— Est-ce là le prix que je dois payer pour le cottage que le patron me cède ? Frotter les planchers ?

— Tu dis des bêtises. »

Elle vit l'irritation creuser le visage d'Henry. Il détestait les disputes. Bella avait l'art de les faire dévier avant qu'elles ne prennent corps. Elle se serait, elle, arrêtée tout de suite, là, maintenant.

« Tu ne peux pas comprendre ce que je ressens. Ce qu'il a fallu supporter depuis qu'elle est là. Toutes les remarques acerbes, les petites humiliations. Elle ne les fait jamais quand tu es à ses côtés.

— Tu fabules.

— Vraiment ?! Oh, elle est maligne. Tu étais aveugle mais moi j'ai bien vu ce qu'elle voulait. Bella était à peine enterrée qu'elle était déjà ici... aidant ici... aidant là... minaudant timidement... intervenant quand on n'avait pas besoin d'elle. » (" Oh, arrête, Phyllis, arrête ! Tout ce que tu vas obtenir c'est qu'il te haïsse. ") « Je ne serais pas surprise d'apprendre que ça a commencé avant la mort de Bella.

— Assez ! Tu sais que ce n'est pas vrai. Je te défends de parler de Katherine de cette façon.

— Elle t'épouse uniquement pour ton argent. Tu crois qu'elle t'aurait jeté un regard si tu avais été paralysé et pauvre ? »

On aurait dit qu'elle ne pouvait plus s'arrêter. Henry Trace la regarda, plus surpris et peiné qu'en colère. Tant de venin ! Il s'attendait presque à voir de la bile, noire et épaisse comme de la mélasse, écumer au bord de ses lèvres. Quand elle eut fini il dit doucement :

« Je n'avais pas la moindre idée de ce que tu éprouvais. Je pensais que tu aurais du plaisir à me voir heureux. Je pensais que tu m'aimais bien.

— *Que je t'aimais bien...* »

Elle se mit alors à sangloter très fort, à grands bruits déplaisants. Ses joues demeuraient sèches et rouges de colère. Quand Katherine apparut sur le pas de la porte,

Phyllis Cadell quitta le salon en courant, poussant la jeune fille de côté, incapable de regarder son visage qui, elle en était sûre, était plein d'un rire sournois ou, pire, de pitié.

« Oh, Pookie ! » Barbara Lessiter roula sa langue dans l'oreille de son mari comme un petit escargot souple. « Pardonne-moi, j'ai été si... »

Elle respira profondément, mettant à rude épreuve la chemise de nuit de fine dentelle et de mince crêpe de Chine. Sa migraine l'avait enfin quittée.

« Voyons, voyons, ne t'inquiète pas », répliqua Pookie, s'étendant avec plaisir entre les draps de satin.

Comme un homme affamé à qui on vient d'offrir un riche banquet, il avait l'impression que ce qu'il venait d'obtenir (deux fois) lui suffirait pour toujours. Une chance, parce que, étant donné la suite, c'est bien en effet tout ce qu'il aurait jamais, du moins de cette source-là.

« La ménopause, j'imagine. »

À cette allusion à son âge, il sentit qu'elle se rétractait légèrement. Bon, un petit coup de patte de temps en temps ne lui ferait pas de mal. L'empêcherait de s'endormir ! Lui montrerait qu'elle n'avait pas affaire à l'amoureux transi d'il y a cinq ans. Quoi ! Il n'allait tout de même pas être reconnaissant parce qu'on lui donnait ce qui lui appartenait de droit. Si sa migraine avait duré encore un peu, elle aurait mérité d'être inscrite dans le livre *Guiness des records*. Il étendit la main une fois de plus.

« Chéri... Pookie !

— Oui ? »

Ah, il n'y avait rien de mieux que la soie et les dentelles. La chair chaude et nue mise à part.

« Non, mon cœur... écoute Barbie... »

Des grognements. Et l'imitation d'un chien haletant.

« C'était seulement que... j'ai été si horriblement

inquiète… je sais que je dois te l'avouer… mais je ne sais pas comment te le dire… »

L'appréhension le vida de toute passion, le laissant froid comme de la glace. Il prit ses bras, la fixant à la lumière de la figurine d'ivoire. Comment n'avait-il pas deviné la raison de sa froideur et de ses refus ?

« Tu as couché avec quelqu'un d'autre ?

— Oh ! Pookie ! » s'écria-t-elle, se couvrant le visage de ses mains. « Comment peux-tu imaginer une chose pareille de ta pauvre Barbie ! »

Le soulagement répara un peu le dommage produit par le soupçon. Quelque chose s'éveilla là-bas dans la forêt.

« Alors, qu'est-ce que ça peut bien être ? Ce n'est sûrement pas bien grave. Chuchote-le dans l'oreille de Pookie. »

Les dentelles se gonflèrent à nouveau dans un mouvement comme venu du cœur.

« … L'autre jour quand j'ai retiré mon vison du magasin pour le mariage des Trace, je l'ai laissé sur le siège arrière de la voiture… seulement le temps d'une course et… oh, mon amour… quelqu'un l'a volé… »

Elle éclata en sanglots, puis, comme il ne disait rien, elle jeta un coup d'œil furtif, plein de coquetterie, entre ses doigts. Ce geste, qu'il avait autrefois trouvé charmant, le frappait maintenant : cela lui parut à peine digne d'une fillette de trois ans. Une fillette mignonne presque jusqu'à l'écœurement.

« Pourquoi, bon sang, voulais-tu porter un vison au mois de juillet ?

— Je voulais que tu sois fier de moi.

— Tu es allée à la police ?

— Non… j'étais dans un tel état… j'ai fait des tours en voiture, en me tourmentant… puis je suis rentrée.

— Il faut y aller demain. Leur donner tous les détails. Heureusement, il est assuré !

— Oui, chéri… Je ne crois pas… » Un bras de serpent entoura ses épaules et son cou. « Est-ce que

Pookie achètera encore un autre vison à sa vilaine Barbie ? »

Le regard de Pookie ne révélait rien. Il essayait de se souvenir de ce qu'avait dit Krystal. Ah, la petite Krystal, toujours si heureuse de le voir ; dont l'accueil était toujours chaleureux et amical. Qu'avait-elle dit ? « Il faudrait que je le fasse cinq cents fois pour me payer une fourrure comme celle-là. » Il sourit calmement, presque indulgent, à sa femme et caressa son épaule lisse et brune.

« Nous en reparlerons, n'est-ce pas, chérie ? »

3

Barnaby était assis dans le bureau de police. Il était en manches de chemise devant une fenêtre ouverte. Le bruit sourd des balles de tennis et, de temps en temps, une exclamation de dépit flottaient jusqu'à lui depuis le terrain de sport tout proche. Il fit pivoter ses fiches tournantes pour la millième fois et demanda du café.

« Et ne me l'apportez pas dans la tasse où il y a une grenouille qui squatte.

— Oh, je trouvais ça plutôt mignon, dit l'agent Brierly, les lèvres tremblantes.

— Eh bien, pas moi.

— Bien, Monsieur. »

Barnaby tourna les fiches une fois encore, s'apercevant qu'il savait toutes ces informations par cœur : il espérait qu'une nouvelle lecture lui montrerait une pièce du puzzle sous un autre angle, que de juxtaposer des faits apparemment disparates lui révélerait, comme par un tour de prestidigitation, une chose jusqu'ici cachée dans l'ombre. Du coup, puisque l'emploi du temps du pauvre Sans Amour/Joie d'Amour pendant tout l'après-midi était confirmé, il avait un suspect de moins.

Barnaby jouait avec l'idée que l'assassin était peut-être bien une personne sans attaches, tuant pour protéger la réputation de son/sa partenaire. Cela paraissait un peu tiré par les cheveux, mais si le conjoint légal du partenaire tenait les cordons de la bourse cela n'était pas à exclure. L'argent est le mobile d'une foule de meurtres. L'argent et le sexe. Mêlés. Une éternelle alliance. Un mobile pour le meurtre depuis que le meurtre existe.

Deux jours s'étaient écoulés depuis les funérailles. Barnaby avait passé l'un des deux à interroger sur la mort de Mme Trace tous les membres de la partie de chasse, à l'exception du garçon de ferme et des propriétaires voisins qu'il avait confiés à Troy. La seule information nouvelle qu'il en tira était qu'au moment du coup de feu, Phyllis Cadell rentrait à Tye House : la chasse l'ennuyait. D'ailleurs, Henry avait été surpris qu'elle décide d'y participer. Phyllis, de son côté, avait affirmé à Barnaby que Bella insistait depuis longtemps pour l'emmener. Phyllis avait chassé un peu dans sa jeunesse et savait comment se servir d'un fusil mais elle avait tout simplement perdu le goût de cet exercice. « Dès que la chasse a commencé, j'ai regretté de les avoir accompagnés. Je ne voulais pas me faire remarquer, donc je me suis simplement esquivée et je suis rentrée à la maison. »

Un autre exemple de comportement inhabituel. L'esprit de Barnaby revint à ses fiches et à Miss Simpson. Le jour de sa mort elle s'était, elle aussi, comportée d'une façon qui allait contre son caractère. Ces deux morts étaient-elles liées ? Il n'y avait pas de motif raisonnable pour le croire. Et pourtant, il n'arrivait pas à se débarrasser de cette idée. Barnaby relut la photocopie du rapport de l'enquête judiciaire, qu'il aurait maintenant pu réciter à l'envers. Il se rappelait sa toute première impression. Quelque part au fond de toute cette histoire, il y avait quelque chose d'étrange, un fait qui ne « collait » pas. Mais maintenant tout était tellement usé, effacé par les relectures qu'il ne savait même plus d'où avait jailli cette première conviction. Ses lectures répétées ne lui avaient rien apporté pour soutenir ou pour éclairer cette intuition.

Le matin du deuxième jour il avait parlé à Norah Whiteley dans le bureau du directeur de l'école où elle travaillait et où, avec tact, on les avait laissés seuls. C'était une femme maigre, à la bouche amère, qui portait — par mégarde — des vêtements très jeunes. Ce qu'elle avait à dire était inquiétant.

« J'ai quitté David parce que j'avais peur. Ses aventures avec d'autres femmes, je pouvais les accepter, à la rigueur. Du moins cela voulait dire qu'il me laissait tranquille. Mais il était très violent. On ne savait jamais ce qui allait le mettre en colère. Le dîner qui n'était pas bon, la voiture qui ne démarrait pas. Je pouvais supporter tout ça. Mais quand il a commencé à s'en prendre à Jamie... je lui ai dit de s'en aller. Et comme il ne voulait pas partir j'ai fait ses valises, je les ai mises dehors et j'ai changé les serrures. Mais même alors j'ai dû obtenir un avertissement du tribunal pour qu'il arrête de nous molester.

— A-t-il le droit de voir le garçon ?

— Non. » Sur ses lèvres il y avait un pli dur, malheureux et pourtant satisfait. « Il en a fait la demande mais je l'ai empêché. Je me suis battue. Je ne le croyais pas capable de se retenir de cogner.

— Savez-vous s'il a une... liaison en ce moment ?

— Sûrement. David ne reste jamais longtemps sans femme. C'est un obsédé sexuel ! »

En l'écoutant Barnaby se souvint avec netteté de la scène qu'il avait surprise lorsque pour la première fois il avait aperçu David assis tout près de Katherine Lacey dans la cuisine de Tye House. Il s'était méfié de ce qu'il avait rapidement déduit cette fois-là. Souvenirs de D. H. Lawrence. Et de ces merveilleux films de sa jeunesse, ardents, succulents. *Double Indemnité, Le Facteur sonne toujours deux fois*. Tout y était : la belle fiancée, le mari infirme, et l'étalon vigoureux. Tellement évident, tellement cliché. Et pourtant, et pourtant... Combien de fois ne découvre-t-on pas que l'évident est aussi le vrai ?

Mais Barnaby était bien obligé de reconnaître qu'il n'avait remarqué aucun signe de culpabilité quand ils s'étaient aperçus de sa présence et qu'ils s'étaient écartés. Whiteley semblait déprimé et mécontent. Katherine paraissait simplement intéressée et soucieuse. Et il y avait quelque chose de tellement frais dans cette jeune fille : une pureté presque asexuée dans sa beauté. Il pouvait l'imaginer offrant son corps à son propriétaire légal quand tous les liens du mariage seraient convenablement noués pas nécessairement sans amour, mais peut-être avec un certain degré de tendre attachement. Il était plus difficile de l'imaginer entraînée par une passion si puissante qu'elle vaudrait la peine de mettre en danger un avenir doré.

David Whiteley était différent : amoral, égoïste et de plus violent, il le savait maintenant. Barnaby n'avait pas beaucoup de mal à l'imaginer dans le rôle du meurtrier. Mais la mort de Miss Simpson avait été étrangement non violente, elle avait été presque subtile. Barnaby ne pouvait pas se figurer le régisseur soulignant des vers de *Jules César* ; de plus, avec ses bras et avec ses jambes musclés, il n'aurait jamais pu passer par la fenêtre du garde-manger. Et Barnaby l'imaginait mal en train de commettre un meurtre pour sauver une autre peau que la sienne.

Mécaniquement il fit tourner son fichier une fois de plus. Il ne pouvait pas s'empêcher de penser à la roulette russe. Cinq tours et rien ne se passe. Le sixième peut vous brûler la cervelle. Il but son café, content de ne rien voir d'animé au fond de sa tasse, rien qu'une vase douce, noire et primordiale. Ce fut alors que le téléphone sonna.

L'agent Brierly dit :

« J'ai une certaine Mme Sweeney en ligne, Monsieur. Elle demande à parler à la personne chargée de l'enquête sur la mort de Miss Simpson.

— Passez-la-moi.

— Mme Sweeney, du Black Boy, à l'appareil.

— Ici l'inspecteur principal de la brigade criminelle, Barnaby.

— Êtes-vous le monsieur qui est venu l'autre jour pour un demi et pour une tarte paysanne ?

— En effet.

— Eh bien, je crois qu'il faut que vous veniez. Il y a quelque chose de bizarre chez les Rainbird.

— Quel genre de chose ? »

La voix, habituellement lugubre, il s'en souvenait, ondulait littéralement d'excitation.

« Je ne sais pas exactement… C'est presque comme si quelqu'un chantait. Seulement je n'ai jamais entendu chanter comme ça… c'est plutôt une sorte de gémissement. Ça fait des heures que ça dure. »

Plus tard Barnaby se souviendrait très clairement de cet instant. Quand il reposa le combiné, il avait la sensation nette que la machine du cas Simpson — qui semblait presque arrêtée sur une série d'alibis, de déclarations non prouvées et non probables et, au moins dans deux cas, sur le désir délibéré de tromper — se mettait de nouveau en marche. Mais il ne savait pas encore à quelle vitesse la machinerie augmenterait sa puissance, ni qu'une main encore inconnue de lui, en tournant une clé dans l'engrenage, provoquerait des répercussions aussi terribles.

Il y avait une cinquantaine de personnes devant le portail de la Tranquillada. Dès que le moteur s'arrêta Troy et Barnaby entendirent le bruit. Une horrible mélopée. Mme Sweeney quitta le groupe et se précipita vers eux.

« Depuis que je vous ai téléphoné j'ai sonné mais personne n'a répondu. Je me suis dit qu'il fallait faire quelque chose. »

Les deux hommes prirent l'allée. Personne ne tenta de les suivre : signe indubitable du sentiment d'horreur qui avait envahi l'atmosphère chaude et calme. « D'habitude, se dit Barnaby, il faut les repousser. » Lui et Troy se tinrent sur le pas de la porte. Le cri continuait... Barnaby se demanda comment il se faisait qu'un son apparemment si privé d'émotion produisît un tel effet dans le cœur de celui qui l'écoutait. La plainte s'arrêtait et reprenait avec une régularité inhumaine, comme un diamant sur un disque rayé. Après avoir utilisé le marteau sans aucun résultat, Barnaby s'accroupit et cria par la boîte aux lettres : « Monsieur Rainbird... ouvrez la porte. » La plainte monta d'un ou deux tons. Elle se transforma en un cri presque strident, puis soudain s'arrêta immédiatement, la foule se tut. Barnaby frappa le marteau très vigoureusement. Les sons ressemblaient à des coups de feu dans la rue silencieuse.

« Dois-je enfoncer la porte, Monsieur ? »

Troy était excité. Ses yeux allaient sans cesse de la foule entassée près du portail à Barnaby, à la maison, soulignant l'importance de sa position.

« La fenêtre est plus rapide. Essayez d'abord d'en trouver une ouverte. »

Tandis que Troy faisait le tour de la maison en courant Barnaby se retourna pour regarder le groupe. Instinctivement, ils s'étaient rapprochés les uns des autres. Leurs ombres tombaient courtes et écrasées sur le trottoir chaud. Une femme avait un bébé sur les bras. Tandis que Barnaby les regardait, elle détourna du bungalow le visage de l'enfant et le cacha dans son sein. La cigogne en faïence les fixait tous avec indifférence.

Barnaby se retourna et remarqua pour la première fois un beau tas de champignons sur le pas de la porte. Bon sang, qu'est-ce qu'il fabriquait, Troy ? Il aurait eu le temps d'escalader une dizaine de fenêtres. Barnaby était sur le point de frapper de nouveau quand il entendit le déclic du loquet, la porte s'ouvrit. Troy le fixait d'un œil vide. Il ne dit rien, il s'effaça pour le laisser passer. Quand l'inspecteur principal entra, il sentit sa peau le démanger, comme si on l'avait couverte d'une toile d'araignée pleine de givre.

Il traversa le hall, passa devant un téléphone rouge qui pendait de son fil, devant les murs et les portes pointillés d'écarlate, jetant un coup d'œil à chaque pièce et les trouvant vides. Il cherchait la source d'un silence plus terrible encore que le son qu'ils avaient entendu. Il la trouva dans le salon.

Il s'arrêta un instant sur le seuil, révulsé d'horreur. Il y avait du sang partout. Sur le plancher, sur les murs, sur les meubles, sur les rideaux. Mais plus encore sur Dennis Rainbird. On aurait dit qu'il s'était baigné dans le sang. Son visage, comme celui d'un brave guerrier, brillait de traits rouges. Du rouge imprégnait ses cheveux, du rouge gantait ses mains. Il portait une cravate complètement trempée de rouge et une chemise fleurie de rouge. Ses genoux et ses chaussures étaient rouges. Des larmes rouges tombaient de ses joues.

Barnaby revint dans l'entrée.

« Ne restez pas là comme une bûche. Prenez le téléphone et activez-vous. » Puis, comme Troy traversait le hall comme un somnambule : « Pas celui-là espèce d'imbécile. Utilisez le téléphone de la voiture. Et n'ouvrez pas cette porte les mains nues ! Vous êtes dans la police depuis cinq ans ou depuis cinq minutes ?

— Je suis désolé… »

Troy sortit un mouchoir.

Barnaby revint au salon. Il se dirigea vers les deux formes qui occupaient le centre de la pièce, se débrouillant comme il pouvait pour poser le pied sur les rares endroits qui n'étaient pas tachés.

Comment pouvait-on perdre autant de sang ? N'y avait-il pas quelque chose de vaguement théâtral dans cette scène ? Il y avait sûrement eu là un metteur en scène trop enthousiaste, ordonnant qu'on répande des seaux de rouge tout autour de la pièce pour une représentation du Grand Guignol. Mais le plus étrange : au-delà de l'incrédulité et de l'horreur

Barnaby sentait sa mémoire produire un puissant déclic. Du déjà vu. Mais comment cela était-il possible ? S'il avait jamais contemplé une scène qui ressemblait, si peu que ce soit, à ce cauchemar ensanglanté, comment aurait-il pu l'oublier ?

« Monsieur Rainbird... ? »

Barnaby s'accroupit et constata, avec une nouvelle vague de nausée, que seul le bras de Dennis Rainbird maintenait la tête de sa mère sur ses épaules. La gorge de Mme Rainbird avait été coupée si profondément que Barnaby pouvait voir le cartilage blanchâtre de la trachée. Son visage, son cou, ses bras étaient sillonnés de coups de couteau, et sa robe avait été déchirée au couteau.

Dans la pièce régnait un désordre inimaginable. Photographies et tableaux étaient éparpillés de tous les côtés. Le sol était jonché de coussins et de bibelots, deux tables avaient été renversées, le poste de télé était défoncé. Des tessons de verre gris s'incrustaient dans la moquette.

« Monsieur Rainbird », répéta Barnaby le touchant légèrement.

Comme si ce mouvement avait activé un mécanisme caché, l'homme se mit à chantonner doucement. Il souriait, un sourire radieux, large, fou. Le cruel simulacre de bonheur qu'on voit sur le visage des survivants d'un tremblement de terre, ou celui d'une famille qui regarde brûler sa maison. Un rictus de peine et de désespoir.

Presque vingt minutes s'étaient écoulées.

« Bon Dieu... »

Barnaby se leva. George Bullard était debout sur le pas de la porte. Il portait une petite mallette noire et regardait autour de lui, atterré.

« Bon sang, qu'est-ce qui se passe ici ?

— Fais attention où tu mets les pieds. »

Un instant, le docteur fixa les deux personnages. Son expression était un mélange de pitié et de dégoût. Puis il avança posant les pieds avec précaution. Il s'agenouilla et ouvrit sa mallette. Barnaby le regarda faire. Il prit le bras de Dennis Rainbird, dégagea la manchette rouge et raide de sang et attrapa le poignet délicat.

« Il est comme ça depuis combien de temps ?

— Nous sommes arrivés ici il y a un peu moins d'une demi-heure. Je pense que cela a commencé à peu près une demi-heure auparavant. As-tu pensé à demander une ambulance avant de venir ?

— Mmm, oui. » Le docteur éclaira avec une lampe les pupilles de Dennis. Le garçon ne cilla pas. « L'ambulance va arriver d'une minute à l'autre.

— Il faut absolument que je lui parle.

— Pour l'amour du ciel, Tom, ne dis pas de bêtises. Ce type est en état de choc.

— Je le vois bien ! Peux-tu lui donner quelque chose ?

— Non. » George Bullard se leva. « Il a fait du bon travail ici, il n'y a pas de doute.

— Combien de temps va-t-il rester comme ça ?

— Un jour. Un mois. Six mois. Impossible de le savoir.

— C'est justement ce que j'ai besoin de savoir.

— Désolé. »

A travers les rideaux, Barnaby vit s'avancer l'ambulance suivie presque immédiatement de trois voitures de police. Un murmure d'excitation sortit de la foule. Les infirmiers, peut-être habitués aux scènes de carnage par les années qu'ils avaient passées à récupérer les gens sur l'autoroute, paraissaient beaucoup moins frappés que Barnaby ou le Dr Bullard par ce qui s'était passé à la Tranquillada. Tandis qu'un infirmier parlait au médecin, l'autre tentait de séparer Dennis de sa mère. Il tirait doucement Dennis par le poignet, mais les doigts du garçon serraient l'épaule droite et le bras gauche de sa mère aussi fermement que s'il s'agrippait à une falaise pour sauver sa vie. Patiemment l'homme dégagea les doigts un à un et décolla le pouce. La tête de Mme Rainbird tomba en arrière : elle ne tenait plus au cou que par une fine bande de peau. Le torse bascula et glissa sur le tapis. La mélopée baissa, puis s'arrêta complètement.

« Vous pensez qu'il est capable de marcher ?

— On va essayer. Debout mon garçon ! »

Dennis se leva, tout flageolant, il souriait toujours ; son visage ordinairement pâle était maintenant si blanc qu'il paraissait presque albinos.

« Faut-il le nettoyer un peu ?

— Désolé », répondit Barnaby, « il ne faut toucher à rien !

— D'accord. Eh bien, en route. »

Les trois hommes quittèrent la pièce, Dennis accroché à eux avec confiance, comme un enfant. Barnaby les suivit jusqu'à la porte. La foule, qui voyait son attente de sensations fortes comblée au-delà de tout ce qu'elle avait espéré, jouait son rôle jusqu'au bout : il y eut des exclamations et des cris. Une femme dit :

« Et penser que j'ai failli rentrer pour voir les infos de six heures !

— Pouvez-vous faire mettre dans un sac tout ce qu'il porte ? « demanda Barnaby. » J'enverrai quelqu'un chercher le paquet.

— D'accord. »

Barnaby revint au salon, le docteur déshabillait le cadavre, secouant un thermomètre.

« Qu'est-ce que tu en penses ?

— Oh !... une heure... il me semble, pas plus d'une heure et demie. » Il rapprocha les bords de la robe. « Il a dû avoir une sorte de crise nerveuse.

— Il faut que j'envoie un homme à l'hôpital. Je ne veux pas que Dennis Rainbird soit laissé seul.

— Naturellement Tom, tu connais ton travail mieux que personne. Mais je peux te garantir qu'il ne s'échappera pas. Pas de danger non plus qu'il cherche à se blesser ou se tuer.

— Ce n'est pas ça qui m'inquiète. » Il entendit entrer dans le hall les policiers. « Il se pourrait qu'il dise quelque chose d'utile. Il a dû arriver chez lui très peu de temps après ce qui s'est passé.

— Tu veux dire... ? Eh bien, apparemment, j'ai couru trop vite à une conclusion fausse. En tout cas — Dennis ou pas Dennis — celui qui a fait ça a certainement perdu la boule !

— Celui ?

— Eh bien », le docteur fronça les sourcils, « c'est toujours un homme, non ? Un carnage comme ça !

— Penses-tu qu'une femme serait physiquement incapable de le faire ?

— Physiquement oui... je crois... poussée par la colère. Psychologiquement et émotionnellement... c'est autre chose. Vrai, la femme capable de faire une chose pareille serait une drôle de femme. »

Barnaby fit une grimace.

« Tu es un vieux macho, George.

— C'est ce que ma fille me dit toujours. De toute façon », il s'écarta pour faire place au photographe, « tous les meurtriers sont de drôles de gens, j'imagine !

— Pas toujours, et c'est bien dommage. Ce serait tellement plus facile de les attraper !

— C'est ici que le corps a été trouvé, Monsieur ? demanda le photographe.

— Je pense », dit Bullard.

Barnaby acquiesça.

« Je pense qu'il l'a seulement soulevée et prise dans ses bras. Je ne pense pas qu'il l'ait traînée, si peu que ce soit. Il y a plus de sang ici que partout ailleurs ! »

Le Dr Bullard balaya la pièce du regard et secoua la tête.

« Qui pourrait croire que nous avons seulement cinq litres et demi de sang ! Et il lui en reste plein. »

Barnaby fixa les grosses jambes de Mme Rainbird ;

elles paraissaient aussi dodues et vivantes que quand ils s'étaient entretenus quelques jours auparavant. Ses pieds étaient nus. Une petite pantoufle dorée, ornée de plumes d'autruche blanches, gisait dans la cheminée miraculeusement intacte. L'autre n'était visible nulle part.

La pièce se remplissait. Barnaby passa dans le hall, heureux d'échapper à la forte odeur métallique, et s'adressa au chef des policiers.

« On va nous envoyer un laboratoire mobile ?

— Tout est prévu. Ils devraient être ici dans moins d'une heure. Et j'ai appelé les Services techniques... pour vous faire une vidéo. »

Barnaby acquiesça. Il se demandait où était Troy. Sur le trottoir, deux policiers plaçaient un cordon d'isolement, la foule, qui s'était monstrueusement élargie, fut repoussée à une certaine distance du portail. Malgré l'apparition de Dennis Rainbird, une image sûrement assez épouvantable pour satisfaire les espoirs les plus morbides, ce réalignement provoqua des murmures de mécontentement. Troy, qui avait repris ses couleurs, descendait le chemin qui longeait la maison.

« Bon sang, où étiez-vous passé ?

— J'étais allé inspecter l'arrière, Monsieur. J'ai trouvé quelque chose d'un peu bizarre.

— Vous devriez savoir qu'on ne piétine pas le lieu du crime, sergent.

— Je n'ai pas piétiné... j'ai pris l'allée en béton. Mais regardez. » Il guida Barnaby jusqu'à une petite cabane en cèdre, à quelques pas de la tonnelle. Autour de l'allée et de la marche tout était trempé. Barnaby chercha un robinet ouvert ou un tuyau d'arrosage défectueux, mais en vain. « Je veux dire... Il n'a pas plu depuis plusieurs jours, n'est-ce pas, Monsieur ?

— Non. »

L'inspecteur principal jeta un coup d'œil par la fenêtre de la cabane. Sur le plancher, à côté de la tondeuse, il y avait une énorme flaque d'eau. Bon, de toute façon, on allait inspecter toutes les dépendances. À ce stade pas de raison de perdre du temps à des conjectures inutiles. Troy avait l'air à la fois content de lui et plein d'espoir d'être louangé, comme un chien qui a rapporté un bâton. C'était très irritant.

« Vous vous sentez tout à fait bien maintenant ? demanda Barnaby méchamment.

— Moi ? » Le sergent sembla tout d'abord déconcerté puis complètement stupéfait. « Tout à fait bien. »

Le jardin de la maison se terminait par une double haie d'aubépines avec un portail vert au milieu. Derrière la haie, il y avait un sentier étroit bordé par un dense fouillis d'églantiers, de noisetiers et de cerfeuil sauvage. Le sentier et les quelques derniers mètres du jardin étaient visibles depuis le premier étage du numéro 7, Burnham Crescent : yeux de verre, avec des cataractes de dentelles crasseuses. Mme Rainbird n'aurait pas aimé cela. Barnaby entendit des pas qui s'approchaient et revint dans le jardin.

« Bonjour, monsieur Lacey !

— Oups ! » Michael Lacey s'arrêta pile et les regarda. « Mais c'est nos chers petits détectives. Sautant des haies pour faire peur aux promeneurs innocents ?

— Voulez-vous, je vous prie, me dire où vous allez ?

— Je prends un raccourci pour aller au Black Boy. Ce n'est pas encore un délit, que je sache.

— C'est un peu tôt, non ?

— Quand on frappe aux volets elle ouvre la cruche et la bouteille. »

Et avant que Barnaby ne puisse répondre il avait rapidement déguerpi.

« Je n'en crois pas un mot, murmura Troy. Pas une question sur ce que nous faisons ici. Enfin, la moitié du village est bouche bée devant la maison. Peut-on être aussi peu curieux ?

— Pas curieux ! Il n'a pas pu voir la foule s'il est venu

tout droit de Holly Cottage en traversant le bois et en remontant Church Lane.

— Tout de même, pourquoi s'en aller précipitamment comme ça ? » Troy prit un air malin avant d'ajouter : « Le meurtrier revient toujours sur les lieux du crime.

— Presque jamais, sergent », répliqua l'inspecteur principal, « du moins dans les affaires non privées, comme votre expérience aurait déjà dû vous l'apprendre.

— Mais ils sont liés, n'est-ce pas, Monsieur, continua Troy, les deux meurtres ?

— Oh, oui ! »

Les deux hommes revinrent par l'allée bétonnée. Par les portes-fenêtres, Barnaby voyait l'intérieur du salon. Il semblait bourré de gens qui bougeaient sans but précis. En fait, Barnaby le savait bien, on dressait des inventaires complets et on procédait aux analyses les plus précises. Et aujourd'hui la piste était toute fraîche. On allait faire des découvertes. On ne tue pas sans emporter quelque chose avec soi (ordinairement sans le vouloir). Ou sans laisser quelque chose derrière soi.

Il se dirigea vers la porte de la cuisine et s'y arrêta, regarda le jardin. « Impossible pour un jardinier de cacher sa personnalité », pensa-t-il. C'est presque aussi révélateur que les rêves. Chez Miss Simpson une harmonie simple et sans recherche, chez Miss Bellringer une exubérance confuse, tandis qu'ici... Il regarda les arbustes tape-à-l'œil, le gazon vert et lisse comme un tapis de billard, la petite pièce d'eau ornée d'un chérubin en béton qui pissait mécaniquement sur un lis en plastique. La vanité, la vulgarité fleurissaient au sens propre.

Il revint dans le hall. Une paire d'Oxfords noirs apparurent juste au-dessus de sa tête, descendant l'escalier de sapin qui venait du grenier. Ils furent suivis par des pantalons de tweed, une chemise à manches courtes et un visage barbu qui avait l'air d'avoir très chaud.

« Vous avez fini là-haut ? demanda Barnaby.

— Oui. Il y a des tas d'empreintes. Mais apparemment elles sont toutes de la même personne. On le saura vite. »

Barnaby monta l'escalier. Il y avait une douzaine de marches, larges et solidement fixées. Ce n'était pas du tout le genre de capricieuse échelle qui donne habituellement accès aux combles aménagés. L'ouverture du plafond avait été élargie, sans aucun doute pour laisser passer Mme Rainbird ; il y avait un garde-fou des deux côtés, à peu près à un mètre du plancher. Barnaby monta et Troy le suivit.

Le grenier était très grand. Les poutres étaient brutes, les murs étaient blancs, le plancher couvert d'une moquette en tweed couleur de porridge. Aux deux extrémités, il y avait une fenêtre ronde. Plantée devant chacune des fenêtres il y avait une chaise en bois. Toutes deux avaient un rebord étroit où étaient posés un cahier et un stylo à bille. Sur le siège d'une des chaises reposaient des magnifiques jumelles Zeiss. Il y avait aussi deux grands classeurs gris, et c'était tout. Barnaby, qui s'attendait à trouver un tas de bric-à-brac, ou une chambre d'ami sauvagement baroque, regarda autour de lui avec une certaine surprise. Il prit les jumelles et les dirigea vers la rue.

Un visage sorti de la foule bondit vers lui avec ses détails les plus étonnants. Les pores ouverts, les poils des narines, les bigoudis en plastique rose, des pétales sur une écharpe fleurie. Il ajusta la mise au point et obtint un champ de vision plus large. L'avant-cour du Black Boy était maintenant pleine de monde. De nouvelles voitures arrivaient à chaque instant. On aurait dit que tout ce qui était vivant dans le village était dehors. Et ce n'était pas joli à voir.

« Videz ces classeurs, sergent. Emportez le contenu au rez-de-chaussée. »

Il reposa les jumelles et feuilleta un des cahiers, prenant un jour au hasard. On lisait :

Matin

10 : 30 : M. et Mme W. ont changé de trottoir devant la boîte aux lettres pour éviter Mlle G. sans doute. La courge en a visiblement encore sur le cœur.

11 : 14 : Une visite chez Mme S. Est restée cinquante minutes. Sac à provisions vide en arrivant, plein à la sortie. Rentrée à la maison en passant par la poste.

Après-midi

12 : 00 : Mme W., Mme G. et Mlle K. bavardent pendant vingt minutes derrière la boîte aux lettres. Mlle K. est partie la première. La sotte.

12 : 42 : M. et Mme D. se rendent à l'église, portant des roses.

13 : 00 : Sept voitures dans l'avant-cour du Black Boy. Plusieurs venant d'ailleurs (suivaient cinq plaques minéralogiques).

15 : 20 : M. Y. rend visite à D., portant une bouteille de vin.

16 : 50 : Mme L. entre dans le garage de W. (ici une étoile rouge).

17 : 03 : M. Y. quitte le cottage. Met deux lettres à la boîte. Rentre chez lui.

Barnaby ferma le cahier. Les occupations journalières de Mme Rainbird ne le surprenaient guère. Il ne sous-estimait jamais l'immense satisfaction que certaines personnes éprouvent à savoir dans le détail tout ce qui se passe chez leurs voisins. L'intérêt passionné pour les affaires d'autrui lui semblait une caractéristique naturelle à l'homme. Ce n'était pas vraiment répréhensible, pas assez pour qu'on parle d'un défaut, encore moins d'un péché. Après tout, il ne serait pas en train de faire ce travail-là s'il ne se préoccupait pas, à chaque instant, du comportement d'autrui. Il regarda Troy disparaître par l'ouverture tirant derrière lui un tas de dossiers pleins d'enveloppes.

Non. Ce qui intéressait Barnaby, ce n'était pas d'apprendre que Mme Rainbird surveillait les êtres humains plutôt que les rouges-gorges, mais bien de savoir ce qu'elle faisait des informations ainsi obtenues. Il y avait dans cette pièce quelque chose de très dépouillé, presque d'impitoyablement fonctionnel, pensa Barnaby, tandis qu'il ramassait les derniers dossiers et le second cahier et se disposait à suivre Troy. En bas tout était d'une complaisance voluptueuse ; le grenier c'était tout autre chose. « Ici, pensa Barnaby, jetant un dernier coup d'œil autour de lui, on travaillait sérieusement ! »

4

Le laboratoire mobile venait d'arriver, soulevant une vague de grande excitation. Le camion de livraison reculait. Des mécanismes hydrauliques gémirent, quatre pieds descendirent et se posèrent sur le sol. La coquille se positionna. Un homme cria au milieu de la foule : « Chouette, la bibliothèque est arrivée. Vous avez apporté vos livres ? » Éclats de rire. Une femme dit : « Robbie, cours à la maison et dis à ta mère que les Martiens ont débarqué. » Un générateur et des câbles furent installés et une ligne PTT connectée.

Barnaby avait à peine atteint le trottoir que le trench-coat blanc de l'*Echo,* maintenant coiffé d'un feutre Fred MacMurray, le happa.

« Inspecteur principal, avez-vous une déclaration à faire à la presse ?

— Non, pas pour le moment.

— Le public a le droit de savoir. » Bon Dieu ! Un dialogue de RKO sorti directement d'Universal Pictures. « Est-il vrai qu'un meurtre horrible a été commis ?

— Une mort suspecte vient d'être signalée, en effet.

— Voyons, inspecteur Barnaby. Qu'y a-t-il dans les dossiers ?

— S'il vous plaît... oh, s'il vous plaît... » Une jeune fille trimbalant un magnétophone Uher barra sa route. « Êtes-vous chargé de l'affaire ? » Elle paraissait hors d'haleine, et contente comme si elle allait à une fête. « Radio locale », ajouta-t-elle, fourrant un gros micro — couvert d'une mousse pour le protéger du vent et du sable — sous son nez. « Dites-moi quelque chose dès maintenant, et ce sera le clou des infos de sept heures !

— Quelle gloire ! grogna Troy.

— Est-ce qu'on a déjà nommé le policier chargé des relations avec la presse ? » cria le reporter, se plaçant devant la jeune fille.

« Non. Donnez-nous une chance de respirer ! » dit Barnaby en le repoussant.

« Mais, inspecteur ! »

En s'éloignant, Barnaby entendit un des villageois (celui qui avait fait la plaisanterie à propos de la bibliothèque) saisir cet instant de gloire : « Oh, c'était horrible ! Horrible ! », cria-t-il dans le micro, « c'est le fils qui l'a tuée... il est sorti couvert de sang. Ils l'ont emmené en ambulance. Ils croient qu'il a eu une crise nerveuse. Il est pédé, vous savez... ça leur prend comme ça...

— Mais qui a été tué ? demanda la jeune fille.

— Eh bien... ça doit être sa mère, non ? » L'homme regarda tout autour de lui, l'air radieux. « Est-ce que je suis filmé ? »

Barnaby mit les dossiers à l'abri dans le coffre de la voiture et le ferma à clé.

« Ils n'ont pas tardé à mettre leur nez ici, dit Troy.

— Oh, il y a toujours un correspondant dans le village pour les potins locaux. Il fait des reportages sur l'Institut des femmes, sur les expositions de fleurs. Je suppose qu'ils ont été avertis. »

Il se mit à marcher rapidement dans Church Lane, Troy pressant le pas derrière lui.

Quand ils arrivèrent à la pancarte en bois qui indiquait la direction de Gessler Tye, Troy demanda :

« Vous allez appréhender les suspects tout de suite, Monsieur ? »

Barnaby ne répondit pas. Il respirait vite, son visage

était rouge, ses lèvres serrées. Le meurtre de Mme Rainbird avait fait rebondir l'affaire Simpson — hier encore si aride et comme arrêtée —, lui insufflant une vie nouvelle, pleine d'intuitions neuves et de possibilités toutes fraîches. Et même si le meurtrier était encore sans visage, sa piste sentait plus fort et Barnaby devinait que quelque part devant lui, pas très loin, sa proie ne courait plus rapide et allègre, riant par-dessus son épaule : elle revenait sur ses pas, elle piétinait, sentant se réduire la distance qui les séparait.

Bien des années auparavant, à mesure qu'il prenait conscience — et parfois très vivement — du plaisir qu'il éprouvait à ce moment de l'affaire, Barnaby s'était senti extrêmement déprimé et malheureux. Son rôle de chasseur d'hommes, lui avait paru abject. Pendant quelque temps il avait essayé de travailler d'une façon plus désintéressée. De se persuader que le tremblement de plaisir, quand il tendait le filet bien serré, n'existait pas ; ou que s'il existait, il n'avait rien de honteux. Quand cette tentative eut échoué, il entra dans une autre phase, qui dura plusieurs années : il joua au dur, ignorant ou piétinant avec rage ses sentiments antérieurs. La proie était le rebut du genre humain. Ils ne comprenaient qu'une chose. Un moment d'indulgence et ils vous coupent la gorge. Quand on en connaît un on les connaît tous.

La promotion avait été régulière. Il avait réussi. Trois des hommes qu'il avait arrêtés pendant cette période avaient été pendus. Il avait été l'objet de beaucoup de respect, souvent de la part de gens qu'il méprisait. Mais à mesure que cette carapace de haine active des criminels durcissait autour de lui, la haine de soi-même elle aussi grandissait jusqu'au jour où il sentit qu'il valait peut-être mieux mourir que d'être l'homme qu'il était en train de devenir petit à petit.

Il était allé voir George Bullard, avait parlé, en termes vagues, de surmenage et de maux de tête ; sans poser de questions, Bullard lui avait donné un mois de congé. Il avait passé ce mois à jardiner, à peindre à l'aquarelle, à parler de tout et de rien avec Joyce. Au bout de ce mois, il avait compris que son travail était la seule chose dont il avait envie, que la carapace était irrémédiablement brisée. Alors il reprit le travail : au début il manqua d'assurance mais jamais d'efficacité, il comprit que, parce qu'il n'exprimait pas d'opinions immédiates et tranchantes sur tous les problèmes de chaque jour, il paraissait insipide aux yeux de certains de ses anciens collègues qui d'habitude ne s'en privaient pas. À cette époque, il réagissait aussi contre son ancienne dureté : il répugnait à crier et à punir quand c'était nécessaire. On prenait cela pour de la faiblesse. Graduellement, il corrigea cet excès. Et voilà, maintenant, qu'il marchait le long d'une rue poussiéreuse, ayant accompli, en un certain sens, un cercle complet. Un policier ni fier ni honteux de son travail, entrant dans la dernière étape de sa carrière et dans la dernière phase d'une chasse à l'homme, pris par l'excitation de la chasse, et acceptant ce plaisir comme une chose de la vie. Une partie de lui-même. Troy lui toucha le bras.

Ils avaient parcouru la moitié du chemin mal entretenu qui menait à Holly Cottage. Barnaby s'arrêta et prêta l'oreille. Quelqu'un hurlait, des mots pleins de rage, inintelligibles. Les deux hommes avancèrent silencieusement jusqu'à l'aire de stationnement, cachés derrière la grande haie. Protégés par l'ombre des arbres, ils s'approchèrent de la maison. Une fenêtre du rez-de-chaussée était grande ouverte. Les mots étaient maintenant distincts.

« Mais il faut que tu viennes, Michael... il faut...

— Il n'y a pas d'il faut. N'espère pas que je vais me pointer avec une saleté d'œillet sur le nez et une paire de chandelles pour te regarder te vendre au plus offrant.

— Ce n'est pas vrai. Tu es si injuste ! Je suis attachée à lui, oui, attachée. C'est bien naturel, non ? Il s'occupe de nous depuis des années !

— Je n'ai jamais rien entendu de plus bêtement sentimental. C'est à vomir. En tout cas, tu l'as bien eu, ce pauvre imbécile.

— C'est un mensonge ! Il connaît exactement mes sentiments. Je n'ai jamais fait semblant. Je serai une bonne épouse...

— Dieu ! Épouser un fichu infirme ! À ton âge !

— Tu refuses de comprendre ! Pour toi, c'est différent. Tu ne t'intéresses qu'à ton travail. Le reste, tu t'en moques complètement. Du moment que tu peux peindre, le reste du monde peut s'écrouler. Moi je ne suis pas comme ça. Je ne suis particulièrement douée dans aucun domaine. Je n'ai aucune formation. Je n'ai pas d'argent — sans Henry je n'aurais même pas de maison. Pour l'amour du ciel, Michael, est-ce une faute si grave de vouloir un peu de sécurité ?

— La sécurité, nous l'avons ! Il ne nous mettra jamais dehors. Il est tellement entiché de toi que tu pourrais le faire traîner pendant des années !

— Mais je ne veux pas rester ici, dans cette maison humide, lugubre ! Je la déteste !

— En tout cas, tu te vends cher. Tye House et cinq mille acres. Je me demande pourquoi tu ne descends pas sur le trottoir pour en faire un vrai métier. » Il y eut un bruit de chair qui rencontrait de la chair avec une certaine force. Michael Lacey cria : « Sale chienne ! » Katherine cria plus fort. Barnaby poussa le sergent Troy derrière un bosquet de mélèzes. Quelques instants plus tard, Katherine passa près d'eux en courant, le visage tordu, laissant échapper de petits sons étranglés ; elle disparut dans le chemin qui menait à Church Lane. La porte du cottage claqua violemment. Michael demeura un moment sur le seuil, l'air indécis. Puis il se retourna et, marchant à grandes enjambées, entra dans le bois qui s'étendait derrière la maison, écartant furieusement de son chemin une branche tombée.

Quand il eut disparu, Barnaby s'approcha de la maison, ouvrit la porte principale et se glissa à l'intérieur. Troy, cachant sa surprise, le suivit. « Si j'avais proposé ça, pensa-t-il, je me serais fait engueuler sur-le-champ. »

Ils étaient dans le hall ; le froid glacial s'infiltrait dans leurs os. Il semblait parfaitement naturel que ces murs fussent témoins de paroles amères, de larmes et de souffrance. « Un bonheur emmuré par hasard dans un tel environnement n'aurait aucune chance de se développer et de fleurir, pensa Barnaby, comme le chèvrefeuille près du porche, il serait lentement étouffé, étranglé par les forces du désespoir. » Il entra dans la cuisine. Ce n'était pas une pièce bien jolie. Les appareils étaient bon marché et montraient des signes d'usure. Quelques carpettes étaient étendues sur le sol de brique, froid et inégal. Sur la table en bois il y avait une boîte de spaghettis à moitié vide et un bout de pain maladroitement coupé, avec une tasse, une théière et une demi-bouteille de lait tourné. Il y avait des mouches partout.

La pièce attenante, donnant sur la façade de la maison, avait un tapis de corde, une table, quatre chaises, des bibliothèques, un canapé à deux places et un téléphone. La deuxième pièce au rez-de-chaussée était fermée à clé.

« C'est ici qu'il peignait quand nous sommes venus l'autre jour, n'est-ce pas ?

— Oui. » Barnaby fit une seconde tentative pour ouvrir la porte, puis renonça. « Bon, nous ne pouvons rien faire sans un mandat de perquisition. Nous sommes déjà suffisamment en infraction. »

« Très juste », pensa Troy, suivant son chef qui montait l'escalier aux marches nues. « D'ailleurs pourquoi donc visiter toute cette maison ? Leur visite au cottage n'avait-elle pas pour seul but de vérifier l'alibi de Lacey pour l'après-midi ? »

« Plus on en sait sur un suspect, sergent, plus on a de cartes en mains. Et notamment sur son habitat naturel. »

Troy cligna des yeux, alarmé par cette manifestation de télépathie. Un développement très inquiétant. Si on ne peut pas être sûr que ce qu'on pense reste secret, on a des chances de rester sergent tout le reste de sa vie.

Il y avait trois chambres à coucher. La plus petite avait un lit d'une personne, une garde-robe et une commode. Le lit était fait au carré, un vrai lit d'hôpital. Une robe de chambre était bien pliée sur l'oreiller. La garde-robe était presque vide et la commode était couverte d'une légère couche de poussière. Un bouquet de fleurs sauvages répandait dans la chambre un léger parfum. Une fois encore Barnaby pensa au chèvrefeuille qui luttait dans la touffe d'orties.

La chambre voisine était beaucoup plus vaste et presque vide : il y avait juste un lit ancien étroit, deux chaises en osier et une table de jardin. « C'est la chambre de la nurse, je suppose », dit Troy.

La troisième chambre, la plus grande des trois, était sans aucun doute celle de Michael Lacey. Le lit n'était pas fait, les draps emmêlés, un des oreillers gisait par terre. Sur la table de nuit éraflée, il y avait une tasse contenant un fond de café grisâtre à côté d'une copie des *Vies des Artistes* de Vasari et d'un paquet de Gitanes. L'odeur âcre des cigarettes se répandait dans l'air, mêlée à celle de la sueur refroidie. L'unique chaise était décorée d'une chemise et de deux slips sales. Le sergent Troy — « Il se change tous les jours de la tête aux pieds », disait sa femme lorsqu'elle allait à la laverie automatique du coin — fronça le nez et renifla.

« Un peu négligent », dit-il quand ils regagnèrent le hall, « de laisser la porte ouverte.

— Oh, je n'en suis pas sûr. » Barnaby entrouvrit la porte et étudia le terrain, puis il sortit. « La seule pièce où il pourrait y avoir quelque chose qui vaille d'être fauché était fermée à clé.

— Vous voulez dire les grands chefs-d'œuvre ? » railla Troy tandis qu'ils s'approchaient de la haie.

— Je pensais aux toiles — elles coûtent horriblement

cher. Et aussi les tubes de peinture à l'huile. Bien entendu, il se pourrait qu'il soit en train de faire un Keating.

— Pardon, vous pouvez répéter, Monsieur ?

— Tom Keating. Un faussaire qui a gagné plein d'argent.

— Eh bien je ne sais pas ce que fait Lacey, mais en tout cas il ne gagne pas plein d'argent. J'ai vu des familles de l'Assistance qui vivaient mieux que lui. Ils n'ont même pas de télé.

— Et on ne peut pas tomber beaucoup plus bas que ça ! »

Tout en marchant Troy jeta un coup d'œil soupçonneux à son chef mais l'expression de Barnaby demeura indifférente. Comme ils parvenaient au carrefour de Church Lane et de la Rue, ils virent arriver plusieurs voitures de police. La foule, maintenant grossie par le retour des travailleurs du village, se vit ordonner de circuler. Barnaby se demanda combien de temps se passerait avant que la presse nationale s'empare de l'histoire. Il y eut un bruissement de suppositions diverses quand les deux hommes apparurent, un bruissement qui se transforma en rumeur quand Barnaby et Troy prirent l'allée des Lessiter. On avait beau savoir que tout le village allait être interrogé tôt ou tard, peu importait : c'étaient les Lessiter que la police allait voir. Les Lessiter qui étaient liés au crime d'une façon qu'on ne connaissait pas encore.

Barnaby s'arrêta de nouveau au-dessous du Madame le Coultre et regarda par la fenêtre ; de nouveau il vit Barbara Lessiter. Cette fois, loin d'avoir peur et de trembler, elle avait une attitude agressive. Il ne voyait pas son visage, mais ses épaules avaient une allure martiale et elle serrait les poings, en colère. Il entendit Lessiter crier :

« Tu chantais une autre chanson au lit la nuit dernière.

— C'était la nuit dernière. »

Elle jeta la tête de côté en criant sa réplique et Barnaby entraperçut un instant son profil durci par la colère. Troy leva ses sourcils clairs et marmonna :

« Vilain ! Vilain ! »

Il appuya sur la sonnette.

On avait l'impression, en entrant au salon, d'arriver sur un champ de bataille. Le souffle des deux dernières salves restait suspendu, immobile et vibrant dans l'air étouffant. Barnaby leur donna un moment avant de s'assurer que tous deux étaient au courant de la mort de Mme Rainbird.

« C'est affreux, affreux ! » s'écria Lessiter. « La tête coupée par une hache, si j'ai bien compris. Je suppose qu'il a souffert d'une sorte d'attaque. Dennis, je veux dire. Du moins », ajouta-t-il avec une moue méprisante, « personne ne pourra m'accuser cette fois d'avoir délivré à tort un certificat de décès. »

Les deux Lessiter regardaient les policiers avec intérêt, contents sans aucun doute de ce moment de répit.

Cependant, le docteur ne garda pas longtemps son air détaché. Barnaby lui demanda où il se trouvait entre trois et cinq heures cet après-midi-là.

« Moi ? » Il parla dans un souffle, son visage rubicond pâlit jusqu'à un violet doux. « Qu'est-ce que ça a à voir avec moi ?

— Tout le monde est interrogé lorsqu'il y a un meurtre, chéri. » Barnaby se sentit heureux que personne ne l'eût jamais appelé chéri sur ce ton-là. « Qu'est-ce qui t'inquiète ?

— Rien. » Le docteur alla jusqu'à son bureau. « Très bien, inspecteur. Je... visitais un malade privé. Je vous mettrai très volontiers son nom et son adresse par écrit. » Il écrivit quelque chose, arracha le bout de papier et se disposait à l'apporter à Barnaby quand sa femme se précipita et l'arracha de sa main. « Barbara ! »

Elle lut le papier puis le tendit à Barnaby. Elle

semblait calme mais ses yeux brillaient comme de petits diamants.

« Et vous, madame Lessiter ?

— J'étais à mon club de gym à Slough... l'Abraxas si vous voulez vérifier. J'ai déjeuné d'une salade, pris un sauna et me suis fait masser. J'y suis restée jusque vers trois heures et demie. Ensuite j'ai fait quelques courses. Je suis rentrée ici à cinq heures trente.

— Merci. Miss Lessiter est-elle ici ? Je voudrais lui dire un mot.

— Non. Nous nous sommes croisées dans le hall quand je suis arrivée. Elle sortait ; elle avait un air très bizarre.

— Comment ça ?

— Eh bien... si c'était n'importe quelle autre fille, j'aurais dit qu'elle venait de passer un bout de temps avec son amant.

— C'est remarquablement méchant même venant de toi », explosa Lessiter ; il regretta immédiatement cette sortie lorsqu'il aperçut une lueur de satisfaction sur le visage de Troy.

« Elle m'a fait un sourire extasié — entre parenthèses, le premier que j'ai reçu d'elle depuis le jour où je suis entrée ici —, et elle m'a dit qu'elle allait à High Wycombe acheter une nouvelle robe avant la fermeture des magasins. Ce qui est aussi bien étrange. Je ne l'ai jamais vue montrer le moindre intérêt pour les vêtements. Normal si on se souvient qu'elle est faite comme un pot à tabac. »

« Je ne sais pas ce qu'il y avait sur le papier, pensa Troy, mais ça l'a remontée à bloc. » Aujourd'hui, elle n'avait plus l'air de la pin-up qui fait rêver en double page des magazines. Sous la poudre bronzée les lignes de son visage semblaient plus profondément gravées, ses yeux étaient durs et ses cheveux avaient une raideur qui leur donnait une apparence tout à fait artificielle. Même ses rondeurs semblaient dures et inflexibles.

« Quelqu'un viendra plus tard pour interroger votre fille, monsieur », dit Barnaby, en prenant congé.

La porte s'était à peine refermée derrière eux que Trevor Lessiter se tourna vers sa femme.

« J'espère que tu ne t'attends pas...

— Oh, toi, sale couillon !

— Ne me parle pas sur ce ton ! Je n'irais pas à la Casa Nova si tu te comportais si peu que ce soit comme mon épouse.

— Je serais plus qu'une épouse si tu avais la moindre idée de la façon de s'y prendre. Tu me fais pitié !

— Du moins là-bas elles m'aiment bien. Krystal est toujours...

— Elles t'aiment bien ? Je suis sûre qu'elles rient de toi à en être malades !

— Et comment en sais-tu si long ? Je m'étonne même que tu aies entendu parler de cet endroit !

— On ne parlait que de ça à l'Abraxas, si tu veux le savoir. Quelques-unes de ces vieilles putes viennent là pour faire une cure de jouvence.

— Mais ça ne marche pas, n'est-ce pas Barbara ?

— Qu'est-ce qui ne marche pas ?

— La cure de jouvence. Tu fais vraiment ton âge maintenant, je veux dire. Ç'a été un de tes premiers mensonges, souviens-toi ? Ton âge. Dieu, le jour d'aujourd'hui m'a ouvert les yeux. C'est comme si je te voyais pour la première fois. »

Barbara s'approcha de la fenêtre, choisit soigneusement une cigarette dans une boîte en argent et l'alluma. Elle se retourna et le dévisagea, soufflant une bouffée de fumée.

« Cela vaut pour nous deux, mon cher époux », dit-elle, montrant les dents en un sourire implacable. « Cela vaut pour nous deux. »

5

David Whiteley ouvrit la porte de Witchetts. Il portait ses jeans de travail et une chemise tachée de sueur ; il avait un verre de whisky à la main. Il les fit entrer au salon et éteignit la stéréo stridente *(Bridge over Troubled Water)*. Il les invita à s'asseoir et proposa à Barnaby « un doigt de Jameson ». La proposition refusée, il vida son verre et s'en servit un autre. Sa main était aussi ferme qu'un roc, sa voix puissante et son élocution claire ; après qu'il eut consommé un troisième verre ses mains comme sa voix restèrent inchangées.

« Vous savez ce qui s'est passé, monsieur Whiteley ?

— Oui. J'ai garé ma voiture et j'ai interrogé quelqu'un dans la foule qui se tenait devant le Black Boy. Quelle bande de vampires ! »

Barnaby lui demanda son emploi du temps pendant l'après-midi. Whiteley était assis dans un rocking-chair en bois tourné qu'il balançait lentement d'avant en arrière tout en les regardant tous deux. Il ne paraissait pas à sa place dans ce refuge traditionnel des gens vieux et résignés. Il y avait quelque chose de si puissant dans sa virilité : sa beauté blonde et sa vigueur sexuelle presque grossière. Il paraissait naturel que, comme le dieu du blé, il passe ses journées à moissonner et cultiver les champs. Il dit : « J'ai surveillé la trémie à blé jusqu'à trois heures à peu près... trois heures et demie, puis j'ai conduit la moissonneuse-batteuse à

Gessler Tye. Nous commencerons à moissonner dans quelques jours... enfin, probablement pas samedi, à cause du mariage, mais dimanche, je pense.

— Dimanche ?

— Oh oui ! Une fois que la moisson a commencé, adieu les week-ends.

— Connaissiez-vous Mme Rainbird ?

— De vue seulement. Je ne fréquente pas beaucoup les gens du village. Et mes “ récoltes ” je les fais au Bull sur le chemin de Gessler. Ou à Causton.

— Rien de plus proche de la maison ? » demanda Barnaby utilisant une périphrase pleine de tact.

« Non. Oh, je savais bien ce que vous pensiez l'autre jour, inspecteur. Dans la cuisine de Tye House. Mais il n'y a rien là-dessous, croyez-moi. Du moins pour l'instant. Cela dit, je ne pense pas que notre Kate soit aussi froide qu'elle le laisse croire. Je tenterai ma chance une fois qu'elle sera tranquillement mariée. »

Il n'avait pas besoin, lui, de la Casa Nova, pensa Troy, reconnaissant pour une fois qu'un autre mâle était probablement aussi attirant que lui-même aux yeux des femmes. Jetant un coup d'œil autour de lui, Barnaby remarqua sur la cheminée la photo d'un enfant, sous un verre tissé d'éclats et de fêlures, comme une toile d'araignée.

« J'ai l'impression, dit-il, que pour une raison quelconque vous étiez déprimé quand nous nous sommes rencontrés dans la cuisine de Tye House.

— Moi ? Vous plaisantez ! Je ne suis jamais déprimé. » Il jeta un regard agressif à Barnaby. « Le Dr Jameson guérit tous les maux. » Il leva son verre puis le pencha en arrière.

« Le type d'homme, pensa l'inspecteur principal, qui pouvait se servir de la perte de son fils comme d'un atout dans son jeu avec les femmes, pour attirer leur sympathie, mais qui n'avouerait jamais une affection paternelle devant quelqu'un de son propre sexe. » Il continua :

« Et après que vous avez déposé la moissonneuse-batteuse ?

— Je suis revenu à Tye House dans ma Land Rover. J'ai ramassé ce chien pathétique et je l'ai porté chez le vétérinaire. Katherine ne voulait pas qu'il vienne à la maison. A mon avis, on aurait dû faire ça depuis longtemps, mais elle s'obstinait à vouloir le nourrir. Après ça...

— Un instant, monsieur Whiteley. Miss Lacey et M. Trace étaient-ils à la maison quand vous avez pris le chien ?

— Oui.

— À quelle heure était-ce, selon vous ?

— Entre quatre heures et demie et cinq heures, je crois. Je n'ai fait qu'entrapercevoir Katherine. Elle est montée en courant quand elle m'a vu — elle ne voulait pas me voir l'emmener, je suppose. Après avoir remis le chien au véto, je suis revenu ici en voiture, je me suis versé un verre et vous êtes arrivés. »

« Il a suffisamment de force et de carrure pour avoir fait ça », dit Troy quelques minutes plus tard, alors qu'ils traversaient la route pour aller à Tye House. « Et dans une propriété aussi grande que celle-ci qui peut savoir où il est vraiment la moitié du temps ? En fait, j'ai pensé à ça, Monsieur, quand nous l'avons interrogé à propos du premier meurtre... vous savez, le couple dans les bois. » Encouragé par le silence de Barnaby il continua : « Je veux dire, qu'est-ce qui peut l'empêcher de prendre une demi-heure pour tirer un coup rapidement quand il est à des miles de partout ? Prenons aujourd'hui... il a pu laisser la trémie pour un moment. Ou bien laisser la moissonneuse-batteuse dans le champ le plus proche au lieu de la conduire à Gessler Tye, faire demi-tour et tuer Mme Rainbird. Dommage que nous n'ayons pas la moindre idée du mobile. »

Barnaby, qui avait des idées très claires sur le mobile du crime, se retrouva une fois de plus à la ferme couleur abricot. Katherine Lacey ouvrit la porte. Elle semblait très pâle, et même si Barnaby n'avait pas été témoin de la scène qui s'était déroulée peu avant à Holly Cottage, il aurait vu qu'elle avait pleuré. Le chagrin n'avait pas gâché sa remarquable beauté. Les larmes prêtes à tomber semblaient rendre plus larges ses yeux violets. Elle portait une robe de lin blanc immaculé et des sandales plates. Elle les regarda sans sourire et dit :

« Nous sommes dans la cuisine. »

Henry fit tourner son fauteuil roulant quand l'inspecteur principal entra et roula dans sa direction.

« Que s'est-il réellement passé, Barnaby ? Je ne peux pas croire que le fils Rainbird s'en soit pris à sa mère.

— Je peux vous dire que Mme Rainbird a été tuée. D'une façon très violente et déplaisante. »

Henry tourna vers sa fiancée un visage stupéfait :

« Vous voyez, chérie. »

La voix de Katherine était douce mais ferme :

« Nous ne pouvons pas... pas maintenant... il faut attendre, c'est tout.

— Katherine pense qu'il faut remettre le mariage à plus tard. C'est ridicule. Une centaine d'invitations acceptées. Le buffet, la grande tente qui sera dressée demain... La maison est bourrée de cadeaux...

— Je veux dire pour une semaine ou deux. Jusqu'à ce que cette horrible affaire soit éclaircie. Et peut-être qu'alors Michael aura changé d'avis.

— Depuis quand ton frère a-t-il... » Il s'arrêta.

Il n'était pas ce genre d'homme, conclut Barnaby, à reconnaître qu'il existait des désaccords à l'intérieur de la famille et moins encore à les étaler devant des gens complètement étrangers. Aujourd'hui, il semblait plus âgé. Ses yeux étaient cernés et il semblait distrait.

« Je ne veux pas en entendre parler, Katherine. C'est hors de question. Après tout, cela n'a rien à voir avec nous.

— Puis-je vous demander ce que vous avez fait tous les deux cet après-midi ?

— Nous ? Bien, nous avons arrangé un tas de choses

pour samedi, dit Henry. Je ne suis pas allé au bureau aujourd'hui. Katherine et moi, nous avons passé la matinée à disposer les cadeaux de mariage dans la grande salle à manger, puis nous avons déjeuné, et finalement nous avons décidé de l'emplacement de la grande tente, puis Katherine est allée ramasser des champignons.

— Ramasser des champignons ? »

Barnaby se rappela le petit tas sur le pas de la porte du bungalow.

« Oui. Il y en a quelques-uns, très beaux, pas très loin de Holly Cottage, dit la jeune fille. Et des girolles. C'est délicieux. Pas comme ces horribles choses qu'on achète dans les magasins. Je voulais faire une omelette pour le dîner.

— Il y avait des champignons sur le pas de la porte de Mme Rainbird.

— Oui, j'allais vous en parler. La dernière fois où je l'ai vue...

— C'était quand ?

— Hier à la réunion du conseil de la paroisse. Elle m'a donné une recette de champignons au ketchup et aux anchois. Je lui ai dit que la prochaine fois que je cueillerais des champignons je lui en donnerais un peu. Alors, je suis passée chez elle, j'ai frappé mais je n'ai pas eu de réponse. Je les ai simplement déposés sur le pas de la porte et je suis rentrée. Maintenant je ne peux m'empêcher d'y penser... il devait être là... peut-être même... mais tout était si silencieux. J'ai pensé qu'elle était sortie, vous comprenez. » Elle répéta ces mots, sa voix soudainement discordante et aiguë. « J'ai pensé qu'elle était sortie.

— Kate. »

Henry lui tendit la main ; elle la serra en pleurant.

« Tout va de travers... exactement comme je t'avais dit l'autre jour... tout s'éloigne de nous.

— Arrête, ma chérie, veux-tu ? Tu dis des bêtises. »

Barnaby s'approcha de la table et des champignons.

Il en prit un et le renifla. Il y avait un grand panier, seulement à moitié plein, mais cela faisait tout de même beaucoup de champignons.

« Ç'a dû vous prendre pas mal de temps de cueillir tout ça !

— Pas vraiment. À peu près une demi-heure, je crois.

— Et quand exactement ?

— Je suis partie d'ici... il était quelle heure, chéri ? À peu près à trois heures moins le quart et je suis revenue trois quarts d'heure ou une heure plus tard.

— Vous dites que l'endroit où ils poussent est assez proche de Holly Cottage. Est-ce que vous y êtes allée ?

— Oui, j'ai fait un saut. J'ai pensé que Michael avait peut-être... », elle s'arrêta, captant le regard d'Henry. « De toute façon, c'était une perte de temps, parce qu'il n'y était pas.

— C'était avant ou après avoir cueilli les champignons ?

— Après.

— Autrement dit entre quatre heures et quatre heures et demie.

— Je crois. »

Elle ne parla pas de sa seconde visite et de la dispute spectaculaire et, vu l'heure où cela s'était passé, cela ne concernait pas l'enquête. Barnaby se dit qu'il n'était pas nécessaire d'en parler. Il savait très bien que le fiancé n'approuverait pas.

« Vous étiez ici, monsieur Trace, quand Miss Lacey est revenue ?

— Oui. J'étais avec Sam... C'est l'homme à tout faire et l'aide-jardinier. Je déballais les rosiers de Katherine, il mélangeait la tourbe et la poudre d'os et préparait le sol. Nous avons fait un peu de thé. Kate a téléphoné au cottage pour demander à Phyllis de se joindre à nous mais elle préférait finir ses rideaux et déballer ses affaires. »

Barnaby demanda : « Miss Cadell a donc déménagé pour de bon, monsieur ?

— Pas vraiment. Elle dort ici ce soir. Pour la dernière fois, je crois. »

Barnaby eut du mal à démêler le mélange d'émotions dans la voix de Trace. Soulagement, satisfaction et plus qu'un peu d'inquiétude.

« Peut-être auriez-vous l'amabilité de nous indiquer le chemin du cottage ? », demanda l'inspecteur principal.

« C'est un peu difficile à expliquer, dit Katherine. Je vous accompagne. »

Quand ils quittèrent la maison, Barnaby dit à Troy :

« Je vous laisse Miss Cadell, sergent. Vous savez ce que je cherche ; après quoi vous essayez encore une fois Holly Cottage. Vous me trouverez dans le laboratoire mobile quand vous aurez fini. »

Il les regarda traverser la pelouse, se dirigeant vers le bosquet de peupliers ; les épaules de la jeune fille étaient légèrement courbées, ses cheveux noirs soulevés par la brise du soir. Troy marchait un peu trop près d'elle, plus qu'il n'était nécessaire pour provoquer le vif courant de bavardage que suggérait son profil animé. De temps en temps, il tirait sur son blouson en cuir noir et se lissait les cheveux. Barnaby revint au laboratoire mobile.

Là, tout bruissait d'activité. Un certain nombre de tâches simples étaient déjà accomplies. L'officier responsable du rapport avait pris note d'un grand nombre de détails. Tout le sang provenait de Mme Rainbird. Sous ses ongles il y avait des filaments, pas encore analysés, qui suggéraient que le meurtrier portait des bas ou un collant sur le visage. Le savon de la salle de bains était marbré de rayures sanglantes, indiquant qu'on avait pris une douche. Barnaby téléphona au commissariat et donna ses instructions à l'inspecteur Moffat pour qu'il se charge des communications avec la presse. À ce moment un grand camion de télévision s'approcha et un officier en uniforme, chargé du constat, entra dans le laboratoire mobile.

« Oh ! vous voilà, Monsieur. J'ai un message de Mme Quine. Elle a dit qu'elle a vu Michael Lacey dans le bosquet : il s'approchait du bungalow et il se comportait d'une façon très suspecte.

— En fait nous aussi nous avons vu Michael Lacey dans le bosquet, et il se comportait d'une façon très ordinaire. Mais merci. Est-ce que le corps a été transféré ?

— On est en train de le faire, Monsieur », répliqua l'homme.

Indication superflue, les halètements et les murmures de la foule auraient pu s'entendre à un mile de distance.

« Vous vous occupez des dépendances ?

— Pas encore, Monsieur. Nous commençons par la cuisine.

— Parfait. »

Barnaby quitta le laboratoire mobile, renvoya les chasseurs de nouvelles (les deux du début, plus cinq autres et une équipe de télévision) à l'inspecteur Moffat et revint à sa voiture pour attendre Troy. Il prit quelques-uns des dossiers qu'il avait trouvés chez Mme Rainbird (sentimentalement roses et bleus) et un des cahiers. Il s'assit sur la banquette arrière, ferma la voiture et se mit à lire.

Il feuilleta d'abord le cahier. Toutes les pages ressemblaient fort à celle qu'il avait d'abord lue. Les gens étaient identifiés seulement par des initiales et parfois marqués d'une étoile rouge. Apparemment personne ne faisait rien d'exceptionnel. On marchait, on parlait, on rendait des visites, on utilisait la cabine téléphonique, chacun transpercé par l'omniprésent rayon des puissantes jumelles.

Barnaby rangea le cahier et se plongea dans les dossiers. Il comprit tout de suite que l'hypothèse qu'il avait faite aussitôt lors de sa première perquisition dans le grenier était juste. Mme Rainbird avait, semblait-il, une approche nouvelle et raisonnable de sa profession. Barnaby hésitait à employer le mot *marxiste* pour définir un métier si individualiste, si antisocial — le chantage — mais sans aucun doute les exigences de cette femme étaient pour le moins raisonnables. Les gens payaient ce qu'ils pouvaient. Chacun selon ses moyens.

Un homme avait livré (Barnaby vérifia) des œufs et des légumes deux fois par semaine pendant les dix dernières années. Un autre des chargements de bois. Quelques mois plus tôt ces « offrandes » cessèrent ; Mme Rainbird avait tiré un trait net au-dessous et écrit : « Décédé. » « Pauvre vieux », pensa l'inspecteur principal, se demandant de quelle peccadille le vieil homme avait été coupable. Probablement, rien de bien grave. Dans un petit village et particulièrement chez les vieux habitants, les idées sur le bien et le mal semblent souvent archaïques à des esprits plus modernes. Il ouvrit un autre dossier. Deux livres par semaine pendant trois ans, puis plus rien. Peut-être la victime avait-elle décampé. Quitté le pays — seul moyen pour éviter de payer. Il continua sa lecture. Cinquante livres par mois. Une livre par semaine. Un entretien régulier de la Porsche de Dennis. Le repassage fait ; livraison d'arbustes. Qui aurait pu penser que dans un village de trois cents âmes il y avait autant de « péchés » !

Mais bien sûr, il y avait aussi ceux de Brown. Et Dennis avec ses manières délicates faisait le tour de Causton, rendant visite aux endeuillés, offrant un réconfort lénifiant. Les gens parlent sans retenue dans les temps de douleur : et on bavarde aux funérailles. Gros à prendre là. Entre lui et sa mère ils avaient dû couvrir une aire très vaste.

Barnaby prit distraitement le dernier dossier rose sans aucun pressentiment. Il ne savait pas que ce serait le coup mortel. La sixième balle.

« Plus besoin de se demander », pensa-t-il, contemplant la longue colonne de chiffres, « d'où venaient la voiture métallisée et l'association dans l'affaire des pompes funèbres. Le numéro 117 C avait payé des milliers de livres. » Avant même de vérifier la date du premier versement, il savait ce qu'il allait trouver. Peu de délits justifiaient un tel prix du sang. En fait, peut-être un seul. Il se sentit submergé par une émotion trop forte pour qu'on puisse n'y voir que de la satisfaction. Il était au septième ciel. Il avait refusé de laisser passer le coup de feu qui avait tué Bella. Sans la moindre preuve, alors même que tous ceux qui étaient présents soutenaient que ce ne pouvait être qu'un accident, Barnaby avait porté avec lui pendant une semaine cet accident qui le tirait par la manche comme un enfant qui veut raconter une histoire. Et maintenant il était récompensé. Un léger tapotement sur la vitre de la voiture le tira de sa rêverie.

« Ah, Troy. » Il se leva et claqua la porte. « Avez-vous vu Miss Cadell ?

— Oui. Elle n'a pas quitté sa nouvelle maison de toute la journée, m'a-t-elle dit. Puis je suis allé au Holly Cottage encore une fois comme vous m'avez dit, mais il n'y avait toujours personne. » Il se pressa à côté de Barnaby : « Il a un stock infini de cottages, ce M. Trace. Il y a des gens qui passent toute leur vie à acheter...

— Montrez-moi où se trouve la maison de Phyllis Cadell, voulez-vous ?

— Oh, elle n'est pas là en ce moment, chef. Elle est partie avec moi. Elle dîne chez les Trace.

— Parfait. » Barnaby traversa la rue. « Quel air avait-elle ?

— Naturellement, elle ne savait rien du meurtre. Quand je lui ai dit, elle a eu l'air un peu bizarre. Elle a beaucoup ri, mais cela sonnait... je ne sais pas... Je crois qu'elle avait bu, pour tout vous dire. »

Phyllis Cadell était debout à côté de la fenêtre dans la chambre où ils s'étaient rencontrés la première fois.

Elle se retourna quand ils entrèrent : et dès que Barnaby vit son visage il sut que ses soupçons étaient fondés. Il fit un pas en avant.

« Phyllis Cadell. Je vous arrête sur présomption du meurtre de…

— Non ! » Elle se détourna et courut se réfugier à l'autre bout. « Non, pas maintenant… pas maintenant ! »

Puis elle cacha son visage dans ses mains et se mit à pleurer.

6

Barnaby traversa la pièce. Quand il s'approcha, Phyllis se calma et le fixa. L'intensité de son regard, la misère absolue qu'on lisait dans ses yeux, l'arracha un moment au royaume des déchus et la transforma en un personnage presque tragique. Barnaby lui tint le petit discours d'usage sur les droits de l'accusé. Troy, essayant de faire croire que tout cela ne le surprenait aucunement, sortit son carnet et s'assit près de la porte.

Phyllis Cadell les regarda tous les deux, clignant convulsivement les yeux, puis elle dit : « Comment avez-vous su ?

— Nous avons emporté plusieurs dossiers trouvés dans le bungalow de Mme Rainbird. Le vôtre y était. »

Elle ne saurait jamais que dans son dossier il n'y avait pas le moindre détail sur le meurtre, et que la victime du chantage était simplement identifiée par trois chiffres et par une initiale. Ou que, manquant absolument de preuves, Barnaby avait espéré lui faire peur et l'amener à reconnaître sa culpabilité. Elle commença à parler.

« Je sais que vous aurez du mal à le croire... mais quand je suis arrivée ici... bien sûr j'étais beaucoup plus jeune alors... » Le regard qu'elle baissa était pitoyable. Il indiquait à quel point elle trouvait triste d'être vieille, laide, incapable d'inspirer l'amour. « Et Henry était... Je faisais tout dans la maison, vous comprenez... et il m'en était si reconnaissant. Puis... petit à petit j'ai senti que sa reconnaissance se transformait en quelque chose de plus fort. Bella était toujours si occupée, vous comprenez. Sa position dans le village signifiait qu'il fallait qu'elle participe au conseil de la paroisse, qu'elle prenne part à un tas d'œuvres charitables. Elle présidait l'Institut féminin, l'Association des écologistes locale. Oh ! Elle s'occupait d'Henry mais la moitié du temps elle n'était pas ici. Il semblait parfois si mélancolique... assis près de la fenêtre attendant que la voiture de Bella franchisse le portail. Puis un soir — je ne l'oublierai jamais... » Son visage poupin se couvrit de larmes et sa voix devint rauque d'émotion : « Je préparais des sandwiches — fromage fondu et raifort —, il a pris ma main et il a dit : “ Oh, Phyllis. Qu'est-ce que je ferais sans toi ? ” Il n'a pas dit “ nous ”. » Elle fixa Barnaby comme pour le défier. « Je. “ Qu'est-ce que je ferais sans toi ? ” Vous voyez ? Il était de plus en plus proche de moi à mesure que le temps passait. Et je le comprenais. Je l'aimais tant qu'il semblait tout à fait naturel qu'à son tour il commence à m'aimer un peu. Et c'est alors que j'ai pensé », sa voix ne fut plus qu'un chuchotement : « à quel point nous serions heureux ensemble si Bella n'était pas là ».

Elle s'assit et garda le silence si longtemps que Barnaby craignit qu'elle n'eût cessé de parler pour de bon. Mais juste au moment où il allait intervenir, elle reprit :

« Bella et moi, on ne s'aimait pas trop, vous savez. Tout le monde pensait que c'était généreux de sa part de m'offrir un foyer. Mais elle n'aurait jamais trouvé une bonne pour faire tout ce que je faisais. Elle, elle aimait étaler son bonheur. Très tôt elle s'est rendu compte de mon affection pour Henry. Elle n'était pas née de la dernière pluie. »

Barnaby se déplaça et s'assit sans la quitter des yeux.

« J'ai appris à me servir d'un fusil quand j'étais encore très jeune. C'est une chose que tout le monde apprend à la campagne. Mais je n'ai jamais aimé tuer. » Ses lèvres se contractèrent devant le paradoxe. « J'ai dit à Bella que je me sentais d'humeur à aller chasser pour me changer du ménage. Henry semblait surpris mais assez content. J'ai pris un flacon plein de vodka. Je ne buvais pas beaucoup à cette époque-là. Je n'avais élaboré aucun plan, mais j'étais sûre que l'occasion se présenterait. À la chasse les gens ne restent pas alignés ou en groupe, vous savez, ils s'étalent, se dispersent un peu. Mais, à mesure que le temps passait, cela paraissait de plus en plus impossible. Il y avait toujours quelqu'un entre nous, ou bien elle allait trop loin, ou trop près. J'ai commencé à désespérer. Je ne savais pas quoi faire. Je n'arrêtais pas de boire des rasades de vodka. Je savais que je n'aurais plus jamais le courage de chasser avec eux... tous ces oiseaux morts, le sang... ça me rendait malade. C'est alors que j'ai eu une idée lumineuse. J'ai pensé que si je faisais un grand tour et si je me mettais devant eux — et si je me cachais parmi les arbres — et... bon... si je tirais de là, personne ne saurait. Je leur ai donc dit que je ne me sentais pas très bien ou que je m'ennuyais ou quelque chose comme ça. Je suis partie et j'ai avancé en demi-cercle jusqu'à ce que je me trouve en face d'elle. Ça tirait tout le temps. Je crois que j'aurais pu me faire tuer facilement. » Elle prit son visage dans ses mains, ajoutant d'une voix étouffée : « J'aurais mieux aimé ça !

« Puis... j'ai tiré sur elle. C'était horrible. Je l'ai vue se pencher en avant et tomber. A ce moment-là j'ai été prise de panique. Je me suis relevée et j'ai couru, couru, jetant mon fusil au milieu des arbustes. Après quelques minutes je me suis arrêtée et j'ai bu le reste de la vodka. Et puis, bien sûr, j'ai compris...

— Oui ? »

La voix de Barnaby était très calme. La chambre était très calme. Troy, le stylo courant sur le papier, eut l'impression qu'ils avaient oublié sa présence.

« ... que tout le monde comprendrait que ce n'était

pas un accident. Tous les autres étaient derrière elle, à part le garçon de ferme, et il était trop loin. Et je me demandais : “ Qu’est-ce que je vais faire ? Qu’est-ce que je vais faire ? ” Je me suis assise dans les bois et je suis restée longtemps comme ça. J’ai pensé à m’enfuir mais alors tout le monde saurait que c’était moi… donc je me suis décidée à revenir sur mes pas. Bien entendu, tout était fini alors. L’ambulance était venue et repartie, et Trevor Lessiter m’a dit que Bella avait eu un accident. Qu’elle avait trébuché et qu’elle était tombée sur son fusil. Je ne pouvais pas le croire. Croire à ma chance ! J’ai pleuré et pleuré de soulagement. Je ne pouvais pas m’arrêter. Tout le monde en était touché. Tant d’affection entre des sœurs !

« Quand tout le monde est parti j’ai préparé le dîner pour Henry et pour moi-même. Je n’ai pas mis la table. Nous étions assis devant la cheminée. Je devais le forcer à manger. Je n’ai jamais été aussi heureuse. Vous trouvez sans doute que c’est très cruel, mais c’est la vérité. Tout ce que je pouvais penser c’est que je ne m’étais pas fait prendre et que j’avais Henry. Puis vers sept heures et demie le téléphone a sonné. »

Sa voix se fit sèche, guère plus qu’un croassement.

« Excusez-moi, j’ai besoin d’un remontant.

— Sergent, appela Barnaby.

— Ça va. » Elle se versa un peu de whisky et ajouta vite un peu de soda. « C’était Iris qui téléphonait. Elle m’a dit de venir la voir. Je lui ai dit ce qui était arrivé à Bella, et que je ne pouvais pas quitter Henry. Elle m’a dit tout simplement : “ Venez immédiatement ou préférez-vous que je vienne ?” Elle semblait très bizarre mais même alors je ne me suis pas inquiétée. J’ai donné un peu de pudding à Henry et je suis allée au bungalow.

« Elle m’a offert du café, pas moyen de refuser, et Dennis est allé à la cuisine. Nous étions assises l’une en face de l’autre dans son abominable salon. Pas moyen qu’elle dise ce qu’elle voulait. Elle n’arrêtait pas de faire des clins d’œil, des allusions, disant que plus que jamais on avait besoin de moi à Tye House. " Ce sera vous la dame du château, ma chère." Puis Dennis entra, poussant le chariot. Il y avait du café et des biscuits sur le plateau du bas et sur celui du haut... le fusil. Personne n'a rien dit. C'était horrible. Ils n'arrêtaient pas de se regarder l'un l'autre puis de me regarder tout souriants. Comme si j'avais fait quelque chose d'extraordinaire. Et en somme, c'était vrai.

« Puis Dennis m'a dit qu'il m'avait vue tirer sur Bella, jeter le fusil et m'enfuir, et que comme tous deux souhaitaient fort que je continue d'être heureuse à Tye House, je comprendrais, ils en étaient sûrs, que les pauvres gens eux aussi doivent faire leur chemin dans la vie. Ils savaient depuis toujours que j'étais le genre même de personne à être généreuse envers les amis. Mon plan m'avait tellement obnubilée que je n'avais pensé à personne d'autre et certainement pas à Dennis Rainbird. Mais à cette époque-là il était fou de Michael Lacey. Il le suivait partout. J'aurais dû m'en souvenir. De toute façon », elle baissa les épaules, « il n'y a plus grand-chose à dire, vraiment. Depuis lors ils m'ont entièrement dépouillée. Henry m'a offert les bijoux de Bella — ils ont eu tout l'argent de la vente. Puis ce sont mes économies qui se sont envolées et les cinquante mille livres que j'avais héritées de ma mère... et en plus », une vague douleur la submergea, « tout ça pour rien. Il ne m'aimait pas. Il était gentil avec moi, c'est tout. Puis Katherine est arrivée. »

Comme le silence se prolongeait, Barnaby demanda :

« C'est la fin de votre déposition, Miss Cadell ?

— Oui.

— Et la mort de Mme Rainbird ? »

Au moment même où il formulait cette question l'inspecteur devina ce que serait la réponse... Il pouvait l'imaginer toute pleine de l'idée qu'Henry l'aimait et un peu grise après tant de vodka, tirant sur Bella et, immédiatement après, submergée par l'émotion et par l'horreur, courant au hasard et jetant le fusil au loin. Mais il ne pouvait pas voir cette femme épaisse, au visage hébété, enfonçant un couteau à plusieurs reprises, pataugeant dans le sang, couverte de sang. Changeant froidement de vêtements, effaçant les traces. Ce fut donc sans surprise qu'il l'entendit dire :

« Je n'ai rien à voir avec ça. »

Il crut pourtant qu'il fallait poser d'autres questions. Après tout, elle n'avait pas d'alibi pour l'après-midi et elle avait tout à gagner à la mort de Mme Rainbird. Il attira son attention sur ces deux points.

« Je ne vois pas en quoi je tirerais bénéfice de sa mort. J'aurais pu le faire il y a dix-huit mois, mais depuis des semaines ils savaient tous les deux que je n'avais plus rien. Et je leur avais dit que si je plongeais je ferais en sorte qu'ils plongent avec moi. Ils savaient que ce n'était pas une menace en l'air. »

Après qu'elle eut entendu la lecture de sa déposition et l'eut signée, Troy se plaça devant la porte de la chambre tandis qu'elle rassemblait quelques vêtements. Elle sortit portant une petite valise et son sac à main, vêtue d'un imperméable informe. Elle semblait soudain beaucoup plus vieille. Elle n'avait jamais été jolie mais une certaine vivacité et un teint coloré lui donnaient un air de vitalité. Maintenant elle semblait vidée ; ses cheveux mêmes paraissaient plus gris. Quand ils arrivèrent au bas de l'escalier une porte s'ouvrit et Barnaby sentit sa prisonnière se faire plus petite, et se rapprocher de lui.

« Phyllis. » Henry poussa son fauteuil dans le hall, Katherine le suivant de près. « Mais qu'est-ce qui ne va pas ? Qu'est-ce qui se passe ?

— Tu ne le sauras que trop tôt. »

Sans le regarder elle se hâta de franchir le seuil, Troy sur ses talons. Barnaby ferma la porte et se tourna vers le couple anxieux.

« Je suis désolé d'avoir à vous apprendre, monsieur

Trace, que Miss Cadell vient d'avouer le meurtre de votre femme.

— C'est impossible. » Katherine avait l'air absolument stupéfaite.

Henry semblait totalement privé de parole. Finalement il dit : « Vous en êtes sûr ? Il doit y avoir une erreur. Je ne peux pas le croire !

— Malheureusement il n'y a pas de doute. » Barnaby rouvrit la porte. « Nous la mettons en garde à vue. Vous souhaiterez sans doute appeler son avocat. »

Puis il ferma la porte et rejoignit les deux autres dans la voiture.

7

Barnaby était assis derrière son bureau dans la salle de police. Il mit de côté le dernier dossier de la Tranquillada et accorda toute son attention à son café. Peu avant il avait appris de l'hôpital que l'état de M. Rainbird n'avait pas changé mais qu'il paraissait tranquille. Barnaby en doutait. Il en doutait même très fort. Jusqu'à ce qu'on arrête la personne qui avait tué sa mère, Dennis Rainbird, une fois qu'il aurait récupéré la mémoire, ne se sentirait plus jamais tranquille. Car Barnaby en était sûr, tout ce qu'elle savait il le savait aussi. Et maintenant — à moins que la folie n'ait pour toujours envahi son esprit — qu'est-ce qui l'empêcherait de parler ? C'est justement pour cela qu'il y avait un gendarme posté en permanence devant sa chambre d'hôpital et qu'on ne le laisserait jamais seul.

Barnaby avait devant lui les coupures de presse de l'enquête sur la mort de Bella Trace. Maintenant qu'il connaissait la vérité, il les relut, se souvenant qu'à sa toute première lecture il lui avait semblé qu'il y avait là quelque chose de pas très normal. Il se disait qu'aujourd'hui, cette étrangeté allait lui sauter aux yeux, mais non, rien... Bon... de toute façon, ça n'avait plus d'importance.

Autour de lui, tout était activité. Une activité silencieuse, ordonnée mais intense. On avait à peine le temps de respirer entre deux coups de téléphone. Fleet

Street s'était emparé des nouvelles ainsi que la BBC. Bien qu'on n'ait jusqu'à présent pas fait appel à l'aide du public, plusieurs personnes — sans aucun doute désireuses de croire qu'elles jouaient un rôle dans cet événement dramatique — avaient appelé pour proposer des renseignements et des idées.

Les papiers s'empilaient. Le moindre détail était enregistré sur un formulaire, et ceux qui n'étaient pas encore transcrits dans le fichier rotatif l'entouraient comme des pigeons revenant au pigeonnier. Les informations de l'expertise médico-légale et d'autres étaient enregistrées dans le laboratoire mobile. Une carte du village à grande échelle était accrochée au mur derrière la tête de Barnaby. Un des écrans montrait un reporter de la télévision locale interviewant Mme Sweeny, et M. Fenton, l'associé de Dennis aux Pompes Funèbres de Brown. (« Le réconfort à l'heure où vous en avez besoin ») apparut sur l'autre écran. La police interrogeait les gens du village sur leur emploi du temps entre trois et cinq heures de l'après-midi. Tout ce qu'il fallait faire on le faisait. Mais tandis que Barnaby savait bien que tout cela était nécessaire, son esprit refusait de s'ouvrir pour absorber tous les détails d'une enquête officielle.

Il ne restait que cinq suspects (Barnaby avait décidé d'écarter Henry Trace et Lessiter avait un alibi) et cinq personnages dansaient une pavane lente, torturante, sur un écran derrière ses yeux. Où qu'il fût, seul ou accompagné, quoi qu'il fît, la danse continuait. Barnaby avala son café. La bonne vieille grenouille était de retour.

Il était maintenant presque neuf heures. Il nota une commande pour le traiteur chinois — soupe au gingembre et aux haricots noirs ; crevettes à la sauce aigre-douce ; riz et rouleaux de printemps ; pommes caramélisées. Il venait de l'envoyer quand le téléphone sonna.

« J'ai une certaine Mme Quine au bout du fil. Elle

veut vous parler, monsieur. Elle appelle d'une cabine. J'ai pris note du numéro.

— Parfait... Madame Quine ?

— Allô ? Qu'est-ce qui se passe... est-ce que le type du fourgon ne vous a pas raconté ce que je lui ai dit ? A propos de ce type, Lacey ?

— Oui. On m'a transmis le message.

— Alors qu'est-ce qu'il fait encore à rôder par le village ? On sera tous réduits en petits morceaux avant que vous autres vous commenciez à vous magner les fesses pour faire quelque chose. Je vous dis que je l'ai vu arriver dans cette maison, culotté comme pas deux !

— Nous aussi. »

Barnaby s'arrêta. Autour de lui des téléphones continuaient de sonner, une machine à écrire crépitait, dehors une voiture s'arrêta en faisant crisser les pneus. Il n'entendait plus rien. Il y avait seulement lui, le téléphone et Mme Quine. Sa gorge était absolument sèche quand il lui demanda :

« Avez-vous dit qu'il est allé au bungalow ?

— Je vous l'ai dit. Dans le message. Il a passé la haie, il est monté par l'allée du jardin jusqu'à la porte de derrière. Il portait ses vieux jeans et une casquette. Mais je le reconnaîtrais n'importe où !

— Et quelle heure était-il ?

— Eh bien... les *Jeunes Médecins* venait de finir et le *Trickle on the Tum* n'avait pas encore commencé. J'étais montée pour faire les lits — c'est comme ça que je l'ai vu, vous comprenez. Par la fenêtre de la chambre à coucher. Lisa Dawn préparait une tasse de thé.

— Oui », dit Barnaby, émerveillé de pouvoir contrôler sa voix, « mais quelle heure était-il ?

— Il était... huumm... quatre heures moins cinq. »

Il resta là, encore un peu, assis, la main tenant le combiné. Elle continuait à parler, mais il ne l'écoutait plus : une vague de joie déferlait sur lui. Il avait l'impression qu'on avait attaché son cerveau à un attelage de chevaux sauvages qui le traînaient partout.

Quatre heures moins cinq. Bon Dieu de bon Dieu. Quatre heures moins cinq. D'autres mots arrivaient jusqu'à lui.

« C'est vous qui avez envoyé cette sale fouineuse de l'Assistance sociale qui a perturbé Lisa Dawn ? »

Les bips s'arrêtèrent. Quelle délivrance ! Barnaby alla trouver l'inspecteur Moffat pour obtenir une autorisation de perquisition. Il cria : « Troy », en se dirigeant vers le bureau d'entrée — un cri qu'on devait entendre depuis le marché aux bestiaux ou depuis le Soft Shoe Café. Le sergent bondit d'un cagibi où il badinait avec l'agent Brierly, et répondit par un : « Monsieur ! » automatiquement énoncé avec la même force.

« La voiture. Vite ! »

Lâchant un autre « Monsieur » qui fendit l'atmosphère, Troy sortit de la pièce en courant. « Enfin, ça ressemble à quelque chose, pensa-t-il : on court à travers le parking, on saute dans la Fiesta. Le pied au plancher, sirène hurlante. Un tuyau tenu secret. Le méchant en cavale. Troy et Barnaby le cernent de près. Les menottes sont prêtes. Mais le Chef est presque arrivé... Oh ! Il était rapide autrefois mais maintenant... C'est donc Troy qui procède à l'arrestation. Ah, ce type est un sacré salaud. Un de ces hommes durs à cuire. Puis Barnaby le reconnaîtra lui aussi. Sans vous, sergent, je n'aurais pas pu... »

« Pour l'amour du ciel, ne restez pas assis comme un sac de patates ! Magnez-vous !

— Oui, Monsieur.

— Retournez au village. Et arrêtez ce machin. »

« Mais il n'a pas dit *ralentissez* », se dit Troy, et il atteignit cent à l'heure quand ils quittèrent l'agglomération.

« Que se passe-t-il, Monsieur ? » Barnaby le lui dit. Troy siffla et dit : « Eh bien ! Alors nous le tenons ?

— Regardez la route !

— Mais c'est très clair, vous ne croyez pas ?

— Il lui faudra certainement s'expliquer.

— J'espère qu'il n'aura pas fichu le camp. Il n'était pas dans le cottage quand je suis revenu vérifier. »

Quand ils arrivèrent au village, il n'y avait plus qu'une poignée de gens autour du laboratoire mobile. Le camion de la télévision était parti vers une autre tragédie. Il commençait à faire nuit. Aussitôt qu'ils eurent dépassé les haies, ils aperçurent une lumière dans le cottage.

« Il est rentré.

— Pas besoin de chuchoter, sergent. » Barnaby sortit de la voiture. « J'imagine que nos phares l'ont déjà prévenu de notre arrivée. »

Le soleil se couchait. L'embrasement du crépuscule adoucissait la maison. La masse noire des arbres environnants était bordée d'un or profond. Une fenêtre à l'étage reflétait le soleil. Troy grimaça un peu quand la lumière toucha le centre du carreau. « On dirait une tache de sang », pensa-t-il. Barnaby frappa.

« Non, je rêve ! Encore vous ! » Michael Lacey les regardait froidement sur le pas de la porte. Il mangeait un énorme sandwich au fromage. « Vous ne vous arrêtez jamais, hein ? Vraiment, ça me rend tout heureux de payer mes impôts. Si jamais je gagne assez pour en payer, des impôts, je veux dire.

— Nous voudrions vous poser quelques questions. »

Il eut un grognement, mais qui sonnait faux. Cela faisait partie du jeu. Il ouvrit la porte.

« Entrez donc puisqu'il le faut. Mais vous m'avez déjà posé quelques questions. Je veux dire un de vos larbins. Il y a à peu près une demi-heure.

— Alors vous savez, je suppose, que Mme Rainbird a été mise à mort.

— Mise à mort ! Oh ! Quelle tournure merveilleusement archaïque !

— D'une façon particulièrement brutale.

— J'espère que vous ne vous attendez pas à de feintes expressions de regret de ma part. C'était une femme très méchante. Presque aussi méchante que son fils aux cheveux d'or.

— Vraiment ? Je ne savais pas que vous la connaissiez bien.

— On n'a pas besoin de la connaître bien. »

« Pauvre con prétentieux », pensa Troy, caressant dans son cœur la révélation de Mme Quine. Barnaby demanda à Michael Lacey où il se trouvait cet après-midi entre trois et cinq heures.

« Je travaillais.

— Vous ne souhaitez pas m'en dire un peu plus ?

— Pas vraiment. Merci quand même.

— Donc, si quelqu'un dit vous avoir vu prendre l'allée du jardin de Mme Rainbird, celle qui conduit à la porte de derrière, à quatre heures de l'après-midi...

— Je dirai que cette personne ferait bien d'aller chez l'oculiste. »

Barnaby sortit l'un des deux mandats :

« Monsieur Lacey j'ai ici un mandat qui m'autorise à faire une perquisition. » Tout d'un coup le visage de Michael changea d'expression. « Ça lui fait perdre le sourire », pensa Troy, s'autorisant à lui-même une ébauche de sourire.

« J'espère, continua Barnaby, que vous vous montrerez coopératif.

— Vous n'avez pas le droit.

— Malheureusement ce papier dit que nous avons le droit, sergent... » Barnaby montra les escaliers d'un geste de la tête et Troy disparut. « Voulez-vous m'accompagner jusqu'à la cuisine, Monsieur Lacey ? »

Barnaby fouilla la cuisine à fond tandis que son compagnon restait debout, maussade, à côté de l'évier. Puis la pièce où se trouvaient le canapé et les étagères. Il déplaça les livres de poche, souleva le tapis. Lacey se jucha sur une des chaises inconfortables qui entouraient la table et regarda. Troy entra dans la pièce ; il fit pour Barnaby ce qu'il croyait naïvement être un imperceptible hochement de tête. L'inspecteur principal accomplit sa tâche et se tourna vers l'homme assis à table, qui dit :

« Si ce sauvage sémaphore de désespoir absolu doit être pris au sérieux, votre inhabile sergent n'a rien déterré non plus. Je vous suggère donc de continuer votre chemin gaiement et de me laisser tranquille.

— La porte suivante, Troy ». Le sergent acquiesça et sortit. Lacey fit un bond.

« C'est mon atelier. Je ne veux pas qu'on dérange mon travail. Il n'y a là que des peintures, rien d'autre. »

Troy signala : « La porte est fermée à clef, monsieur.

— Eh bien, défoncez-la. »

Michael Lacey courut vers la porte et retint le bras de Troy. Enchanté, le sergent s'empara immédiatement des poignets de l'homme, lui tordant les bras derrière le dos.

« Ça va, sergent, ça va ! » Barnaby s'avança lentement. « Il ne va pas s'échapper, n'est-ce pas, Monsieur ? »

Troy relâcha Lacey qui les regarda fixement. Mais il y avait plus que de la rage sur son visage. Il y avait de la peur.

« Pourquoi n'ouvrez-vous pas tout simplement la porte ? Ça nous éviterait toutes ces histoires ! » demanda l'inspecteur principal.

Lacey méprisa cet avis. Troy appuya ses épaules contre le bois. La porte céda à la quatrième tentative. Il plaça la porte dans le hall et fit un pas en arrière, gardant un œil sur Lacey, qui se tenait contre la rampe de l'escalier absolument immobile, le visage sans expression.

Barnaby entra dans le studio qui avait l'air très innocent. Et parfaitement en ordre comparé au reste de la maison. Il y avait quelques toiles entassées contre le mur, une ou deux liées ensemble par une ficelle. Le chevalet était couvert d'un tissu auquel la toile qu'il cachait donnait une forme carrée. Le sol était soigneusement balayé, et il y avait dans l'air une odeur de térébenthine et de résine. Une table à tréteaux portait une rangée bien ordonnée de pots et de pinceaux et dans un coin il y avait un appareil de chauffage Calorgas éteint.

Troy était dans le hall, debout, les jambes écartées, prêt à tout. Au-dessus de sa tête le compteur électrique bourdonnait comme une abeille prise au piège. Il leva les yeux. Des câbles fins et gris serpentaient le long des murs. C'était drôle de voir un compteur dans une maison privée. Dans les HLM, il y en avait souvent, bien sûr. Placés, le plus souvent trop haut, de façon à ce qu'il reste un peu d'argent lorsqu'ils étaient vidés. Quel bruit irritant ! Il se retourna et regarda mieux. Ce n'était pas le compteur qui bourdonnait. C'étaient des mouches. Des douzaines de mouches répugnantes, de grosses mouches à viande aux ailes iridescentes. Elles étaient toutes rassemblées autour de quelque chose. Une chose calée derrière le compteur. Il se mit sur la pointe des pieds et regarda avec plus d'attention.

« Chef... » Barnaby se précipita. « Regardez là-haut.

— Prenez une chaise — et quelque chose pour le saisir. »

Troy se couvrit la main d'une serviette sale, monta sur une chaise et tira le couteau. Il était tout fleuri de taches noires. Les mouches s'envolèrent paresseusement sans s'éloigner bien loin. Quand Troy eut pris le couteau, elles voltigèrent autour de sa main. Barnaby regarda Michael Lacey qui s'écarta de la rampe de l'escalier et vint vers eux, fixant le couteau avec étonnement.

« Pouvez-vous m'expliquer comment ceci se trouve derrière votre compteur, Monsieur Lacey ?

— Bien sûr que non !

— Ce couteau vous appartient-il ? »

Comme Lacey gardait le silence, Troy lui donna un coup de coude pas très aimable.

« L'inspecteur principal vous parle.

— Je ne sais pas... » Il regarda de plus près, la

bouche plissée de dégoût : « Oui… c'est le couteau que nous utilisons pour les légumes.

— Et où avez-vous caché les vêtements, Monsieur Lacey ?

— Quoi ?

— Le bleu de travail, la casquette, les gants, le collant ?

— Le collant ? Pour qui me prenez-vous ? Pour un travesti ?

— Les vêtements que vous portiez », continua Barnaby, implacable, « quand vous avez tué Mme Rainbird.

— Quand je… » Lacey le regarda bouche bée. « Vous êtes complètement fou. Vous n'allez pas me coller ça. Les magouilles policières, je connais. C'est probablement vous aussi qui avez planqué ce couteau ici ! Vous êtes venus ici un peu plus tôt quand je n'y étais pas. »

Barnaby retournait à l'atelier quand Lacey fila. Il repoussa violemment l'inspecteur principal, frappa Troy à la poitrine, vola par la porte d'entrée et traversa en courant l'espace libre devant le cottage. Troy, reprenant ses esprits, courut derrière lui, le rattrapa près de la voiture et le plaqua au sol. Quand Barnaby les eut rejoints, Lacey avait les menottes aux poignets et Troy le visage rouge d'effort et de fierté.

« En voiture, Lacey. »

Le prisonnier regarda Barnaby. Ce regard reflétait tout ce qu'il s'attendait à y voir : la peur et le désespoir, mais il y avait autre chose encore dans ses yeux. Une expression dérangeante, à laquelle l'inspecteur principal ne parvenait pas à donner un nom. Troy fourra l'homme sur le siège arrière. Barnaby plaça le couteau dans le coffre, puis dit : « Avez-vous une clé pour fermer la maison ?

— Ce n'est jamais fermé à clé. »

Ils démarrèrent. Comme Troy ralentissait en approchant du carrefour de Church Lane avec la Rue, Katherine Lacey tourna le coin, menant deux des chiens. Il y avait juste assez de lumière pour qu'elle reconnaisse Barnaby, et elle ébaucha un sourire. Puis elle vit son frère et son visage changea. Elle cria : « Michael ! » et voulut traverser la rue pour s'approcher. Michael leva ses poignets enfermés dans les menottes et dessina un carré autour de son visage : « On m'a encadré ! » Puis la voiture prit de la vitesse et s'éloigna.

8

Il faisait nuit quand ils arrivèrent au commissariat. Michael Lacey reçut une notification et on lui demanda s'il voulait téléphoner. Il déclina cette proposition et se mit à regarder autour de lui avec un certain intérêt. Il semblait reprendre ses esprits assez vite. Quand Barnaby le confia à l'officier de garde, il montrait même un certain air de défi. Barnaby l'entendit qui passait plaisamment la commande pour son dîner : toasts, thé, assortiment de grillades, tarte aux pommes et glace. L'inspecteur principal prit des nouvelles de l'autre prisonnier.

« Elle dort comme un bébé. Elle ronfle tant qu'elle peut. »

Barnaby retourna à la salle de police où Troy remplissait un mandat de perquisition. Il faisait trop sombre pour partir à la recherche des vêtements du meurtrier, mais les recherches commenceraient dès le lendemain matin. D'autres formulaires étaient venus s'empiler sur son bureau à côté des plats chinois refroidis et gluants. Plus besoin de les lire tous, désormais. Le meurtrier était sous les verrous, à l'étage en dessous. Il se tenait devant la fenêtre et regardait le ciel indigo couvert d'étoiles brillantes, se demandant pourquoi il se sentait encore mal à l'aise.

« Monsieur ? » Troy lui tendait le téléphone. « Miss Lacey. »

Il prit le combiné.

« Inspecteur principal Barnaby.

— Que s'est-il passé ? Pourquoi avez-vous emmené Michael ? »

Barnaby lui expliqua tout. Il y eut une longue pause, puis Katherine se mit à pleurer. Barnaby entendit : « Non… non… il n'a pas fait ça… ce n'est pas vrai… », et la voix d'Henry Trace. Puis Trace prit l'appareil :

« Dites-moi quelle est exactement la situation, Barnaby. Je n'arrive pas à comprendre ce que dit Katherine. Chérie… s'il vous plaît… tout va s'arranger. Essayez de vous calmer… nous ne pouvons rien faire tant que nous ne savons pas exactement ce qui se passe. »

Barnaby recommença les explications. Il entendit Katherine crier : « Je veux le voir… Henry. Il faut que je le voie ! »

« Est-ce que nous pouvons le voir, inspecteur principal ?

— Je pense que vous devriez appeler demain matin, Monsieur Trace. Nous l'avons déjà installé pour la nuit. »

Barnaby entendait encore les sanglots hystériques de Katherine quand il raccrocha.

Barnaby se pencha en arrière et ferma les yeux. Il se sentait fatigué mais d'une mauvaise fatigue. Il se sentait « fatigué jusqu'à l'os », comme disait sa mère. Au bout du rouleau, éreinté, et sans avoir fait grand-chose. Comment pas grand-chose ? Mais si, il avait fait quelque chose ! En bas, soigneusement verrouillé dans une cellule, il tenait le meurtrier d'Iris Rainbird. Et demain ils trouveraient les vêtements. Lacey n'avait pas pu les cacher bien loin. Il les avait sans doute jetés dans l'étang au milieu du bois. Il se souvint de la petite flaque d'eau dans la remise du jardin des Rainbird. Il avait de l'eau dans le cerveau. Et il éprouvait une sensation déplaisante d'oppression au niveau de sa ceinture. Son estomac n'était jamais satisfait : quand Barnaby le nourrissait, il se plaignait, et il se plaignait aussi quand il ne le nourrissait pas. Mais tout allait bien. Des phrases-clichés qu'il n'utilisait jamais lui passaient par la tête. Une affaire terminée. L'assassin pris en flagrant délit. Pas de problème.

Il jeta ses plats chinois dans la poubelle en métal gris et se souleva de son siège. « Je l'ai eu ! » dit-il aux murs de son bureau.

« Je vous verrai demain matin. »

Troy, qui finissait son tour de douze heures, se leva, accompagna Barnaby jusqu'à la porte et la tint ouverte pour lui.

« Quelle journée, n'est-ce pas, Monsieur ? » demanda-t-il, le visage luisant de satisfaction.

« Vous pouvez le dire.

— Je veux dire », Troy marcha à ses côtés jusqu'au parking, « combien de fois dans toute votre carrière avez-vous arrêté deux meurtriers le même jour ? Ça doit être une première, hein chef ! » Barnaby ouvrit la portière de son Orion. « Bon Dieu... j'ai déjà vu des menteurs dans ma vie, mais ce Lacey...

— Bonsoir, sergent. »

Troy jeta un dernier regard brillant par la vitre.

« Une affaire terminée, n'est-ce pas chef ? »

Il regarda la voiture bleue s'en aller. Vieux salaud bourru ! Troy pensa que si lui avait réussi un coup double comme ça il aurait offert à boire à tous les collègues et qu'il aurait le slip de l'agent féminin Brierly dans sa boîte à gants avant la fin de la soirée.

Arbury Crescent était silencieux quand Barnaby entra dans le garage. Une banlieue de rêve ! Quelques postes de télévision étaient encore allumés mais la plupart des habitants dormaient d'un sommeil innocent, renouvelant leurs énergies pour la navette qui les amenait jour après jour travailler en ville.

« C'est toi, Tom ? » appela Joyce, comme elle le faisait toujours.

Il s'arrêta un instant dans la cour, regardant le jardin et la masse noire et compacte des formes végétales. Les feuilles des arbres bruissaient dans l'air du soir, touchées d'argent par la lune. Il était heureux de ne pas distinguer les bordures de plantes herbacées. Cela faisait une quinzaine de jours qu'il ne les avait pas soignées. Ce week-end, il demanderait à Joyce de couper leurs têtes. Cette expression malheureuse lui rappela le travail, et la vue des arbres cessa d'être un réconfort. Barnaby entra.

« J'ai gardé au chaud un peu de soupe. »

Joyce portait son peignoir et des pantoufles ; son visage était démaquillé.

« Oh... » Barnaby glissa un bras autour de sa taille. « Tu n'aurais pas dû te donner du mal.

— Comment a été ta journée ?

— Comme ci, comme ça. »

Barnaby prit son bol.

« Tu sais, c'est de la soupe en sachet. »

Barnaby prit la soupe avec gratitude et but longuement. C'était délicieux : monosodium, glutamate. Agents de conservation autorisés. HC et FCF. Et tous les agents de sapidité. Béatitude.

« Tu n'as pas oublié que Cully vient passer le week-end avec nous ?

— A vrai dire je l'avais oublié. »

Barnaby vida son bol.

« Tu en veux encore ?

— Je ne dis pas non. »

Elle le resservit, mais avant qu'il ne boive elle l'entoura de ses bras.

« Tom ?

— Humm.

— Tu as l'air triste. » Elle attira sa tête grisonnante contre sa douce poitrine. « Tu n'as pas envie d'un câlin ?

— Oui, je voudrais bien un câlin. »

Il l'embrassa. Elle sentait bon l'odeur du dentifrice et de la lotion pour bébé qu'elle utilisait comme crème hydratante. Il sentit une grande vague de gratitude l'envahir. Aujourd'hui et tous les jours, si noires qu'avaient été les heures de travail, la nuit venue, il revenait au pays. Barnaby caressa les cheveux de Joyce et ajouta :

« Et pas seulement parce que je suis triste. »

9

C'était une belle journée pour un mariage. Des flots de houblon et des grappes de jasmin d'été tombaient en cascade des voûtes en pierre ; de petits bouquets à l'ancienne décoraient l'extrémité de tous les bancs. Les rampes de l'autel étaient couvertes de tubéreuses. La mariée était là, étincelante statue de satin givré et de dentelle mousseuse, incomparablement belle. Le marié poussa son fauteuil roulant le long de l'allée centrale. Quand il s'arrêta devant les marches du chœur, la fiancée se retourna pour le regarder et son visage se transforma peu à peu en un masque d'horreur. Plantée tout droit sur les épaules immaculées du marié une tête de mort ricanait. Le prêtre dit :

« Mes très chers... »

L'assemblée sourit. Apparemment, personne ne s'était aperçu que quelque chose allait de travers. Les cloches sonnaient, sonnaient, sonnaient...

Barnaby chercha à tâtons sur sa table de nuit. Il retourna sa montre. Cinq heures et demie, bon Dieu ! Il décrocha le téléphone et dit :

« Barnaby. » Il écouta ; tout d'un coup il se trouva parfaitement réveillé. « Dieu de miséricorde... avez-vous appelé Bullard ?... Non... j'arrive tout de suite. »

Joyce alluma.

« Chéri, qu'est-ce qui se passe ? »

Il sauta du lit, s'habillant en hâte.

« Il faut que j'y aille... Ne te lève pas. »

Elle essaya de s'asseoir, arrangeant les oreillers.

« Il faut que tu prennes ton petit déjeuner !

— La cantine ouvre à six heures. J'y mangerai quelque chose. »

« Depuis combien de temps est-elle morte, à ton avis ? »

Le Dr Bullard replaça la couverture sur le visage blanc comme marbre de Phyllis Cadell.

« Oh... deux... ou trois heures... Tôt ce matin. »

Barnaby s'assit lourdement sur les toilettes, seul meuble de la pièce à part le lit.

« Bon Dieu, George, on avait vraiment besoin de ça ? Une mort en prison !

— Désolé. » Bullard sourit assez jovialement pour une heure aussi matinale. « Je ne peux pas la ressusciter pour te faire plaisir ! De toute façon d'après ce que j'ai compris, elle est mieux où elle est. Tu ne crois pas ?

— Ce n'est pas la question ! »

Barnaby regarda la forme de flanelle grise. Il comprenait cc que Bullard voulait dire. Qu'est-ce que la morte pouvait encore attendre de bon ? La souffrance et l'humiliation d'un procès public. Des années en prison. Une vieillesse solitaire et sans amour. Et vivre tout ce temps en sachant qu'Henry et Katherine étaient vivants et heureux, ensemble à Tye House. Et pourtant...

Le sergent de garde à la prison entra dans le bureau de l'inspecteur principal Barnaby et ferma la porte aussi doucement que si elle avait été en verre. Il jeta un seul coup d'œil à la silhouette derrière le bureau — et il n'eut pas envie de regarder une seconde fois. Tout au long de leur conversation il garda les yeux cloués au sol.

« Bon, Bateman, accouchez !

— Oui, Monsieur. Ce n'est pas...

— Et si vous dites que ce n'est pas de votre faute je vous ferai avaler tout ce placard de dossiers.

— Monsieur...

— Reprenez depuis le début.

— Eh bien, j'ai reçu la détenue mais avant que je ne commence à remplir le formulaire d'emprisonnement, elle m'a demandé la permission d'aller aux toilettes.

— Vous ne l'avez tout de même pas laissée aller toute seule ? »

Bateman se racla la gorge.

« Bien, ce qui s'est passé, Monsieur, c'est que les agents féminins Brierly et McKinley étaient en train de fouiller deux prostituées que nous avions ramassées aux alentours. J'ai dit à un de mes hommes d'accompagner la détenue jusqu'à la porte...

— Oh, bravo, sergent ! Admirable ! Le policier l'a surveillée à travers le bois de la porte, n'est-ce pas ? Il a vu ce qu'elle faisait ?

— Non, Monsieur.

— *Non, Monsieur*. Avait-elle emporté quelque chose avec elle dans les toilettes ? »

Bateman avala sa salive, cessa de contempler le sol et regarda par la fenêtre.

« ... Un sac à main...

— Plus fort ! J'ai peur de ne pas entendre.

— Un sac à main, Monsieur !

— Ce n'est pas croyable. » Barnaby cacha son visage dans ses mains. « Continuez.

— Eh bien... j'ai rempli son formulaire... puis je l'ai fait descendre. Nous avons dressé la liste de ses affaires, j'ai rédigé un reçu. Je l'ai installée et je lui ai donné une tasse de thé. Au moment où j'ai fait ma première ronde, elle dormait profondément.

— Alors, quand a-t-elle avalé les cachets ?

— Avec son thé, je crois. Elle a dû les sortir de son sac quand elle était aux toilettes. Elle avait un cardigan avec une poche et un mouchoir. Quand j'ai vérifié le contenu de son sac à main », l'homme commença à bredouiller dans son désir de se justifier, « il y avait un tube de somnifères où il restait une demi-douzaine de cachets. Elle m'a même demandé l'autorisation d'en prendre un. Elle était très maligne.

— En tout cas beaucoup plus maligne que vous, c'est sûr !

— Si le tube avait été vide, naturellement j'aurais eu des soupçons.

— Le seul fait qu'elle avait des somnifères dans son sac aurait dû éveiller vos soupçons ! Croyez-vous que les gens aient l'habitude d'emporter des somnifères dans leur sac quand ils vont et viennent dans la journée ?

— Non, Monsieur.

— Quand ils vont chez Sainsbury ? Chez Boots ? Ou à la bibliothèque ? » Silence. « Quand avez-vous découvert sa mort ?

— À ma troisième ronde. Un peu avant cinq heures. J'ai remarqué qu'elle ne respirait plus. J'ai appelé le médecin légiste immédiatement, mais c'était trop tard.

— Eh bien, si elle ne respirait plus, pas de doute, c'était trop tard, non ? »

Le sergent, le visage raidi de détresse et de mortification, murmura : « Oui, Monsieur.

— Bateman, vous êtes aussi utile dans la police que des bretelles dans un couvent. » Silence. « Je vais vous ôter vos galons. » Pause. « Et ça ne s'arrêtera pas là.

— Si je pouvais...

— Vous êtes suspendu. On vous convoquera. Et jusque-là je ne veux plus vous voir. Maintenant, sortez. »

La porte s'était à peine refermée sur le misérable sergent qu'elle se rouvrit pour laisser passer un jeune agent de police.

« C'est le prisonnier de la cellule 3, Monsieur. Il veut faire une déclaration à propos de son emploi du temps d'hier après-midi.

— Eh bien, je suppose que vous êtes dans la police

depuis assez longtemps pour venir à bout de ça sans faire une dépression nerveuse ?

— Je suis désolé, mais c'est à vous qu'il veut parler. »

Le prisonnier de la cellule 3 finissait son petit déjeuner, nettoyant son assiette avec un bout de pain.

« Une étoile pour le confort, inspecteur, mais deux, sans hésiter, pour la cuisine. Il y a des siècles que je n'ai plus avalé un œuf poché aussi délicieux.

— Dites ce que vous avez à dire et vite.

— J'aimerais rentrer chez moi maintenant.

— Ne jouez pas vos petits jeux avec moi, Lacey ! » Barnaby s'approcha du lit et se pencha : leurs visages se touchaient presque. « Je vous tiens ici ! »

Sa parole était lente et basse mais le courant de colère qui se dégageait de lui était presque palpable. Lacey recula et pâlit. La peau greffée, inchangée, avait l'air d'un morceau de soie rouge tendu.

« Et je vous préviens », continua Barnaby, « que si hier vous m'avez menti, vous allez avoir quelques ennuis.

— Oh, je ne vous ai pas menti... au sens propre, je veux dire... » Son discours se précipitait, haché, avec une pointe d'anxiété. « Quand je vous ai affirmé que j'avais travaillé tout l'après-midi je disais la vérité. Je faisais des esquisses préliminaires pour un portrait à l'huile de Judy Lessiter. C'est un projet que j'avais depuis pas mal de temps quand elle m'a téléphoné vers midi pour me le rappeler. Nous avons travaillé dans leur jardin. »

Barnaby respira profondément, s'efforçant de contenir sa colère.

« Vous ne travaillez pas chez vous, d'ordinaire ?

— Pour des esquisses, on peut travailler n'importe où. En plus elle m'avait invité à déjeuner. Je ne refuse jamais un bon repas.

— Alors, à quelle heure êtes-vous arrivé ?

— Vers une heure et demie. J'ai commencé à

travailler juste après deux heures jusqu'à quatre heures à peu près. Nous avons fait une pause pour prendre le thé avec des gâteaux et d'autres trucs. Puis j'ai repris le travail jusqu'à peu près cinq heures, et je suis parti.

— Et pourquoi ne m'avez-vous pas dit tout ça hier ? »

La voix de Barnaby était tendue par l'effort qu'il faisait pour se contrôler.

« Eh bien, vraiment... je ne sais pas. » Michael Lacey avala nerveusement. « J'ai été trop bouleversé, j'imagine, quand vous avez découvert le couteau... j'ai paniqué et avant que je ne comprenne ce qui se passait, vous m'aviez fourré dans la voiture et me voilà... dans une de vos petites cellules grises. » Il tenta de sourire. L'inspecteur principal ne répondit pas. « Et d'une façon ou d'une autre plus j'attendais, et plus il était difficile de dire quoi que ce soit, alors j'ai pensé qu'il valait mieux dormir et attendre le matin. » Il y eut un long silence, puis il se leva et dit, un peu incertain : « Alors je peux m'en aller maintenant ?

— Non, Lacey, vous ne pouvez pas vous en aller maintenant. » Barnaby s'éloigna. « Et laissez-moi vous dire ceci : vous ne connaissez pas votre bonheur ! Je connais des policiers qui auraient déjà fait passer votre tête entre les barreaux que voilà une douzaine de fois si vous vous étiez moqué d'eux comme vous vous êtes moqué de moi. »

Il claqua la porte, la verrouilla et remit la clé au tableau.

En montant l'escalier vers la salle de police, il s'aperçut que de rage il serrait et desserrait les poings. Il revint dans son bureau et se tint debout près de la fenêtre luttant pour retrouver son calme. Son cerveau était en révolution, sa peau brûlait, une bande d'acier étreignait son front et son estomac ruait comme un cheval fou. Il se sentait malade de rage et de frustration. Mais il n'était pas vraiment surpris. Car depuis le moment où il avait vu Lacey regarder d'un air incrédule le couteau couvert de sang, il avait su au fond de son cœur que tout était trop facile. Pris en flagrant délit. Pas de problème. Une affaire réglée.

Il s'assit à son bureau et ferma les yeux. Peu à peu son pouls et sa respiration s'apaisèrent. Il respira lentement et régulièrement. Cinq minutes s'écoulèrent et il s'obligea à rester assis pendant cinq autres minutes. Puis il se sentit à peu près normal, et étrangement cette normalité entraîna la faim. Il regarda sa montre. S'il faisait vite il aurait le temps d'offrir à ses artères le réconfort d'un rapide petit déjeuner — œufs frits au lardon — à la cantine, et d'attraper Judy Lessiter avant qu'elle ne parte à son travail.

10

Les Lessiter prenaient leur petit déjeuner. Trevor, qui avait un goût de bile dans la bouche et l'aine endolorie, donna un coup à son œuf, qui se vengea en lui giclant un grand crachat d'un jaune sulfureux sur la cravate. Judy éclata de rire. Il frotta sa cravate avec sa serviette, jetant un coup d'œil à sa femme qui tournait les pages du *Daily Telegraph* de la façon la plus propre à l'agacer, c'est-à-dire avec une indifférence languide.

À nouveau elle lui jouait des tours. La veille elle avait fermé sa porte à clé le soir et, quand il avait frappé, très doucement pour que Judy ne l'entende pas, Barbara avait collé ses lèvres contre le montant de la porte et chuchoté : « Va-t'en, petit bonhomme excité ! Tu ne penses donc jamais qu'à ça ! » Après quoi il avait arpenté sa chambre pendant deux heures, tiraillé entre le désir et la colère, maudissant la présence de Judy dans la maison. À un moment il avait même songé à sortir une échelle du garage, à grimper jusqu'à la fenêtre de sa femme et à entrer de force. Bon Dieu — s'il l'avait fait elle l'aurait senti passer. Des larmes d'auto-compassion lui vinrent aux yeux. Il se souvint des moments qu'il avait passés dans ses bras quarante-huit heures auparavant. « Un petit cadeau, ou gare * ! »

* En anglais « Trick or treat », formule que les enfants utilisent lors de la nuit de Halloween. À cette occasion ils font du porte à

avait-elle chuchoté. Le « cadeau » avait été aussi délicieux que le « gare ». Ç'avait été presque comme la nuit qui avait précédé leur mariage. Il comprenait maintenant quel imbécile il était. Et comment elle se servait toujours du sexe pour le mener par le bout du nez, tel un veau pathétique avec son anneau dans les narines. Eh bien, ce petit jeu-là, on ne pouvait le jouer qu'à deux. Attendons voir qu'arrive le moment de la prochaine allocation pour ses robes. Ou du nouvel abonnement à ce club de gymnastique si ruineux. Ce jour-là, il l'enverrait sur les roses.

Judy Lessiter remua la cuiller dans sa tasse, regardant rêveusement par la fenêtre. Elle portait la robe qu'elle avait achetée la veille à High Wycombe. Un tissu imprimé de losanges gris et jaunes avec une collerette blanche. « Ça encadre votre visage comme un tableau ! » lui avait dit la vendeuse. Ses jambes ridicules étaient moulées dans des collants gris pâle tout neufs. Avant de descendre elle s'était inondée d'un flacon de Rive Gauche et avait presque vidé une palette de mascara, qu'elle avait appliqué plutôt maladroitement. Elle revivait — c'est ce qu'elle avait fait toute la nuit — les événements de l'après-midi précédent.

À une heure de l'après-midi le temps s'était allongé — un moment solitaire à remplir jusqu'à l'heure du thé. À une heure cinq, fortifiée par un petit verre de sherry, elle avait téléphoné à Michael Lacey, se disant que depuis plus d'une semaine il lui avait dit vouloir faire son portrait, et que de toute façon elle n'avait rien à perdre. À sa surprise, et à son grand plaisir, il avait accepté immédiatement de venir. Il avait même dit : « J'allais justement t'appeler. »

Elle avait sorti une quiche du congélateur, et l'avait glissée dans le four à micro-ondes ; elle avait pris un bain rapide et enfilé successivement trois robes. Elle

---

porte pour avoir des bonbons et des gâteaux. Les adultes qui ne jouent pas le jeu sont victimes de leurs petits tours ! *(N.d.T.)*.

avait même essayé un peu du maquillage de Barbara. Michael était arrivé une demi-heure plus tard avec un bloc à esquisses et lui avait dit tout de suite d'aller se laver la figure.

Elle avait servi le déjeuner dans le jardin et il avait passé les deux heures suivantes à dessiner d'une façon rapide mais détachée, tandis qu'elle tentait de rester immobile et de refréner son envie de le regarder tout le temps. C'était horrible toutes les feuilles qu'il jetait : sans colère, il les froissait, puis les lançait loin de lui, les répandant d'une façon impersonnelle comme un arbre laisse tomber ses feuilles. Vers quatre heures, il y avait une petite mer de feuilles autour de ses chevilles et une demi-douzaine d'esquisses qu'il avait rangées dans un classeur. Puis elle avait préparé le thé et ils l'avaient bu avec du gâteau au gingembre, assis sur le banc en bois qui entourait le cèdre géant.

Elle avait dit, tout en prenant une des esquisses qu'il avait rejetées :

« Je peux en avoir une ?

— Non.

— Oh, Michael — c'est adorable », avait-elle dit en regardant la feuille.

— C'est abominable. Elles sont toutes abominables. Promets-moi de les brûler. Ou de les mettre à la poubelle. »

Elle avait secoué tristement la tête et versé un peu de thé. Il avait pris son bloc et quelques minutes plus tard il lui tendait une esquisse.

« Celle-là tu peux la garder. »

Tout y était. La courbe triste de ses lèvres, ses beaux yeux, ses doigts maladroits sur la théière, la ligne énergique et cependant docile de son cou. Il l'avait signée clairement M.L. C'était si précis et si cruel ! Elle avait senti sa gorge se serrer, prélude à des larmes qu'elle avait refoulées avec peine, sachant que rien ne l'aurait irrité davantage.

« *Hey Jude...* », avait-il chantonné doucement,

« *dont' be afraid* *... » Il avait posé sa tasse sur l'herbe et touché son bras. « Tu devrais partir d'ici. T'éloigner de ce couple misérable. »

Elle avait avalé son thé :

« C'est plus facile à dire qu'à faire.

— Oh, je n'en suis pas sûr. Quand je commencerai mon voyage en Europe, j'aurai besoin d'un garde du corps parfaitement obéissant qui soit à la fois un modèle. Je pourrais t'emmener avec moi. »

Et c'est alors qu'il l'avait embrassée. En plein sur les lèvres.

Judy avait fermé les yeux. Elle sentait l'odeur des aiguilles du cèdre et la douceur du gingembre, elle sentait chaque miette de gâteau sur le bout de ses doigts, elle entendait le merle chanter. Le baiser avait duré un millième de seconde. Et un siècle. À peine avait-elle eu le temps de se dire : « Je me souviendrai de cet instant toute ma vie », que c'était déjà fini.

« Je t'ai demandé si tu voulais encore un peu de café. »

Judy jeta à sa belle-mère un regard sans expression.

« Non, merci.

— Trevor ? »

Aucune réponse. Barbara se versa une autre tasse, ouvrit la dernière édition de *Country Life,* puis repoussa le journal, dégoûtée. À force de lire ça elle finirait par ressembler à une fermière. De toute façon personne ne le lit : le journal va tout droit à la salle d'attente. Elle décida d'annuler l'abonnement et de prendre à la place quelque chose de plus piquant. Quelque chose qui fasse monter la pression artérielle des vieux types bien riches. Elle grignota une mouillette beurrée et regarda sournoisement la cravate de son mari. Entre lui et Judy qui avait l'air de sortir d'une publicité pour MacDonald's, la journée avait bien

* Première phrase du célèbre « tube » des Beatles, *Hey Jude (N.d.T.).*

commencé ! Et il n'y avait plus que (elle baissa les yeux vers sa montre incrustée de diamants) six heures à tirer avant son rendez-vous galant. On sonnait à la porte.

« Bon sang, qui est-ce qui peut bien venir à une heure pareille ?

— J'y vais. »

Barbara s'éloigna d'un pas nonchalant et revint accompagnée de l'inspecteur principal.

« Savez-vous quelle heure il est ? » demanda le docteur en colère.

— Miss Lessiter ?

— Oui ? » Judy se leva d'un bond comme une gamine encore à l'école. « Qu'y a-t-il ?

— Je voudrais vous poser juste une ou deux questions à propos d'hier après-midi. Votre emploi du temps...

— Quelqu'un est venu nous voir hier soir pour nous poser toutes ces questions, coupa Lessiter.

— Ça ne fait rien », dit Judy. « Ça ne me dérange pas de le répéter. Je suis restée ici tout le temps. J'avais congé l'après-midi. Et mon ami, Michael... Michael Lacey était ici lui aussi. Il faisait des esquisses pour préparer le tableau qu'il compte commencer bientôt.

— Pouvez-vous me dire quand ce rendez-vous a été convenu ?

— Eh bien... je lui ai téléphoné... » Barbara Lessiter cacha un sourire derrière sa main, mais seulement à moitié. « Mais la première chose qu'il m'a dite, c'est : " Oh — j'étais sur le point de t'appeler. " » Elle regarda les deux personnes assises à la table. Elle paraissait provocante et vulnérable à la fois. « Pourquoi est-ce si important ?

— Quelqu'un a affirmé avoir vu M. Lacey entrer dans la maison des Rainbird vers quatre heures de l'après-midi.

— Non ! » C'était un cri d'horreur. « Ce n'est pas vrai. Ce n'est pas possible. Il était avec moi. Pourquoi est-ce que tout le monde passe son temps à le harceler ? À lui causer des ennuis ? »

Cette fois Barbara ne fit pas le moindre effort pour cacher son sourire. Judy se retourna brusquement et montra du doigt sa belle-mère. « C'est à elle que vous devriez parler. Pourquoi ne lui posez-vous pas quelques questions ?

— À moi ? » demanda Barbara amusée et étonnée.

« Demandez-lui où est passé son manteau de fourrure. Et pourquoi elle essaie de trouver cinq mille livres. Demandez-lui pourquoi on la fait chanter ! »

Avec un cri de colère, Barbara Lessiter se leva d'un bond et jeta son café à la tête de sa belle-fille. Judy cria : « Ma robe... ma robe ! » Le Dr Lessiter attrapa sa femme, lui tenant les bras appliqués le long du corps. Judy quitta la pièce en courant. Son père se précipita derrière elle. Barbara, soudain libérée, s'affaissa sur la chaise la plus proche. Il y eut un long silence.

« Eh bien, madame Lessiter ? » demanda Barnaby. « Pourquoi êtes-vous victime d'un chantage ?

— Ça n'a pas de sens. Je ne sais pas où cette crétine a trouvé une idée pareille.

— Peut-être devrais-je vous informer que nous avons récupéré dans la maison de la morte un certain nombre de dossiers, de copies de lettres, de documents. » Cette fois le silence fut encore plus long. « Préférez-vous venir jusqu'au poste ?

— Bon Dieu, non ! Attendez... » Elle alla vers un buffet gallois, tapotant une cigarette avec des doigts tremblants et elle l'alluma. « J'ai reçu une lettre d'elle il y a à peu près une semaine.

— Signée ?

— Signée : *Votre amie Iris Rainbird.* Sur son horrible papier à lettre lilas qui pue les fleurs mortes. La lettre disait seulement qu'ils savaient ce qui se passait, que si je ne voulais pas que mon mari apprenne tous les détails juteux, il m'en coûterait cinq mille livres. Elle me donnait une semaine pour trouver cette somme ; après quoi je devais lui faire signe.

— Et qu'est-ce qui se passait ?

— Moi et David Whiteley.

— Je vois. »

L'esprit de Barnaby fit marche arrière. Elle était peut-être la femme des bois (pas d'alibi vérifiable). Et David Whiteley, l'homme (*idem*). Au moment où Miss Simpson avait été assassinée Barbara faisait un tour en voiture on ne savait pas trop où. Et elle était tout juste assez mince pour se faufiler par la fenêtre du garde-manger. Il se demandait comment poser la question suivante de la façon la plus délicate quand elle lui fournit une réponse :

« Nous utilisions sa voiture. On baissait les sièges. Il me disait où il travaillait ce jour-là. Je le rejoignais en voiture. Je cachais ma voiture derrière une haie ou des arbres et nous trouvions un endroit dans la propriété pour une demi-heure. »

« Un bon point pour le sergent Troy », pensa Barnaby. « N'avait-il pas suggéré cela ? »

« Et vous pensez qu'un des Rainbird vous a vus ?

— Oh non ! » Elle secoua la tête. « C'est impossible. Mais un jour... nous devions nous rencontrer vers trois heures et Henry l'a retenu tout l'après-midi dans son bureau. À cinq heures je savais qu'il serait rentré. Je suis allée chez lui. »

Barnaby se souvint du cahier. « Mme L. est entrée dans le garage de W. » Et l'étoile rouge.

« Nous étions convenus que je n'irais jamais chez lui, c'était trop dangereux, mais je ne pouvais pas attendre, vous voyez. Il fallait que j'y aille. » Elle regarda Barnaby, avec défi. « Ça vous choque, j'imagine ? » Barnaby réussit à prendre un air d'indulgent reproche. « Il en avait envie autant que moi. Il ne m'a même pas laissée quitter la voiture. Puis nous sommes montés et nous avons recommencé. »

Il n'y avait rien d'amoureux dans sa description. Elle

n'utilisait pas le doux euphémisme « faire l'amour ». L'amour, au sens où Barnaby l'entendait, n'entrait sans doute pas du tout dans leur relation. Il lui demanda s'ils avaient passé un moment ensemble dans l'après-midi du jour précédent.

« Oui. Nous nous sommes rencontrés vers trois heures et demie. Il déplaçait la moissonneuse-batteuse, donc il n'avait pas sa Citroën. Nous nous sommes débrouillés sur le siège avant de ma Honda. Nous sommes restés ensemble environ une heure, il me semble.

— Bien, je vous remercie d'être aussi coopérante, madame Lessiter. » Barnaby se tourna pour sortir. « J'aurai peut-être besoin de vous voir une autre fois.

— Eh bien, vous savez où me trouver. »

Elle se tourna elle aussi, puis s'arrêta, fixant un point derrière la tête de Barnaby. Son mari était debout dans l'embrasure de la porte. Barnaby lui jeta un coup d'œil en sortant. Sur le visage du docteur, colère et triomphe luttaient à qui l'emporterait.

Quand la porte se ferma sur l'inspecteur principal, Trevor Lessiter dit :

« Ce n'est pas si sûr.

— Qu'est-ce que tu as entendu ?

— Plus qu'assez. »

Rage et triomphe se fondirent en un sourire de satisfaction intense. Il la regarda, un examen minutieux qui lui fit plaisir. Depuis quelque temps elle descendait pour le petit déjeuner sans ce qu'elle appelait « sa peinture de guerre ». Elle n'aurait jamais fait cela dans les premiers temps de leur mariage. Et maintenant elle montrait vraiment son âge. Elle ne trouverait pas de sitôt une autre andouille comme lui. Mais peut-être qu'elle n'en aurait pas besoin. S'il la mettait au pas. Si elle faisait ce qu'il lui disait. Elle avait beaucoup trop de temps libre, voilà le problème. Beaucoup trop de temps et beaucoup trop d'argent. Pour commencer, adieu l'allocation. Et puis, adieu la voiture aussi. Et Mme Holland aussi. Tenir propre et en ordre une maison de cette taille, faire la cuisine pour trois, s'occuper du jardin, accomplir les tâches courantes d'une femme de médecin, voilà qui tiendrait Barbara occupée. Et le soir, il y aurait d'autres devoirs. Et il ferait bien attention d'en avoir pour son argent, là aussi. Tous les soirs, et plus s'il en avait envie. Puis il y avait toutes sortes de petites variantes qu'il avait apprises à la Casa Nova. Elle apprendrait cela juste pour garder la main. Il continuerait à aller au club, bien entendu (il ne pouvait pas décevoir la petite Krystal), mais pas aussi souvent. Et penser à tout l'argent qu'il avait dépensé là depuis deux ans alors que pendant tout ce temps sa femme... Il pensa à sa tension et essaya de prendre tout cela plus calmement. Oui, la garce avait beaucoup à se faire pardonner (chaque porte verrouillée, chaque migraine, chaque remarque coupante). Elle n'avait pas le choix : elle ferait ce qu'il fallait faire pour cela, ou bien à la porte. Il se souvint du trou miteux (et sans goût) où elle vivait quand ils s'étaient rencontrés. Cela aurait dû lui ouvrir les yeux. Elle ferait n'importe quoi pour ne pas revenir à cela. Ah, il la ferait danser comme il voulait ! Il s'imaginait un avenir rose, tout plein des plaisirs de la chair. Il entreprit d'expliquer à sa femme ce qu'il attendait d'elle.

Barbara écoutait son discours monotone. De temps en temps il se haussait sur la pointe des pieds, berçant son ventre avec ses doigts étalés. Elle ferait ceci. Elle ferait cela. Elle serait une mère tendre pour cette boulotte qui louchait, la sauvage Judy. Elle serait attentive et aimable avec ses malades pleins de microbes quand ils se mettaient à geindre. Il fut même question de repas à quatre plats, merde !

Elle pensa à l'argent du chantage qui était en haut dans son sac. Quatre mille. Et elle n'avait pas encore vendu sa montre. Elle pouvait rassembler assez d'argent pour l'apport personnel d'une maison. Mais quel genre de maison aurait-elle pour l'argent qu'elle avait ?

Une cage à lapins mitoyenne, comme celle où vivaient ses parents, s'ils étaient toujours en vie. Revenir à la case départ pour de bon ? Et comment rembourserait-elle les prêts ? Quel genre de travail trouverait-elle à son âge ? Quand on a une maison on peut toujours louer des chambres. Avec en option des services supplémentaires, si nécessaire. Mais s'il fallait passer le reste de sa vie à se débattre dans les draps, pourquoi ne pas le faire ici avec tout le confort ? Elle n'avait qu'à se coucher sur le dos et penser à Capri. À Ibiza. Ou à la Côte d'Azur.

Elle regarda par la fenêtre. Le gazon vert, épais, brillant sous l'arrosage. Les arbres en fleurs, la véranda avec ses tables, ses parasols et ses jardinières débordantes de fleurs. Puis ses yeux firent le tour de la pièce. Des tapis chinois épais, et des canapés moelleux, des tables d'onyx, des tables gigognes vert et or. Feindre, c'était tout ce qu'elle devait faire. Ce n'était sûrement pas au-dessus de ses forces. Après tout c'est ce qu'elle avait fait toute sa vie.

Elle le regarda. Il avait atteint sa vitesse de croisière. Des yeux de rhubarbe cuite la regardaient, ses lèvres étaient tordues par un léger rictus de malice. Elle se passerait de la voiture. Trois voitures pour un seul foyer c'était ridicule. Mme Holland aurait ses huit jours. Les horaires du jardinier seraient revus d'une façon drastique. Cela ne lui ferait pas de mal d'apprendre à quoi ressemble une dure journée de travail. Ou une rude nuit de travail d'ailleurs ! Finis les jours où on pouvait prendre sans payer. Ah — ce coup-là avait porté. Enfin elle avait compris de quel côté le pain était beurré. Elle se reprenait maintenant, un sourire tendre sur son visage. Elle tendit une main et la posa doucement sur son bras.

« Va te faire foutre, Pookie », dit-elle.

11

Barnaby était assis dans l'Orion au bout de Church Lane. Les vitres étaient baissées et le soleil réchauffait son visage. Il réfléchissait.

L'alibi de Lacey était confirmé, comme il l'avait prévu. Michael était innocent du meurtre d'Iris Rainbird. Pourtant il s'était enfui. Pourquoi ? Avait-il vraiment perdu la tête ? S'était-il senti victime d'un coup monté ? Les premières mailles d'un filet qui tombait sur lui, lancé par une main inconnue ? C'était possible, Barnaby le savait. Plus d'une fois, il avait vu des gens se mettre à courir après une provocation bien moins forte que celle-là. Lacey s'était mis à courir comme le vent mais Troy, qui avait dû se relever avant de se mettre à sa poursuite, avait attrapé l'homme et l'avait jeté par terre avant qu'il ne couvre plus de quelques mètres.

Barnaby se rappela la scène, revoyant en esprit le visage de Lacey. D'abord la stupéfaction. Puis la panique. Et quelque chose d'autre. Ils s'étaient regardés pendant un moment juste avant que Lacey ne soit fourré à l'arrière de la voiture. Barnaby avait alors eu conscience d'une troisième émotion dans les yeux de Lacey. Inattendue et déplacée. Mais quelle émotion ? Barnaby s'aperçut que l'effort qu'il faisait pour se souvenir de ces quelques secondes si éphémères et imprécises le faisait transpirer. Et soudain, il sut. La troisième émotion, c'était le soulagement. Alors, s'agrippant ferme à ce qu'il venait de comprendre, Barnaby se rejoua toute la scène. Lacey s'enfuyant ; Lacey rattrapé presque trop facilement ; Lacey soulagé. Et quand s'était-il mis à courir ? Pas quand le couteau avait été découvert, comme il eût été naturel. Mais quelques minutes plus tard, au moment où Barnaby allait revenir à l'atelier. Sûrement c'était cela. Ils avaient bien trouvé quelque chose à Holly Cottage. *Mais ils n'avaient pas trouvé ce que Lacey craignait de voir découvert.*

Barnaby quitta la voiture et traversa la route. Sa bouche était sèche et il sentait son cœur battre dans sa poitrine. Tout en marchant il se remémorait l'atelier. Propre. Professionnel. Des tables à tréteaux. Des pinceaux et de la peinture. Rien d'extraordinaire ; mais plus il avançait par le sentier poudreux, plus il était sûr que son intuition ne le trompait pas.

Holly Cottage, que le soleil ne baignait plus, semblait froid et de nouveau gris. Barnaby ouvrit la porte d'entrée, appelant : « Miss Lacey » dans l'escalier. Il était peu probable qu'elle ait couché là la nuit dernière, pensa-t-il, mais il ne pouvait prendre le risque de l'effrayer. Il n'obtint pas de réponse. Par l'ouverture sans porte il passa dans l'atelier.

Apparemment, rien n'avait changé. Il souleva tous les pots, les tubes et les boîtes, les ouvrit et en sentit l'odeur. Il n'y avait là rien d'anormal, semblait-il. Les pinceaux n'étaient que des pinceaux. Des livres de poche et des catalogues d'art s'entassaient dans une encoignure. Il les ouvrit et secoua les pages. Aucune lettre accusatrice ne s'en échappa. Il y avait une bouteille de térébenthine propre, un pot de térébenthine souillée de peinture, quelques chiffons, certains propres et bien pliés, d'autres tachés et chiffonnés. L'appui de la fenêtre était nu. Barnaby porta son attention vers les tableaux.

Il n'était pas sûr de ce qu'il s'attendait à voir. Selon Iris Rainbird, ils étaient laids, violents. Barnaby s'aperçut qu'après sa rencontre avec Lacey, cette remarque avait déclenché dans son propre cœur un espoir inavouable : que Lacey fût dépourvu de talent. Espoir qui maintenant tombait en miettes.

La première toile qu'il souleva était le portrait de Dennis Rainbird. C'était un tableau étonnant. La peinture brillait comme si elle était encore fraîche. Une combinaison de gris et d'ocre jaune faisait penser à un bloc de glaise fraîchement retourné. De près la peinture semblait inachevée, presque rudimentaire, mais placée sur l'appui de la fenêtre et regardée avec un peu plus de recul elle semblait acquérir instantanément une vie complexe. Dennis portait une chemise à col ouvert, dont le contour, comme ses mains, était estompé, se confondant avec un arrière-plan sombre. À la base de sa gorge, les os se voyaient à travers la peau fine, claire et fragile comme celle d'un oiseau. Les plans de son visage étaient faits d'épais à-plats de peinture jaune qui suggéraient miraculeusement le tissu vivant et subtil de la chair véritable avec toutes ses nuances et ses secrets. La bouche était très contrôlée et le regard tourné vers l'intérieur, reflétant les pensées du modèle. Ses yeux montraient solitude et souffrance. Le peintre avait compris et mis sur la toile beaucoup plus que l'apparence physique de Dennis Rainbird. Il avait mis au jour le cœur secret de cet homme. Pas étonnant que sa mère ait haï ce tableau.

Un autre portrait. Une vieille dame tenant un bouquet de violettes. Ses yeux étaient noyés dans un visage brun et fané. Son expression portait la gravité des gens âgés, et pourtant le sourire qui se dessinait sur ses lèvres éclatait de jeunesse et de grâce. Les violettes conservaient un givre léger, argenté là où la rosée s'y attachait encore. Il y avait quelques toiles abstraites et plusieurs paysages. Bien malgré lui, Barnaby se sentit envahi par une vague d'admiration lorsqu'il retourna ces tableaux. Avec la tête pleine de cette peinture-là, pas étonnant que Lacey se désintéresse de son environnement.

Des champs de blé avec des pavots, un banc couvert de fleurs sauvages : ces deux tableaux-là représentaient peut-être le jardin de Miss Simpson. Tout cela à des années-lumière du naturalisme discret et prudent auquel on aspirait dans l'atelier de peintres amateurs que fréquentait Barnaby. Ici des cieux embrasés recouvraient des plages infinies et presque sans couleurs ; des maisons que la chaleur faisait vibrer ; des jardins engloutis par des plantes et par des fleurs éclatantes, le tout baigné dans une lumière dorée. Barnaby les appuya contre le lambris : le soleil semblait jaillir des toiles, formant des flaques chatoyantes sur le plancher.

Les toiles abstraites étaient très grandes et très simples. De la peinture blanche épaisse et dans un coin une étoile implosée. Des anneaux galactiques aux couleurs de plus en plus profondes qui se rassemblaient dans un noyau de flamme noir comme de la poix. À côté des tableaux, il y avait un carton à dessins. Barnaby l'ouvrit et tira une liasse de dessins. Des esquisses de Judy Lessiter, rapides mais pleines de vie. En les voyant Barnaby fut rappelé à la réalité, et aux raisons qui l'avaient amené là.

Une fois encore, il regarda attentivement tous les tableaux. Il n'y avait là aucun secret à découvrir, semblait-il. Aucune raison de les cacher derrière des portes fermées. Reculant d'un pas, Barnaby heurta le chevalet. Il bascula d'un côté et la vieille chemise qui le couvrait tomba par terre. Barnaby remit le chevalet sur ses pieds et replaça le tissu. Accroché aux deux barres croisées, il formait une sorte de carré. Mais ce n'était pas la forme qu'il avait vue la veille. C'était bien moins imposant. La veille, Barnaby en était sûr, le chevalet portait une toile beaucoup plus large. Ce qui voulait dire que, entre-temps, quelqu'un était entré dans le cottage et avait emporté cette toile.

« Amenez-moi Lacey !

— Oui, Monsieur », cria le sergent Troy avec des majuscules dans la voix, quittant la salle de police au trot pour dévaler quatre à quatre les escaliers menant au sous-sol. « Allez, allez ! » Il ouvrit la porte et fit un signe du pouce à Lacey. « Eh, vous, là, remuez-vous. L'inspecteur principal veut vous parler. » Il regarda le prisonnier ramasser son veston. « Pas la peine, continua-t-il, vous n'allez pas nous quitter. »

Ignorant le sergent, Michael Lacey passa devant lui et monta en hâte les marches de pierre. Troy le rattrapa et, mécontent, tenta de regagner une position dominante. L'agent Brierly l'avait mis au courant de la catastrophe de la nuit, mais il ignorait tout de l'alibi de Lacey et sa confiance était absolue.

« Et puis faites gaffe, hein ! »

Sans y être invité, le prisonnier s'assit devant le bureau de Barnaby et il regarda autour de lui avec intérêt : la batterie de téléphones, les fichiers rotatifs, les écrans de télé.

« Alors, c'est ici que ça se passe. C'est très impressionnant. » Il sourit à Barnaby, un sourire effronté et sardonique. « Je dormirai mieux dans mon lit ce soir. Car je présume que c'est là que je dormirai.

— Eh bien, Monsieur Lacey, il est certain que votre alibi a été confirmé. »

L'homme se leva.

« Alors je peux m'en aller ?

— Un instant. » Lacey se rassit. « Je suis revenu au cottage ce matin pour continuer mes recherches. » Aucune réaction. Pas de peur. Pas d'alarme. Même pas de nervosité. « Va te faire voir », pensa Barnaby. « Au moment de votre arrestation, il y avait, je crois, dans votre atelier, sur le chevalet, une très grande toile, couverte d'un tissu.

— Je ne le crois pas. Je commençais à peine un

portrait de Judy Lessiter, comme vous le savez. Et je ne travaille jamais sur deux choses à la fois.

— Et pourtant j'ai eu cette impression.

— Votre impression était donc fausse, inspecteur principal. Ça vous a plu de fouiller partout? Que pensez-vous de tout ce que vous avez vu ? » Puis, avant que Barnaby ne puisse répondre, il continua : « Est-ce que je peux vous le dire, oui ? Vous ne connaissez rien à la peinture mais vous savez ce qui vous plaît. »

Froissé d'être pris, avec tant de condescendance, pour un philistin balourd et ignare, Barnaby répliqua : « C'est tout le contraire. Je m'y connais pas mal en peinture et je pense que vous avez un talent absolument remarquable. »

Tout en parlant il observait Lacey. Il voyait que son visage changeait. Toute la pugnacité et l'arrogance s'évanouissaient. Le visage reflétait maintenant le plaisir le plus intense. « Oui, c'est vrai, j'ai du talent. » Mais il n'y avait pas d'arrogance dans sa voix. Seulement du bonheur, avec une très légère ombre d'incertitude.

« Votre technique est très assurée. Avez-vous fréquenté le lycée artistique ou l'école des Beaux-Arts ?

— Quoi ? » Il éclata de rire. « Pendant un semestre… c'était assez. Un tas d'enculés prétentieux ! Il y a un seul moyen d'apprendre : s'asseoir aux pieds des grands maîtres. » La sincérité de sa voix ôtait à l'expression tout ce qu'elle pouvait avoir de prétentieux. « J'irai au Prado. Aux Offices. À Vienne et à Paris, à Rome et à New York. Et j'apprendrai mon métier. » Il marqua une pause puis il dit : « Ça ne va pas, inspecteur? Vous semblez assez… eh bien… contrarié. » Puis, ne recevant aucune réponse de Barnaby, il se leva. « Donc… je peux m'en aller maintenant ?

— Quoi? Oh ! », Barnaby se leva, « oui… vous pouvez partir. »

Michael Lacey avança d'un pas nonchalant vers la porte, en passant devant le sergent Troy il dit : « Pardon », puis il ajouta : « Il ne faut pas rester comme ça la bouche ouverte, sergent. Vous pourriez attraper quelque chose de très mauvais. »

Troy serra les mâchoires et fixa la porte qui se fermait :

« Mais ! Pourquoi le laissez-vous partir, Monsieur ?

— Il a passé tout l'après-midi avec la fille Lessiter.

— Mais... Mme Quine l'a vu.

— Elle a vu quelqu'un, je n'en doute pas. Quelqu'un qui portait des vêtements et une casquette très semblables à ceux que porte Lacey. Maintenant, ce que je ne comprends pas... », murmura Barnaby : « voilà, si le meurtrier avait tellement envie d'incriminer Lacey, pourquoi n'a-t-il pas fait le travail jusqu'au bout ? Pourquoi n'a-t-il pas déposé les vêtements dans le cottage en même temps que le couteau ? » Troy, comprenant que Barnaby se parlait à lui-même, demeura coi. « Eh bien, ils ne doivent pas être bien loin. L'assassin, quel qu'il soit, était pressé. Avec un peu de chance nous mettrons la main dessus aujourd'hui. Je vais au laboratoire médico-légal voir s'il y a du nouveau. Je serai de retour dans dix minutes. Choisissez une voiture, voulez-vous ? Et une pelle et votre petit seau. »

Une fois de plus Troy resta bouche bée. Barnaby se tourna sur le pas de la porte et lui jeta un sourire sardonique :

« Nous allons à la mer. »

12

Troy prit l'A 21 (Hastings et Saint Léonards) à Tunbridge Wells et reprit la conversation temporairement interrompue tandis qu'il négociait des carrefours qu'il connaissait mal et qu'il cherchait des pancartes indiquant les sorties. Troy et Barnaby discutaient les derniers rapports des analyses fournis par le laboratoire médical.

« Mais si elle avait sous les ongles ces… filaments… ces bouts de nylon, est-ce que ça ne veut pas dire qu'elle a griffé le visage du meurtrier ?

— Pas nécessairement. Quand vous enfilez un collant sur votre tête, seule une petite partie couvre votre figure. Il reste donc une bonne partie du collant tout autour. C'est peut-être cette partie flottante qu'elle a agrippée. »

Il se pencha en arrière et ferma les yeux, visualisant — et ce n'était pas la première fois — l'horrible moment où le visiteur de Mme Rainbird avait quitté le salon, peut-être après avoir demandé où étaient les toilettes, pour reparaître quelques instants plus tard, les traits écrasés, méconnaissables, brandissant un couteau aiguisé. Le fait que maintenant il savait quel visage s'était caché sous le nylon ajoutait à la scène une touche supplémentaire d'horreur. Troy parlait maintenant de ce qu'on avait trouvé dans la remise du jardin.

« C'est sans doute le plaid… les fibres noires et vertes qu'ils ont trouvées.

— C'est presque certain.

— Je présume que le meurtrier, quel qu'il soit, a pensé que plonger le plaid dans l'eau était plus sûr que d'essayer de le brûler ? Moins visible.

— C'est possible. J'ai le sentiment qu'il se trouvait au fond de la mare dans les bois voisins du cottage. Et que les vêtements sont peut-être bien là-bas aussi.

— Et un des Rainbird a eu vent de l'affaire et a essayé d'en profiter.

— Je le pense. Ils étaient complètement fous, naturellement. La rapidité et l'efficacité avec lesquelles on avait expédié Miss Simpson aurait dû les mettre en garde. " Quand on a tué une fois… ", Troy.

— C'est encore du Jane Austen, Monsieur ? » demanda le sergent, entrant dans Lamberhurst. « Ça ne sera plus long, maintenant. Ce plaid devait être lourd à transporter.

— Oui. Je pense qu'ils l'ont mis dans un sac en plastique, probablement un sac poubelle. Et pareil pour les vêtements.

— Un peu risqué. Comme ça, en plein jour !

— Ah — mais c'est la panique maintenant. Les choses commencent à tourner mal pour eux, Troy. Le temps court… le temps court vite. »

Du coin de l'œil il vit le sergent tourner la tête vers lui.

« Quoi ? Vous voulez dire que vous savez qui a commis les meurtres ?

— Oh, oui !

— Quoi… les deux meurtres ?

— Les trois !

— Mais… je ne comprends pas…

— Regardez donc la route, jeune homme !

— Excusez-moi, Monsieur ! » Troy fixa les yeux sur la route pendant quelques instants, puis il reprit :

« Sans aucun doute c'est Phyllis Cadell qui a tué Mme Trace.

— Je pense que non.

— Mais... elle a avoué ! Bon Dieu — elle s'est même suicidée ! »

Barnaby ne répondit pas. Son silence dura jusqu'à ce qu'ils arrivent à Saint Léonards. En approchant du front de mer, il dit au sergent d'arrêter et demanda à un vieux gentleman pourvu de favoris tout raides de sel le chemin pour Montfort Close. Troy suivit ses indications et s'arrêta devant Sea Breeze, un bungalow blanc avec un jardin pareil à des milliers d'autres. Barnaby sortit de la voiture et arrêta Troy qui se préparait à le suivre.

« Vous n'aurez pas besoin de moi ? Pour une déposition ?

— Je ne crois pas. C'est une enquête marginale. Je vous appellerai s'il le faut. »

Laissé seul, le sergent tourna et retourna dans son esprit les remarques sibyllines de Barnaby. Au point où il était arrivé, ces remarques étaient incompréhensibles. Totalement incompréhensibles. Forcément, c'était Lacey l'assassin. La fille Lessiter lui fournissait un alibi. Il était facile de voir qu'elle était folle de lui. Au lieu de libérer Lacey, Barnaby aurait mieux fait d'arrêter la Lessiter comme complice. C'est ce qu'il aurait fait, lui, Troy. Car, par tous les diables, qui d'autre aurait pu commettre ce meurtre ? Dennis travaillait, Lessiter baisait à la Casa Nova, Mme L. et David Whiteley *idem* dans sa Honda, Katherine était avec Henry. Et si la même personne avait commis les deux crimes alors il fallait exclure Phyllis Cadell, qui n'était certainement pas la femme des bois, et n'avait donc aucune raison d'éliminer Miss Simpson. Et en tout cas (ici Troy était plutôt d'accord avec Barnaby) ses dénégations sonnaient vrai. Après tout, si vous confessez un crime, on ne voit pas pourquoi vous iriez mentir pour en cacher un autre.

C'était forcément elle qui avait tué Bella Trace. Troy

chercha à se souvenir de l'article paru dans le journal. Aucun des participants à la chasse n'avait pu tirer le coup de feu, l'enquête l'avait montré. Katherine était restée à la maison pour préparer les sandwiches, donc Phyllis Cadell était la seule — Eh, attendez une minute ! Les pensées de Troy partaient follement dans toutes les directions comme des fourmis dont on avait détruit la fourmilière. Il y avait un des présumés suspects dont on n'avait pas vérifié l'emploi du temps pour le jour de la chasse. *Où était Barbara Lessiter ?* Elle n'était pas à la chasse (cela aurait été un spectacle remarquable) et elle n'avait pas de véritable alibi. D'un autre côté, elle aurait pu fort bien tuer Miss Simpson. Et Mme Rainbird. Elle n'avait pas été très précise quant au temps qu'elle avait passé avec David Whiteley dans sa voiture. Et le désir de garder secrète leur relation serait un mobile assez puissant dans les deux cas. Mais Bella Trace, bon Dieu ! Pourquoi tuer Bella Trace ? D'autre part, pourquoi Phyllis Cadell aurait-elle confessé un crime qu'elle n'avait pas commis ? C'était absurde.

Troy grinçait des dents. Il avait été constamment aux côtés de Barnaby tout au long de cette affaire. Il avait entendu tous les interrogatoires, il avait eu accès aux rapports du laboratoire médico-légal. Ce que Barnaby avait vu et su, Troy l'avait vu et su lui aussi. Et cela le rendait furieux d'entendre le chef parler avec tant de certitude des conclusions auxquelles il était arrivé. Troy donna un coup de poing au tableau de bord et fit une grimace de douleur. Où s'était-il égaré ? Regardait-il les choses d'un point de vue complètement faux ? C'était sans doute ça. Une idée qui passe, aux franges de l'esprit : essayer une nouvelle perspective. Faire un peu de respiration chinoise, revenir calmement au début et recommencer tout à zéro.

Barnaby se tenait tout droit au centre des marches brillantes, peintes en rouge cardinal. Il souleva la queue du marteau en forme de sirène et le laissa retomber. Une vieille dame ouvrit la porte. Par-dessus son épaule, elle regarda la voiture, puis le visage du policier. Elle semblait profondément triste et très fatiguée.

« Madame Sharpe, dit Barnaby.

— Entrez », dit-elle, détournant la tête, « je vous attendais. »

Quatrième partie

CONCLUSION

1

Tandis que la voiture roulait par les rues pâles et élégantes puis dans la campagne du Sussex, Barnaby parcourut dans son esprit ce que, malgré le nombre des morts, il appellerait toujours l'affaire Simpson. Il était arrivé à une solution qu'il croyait la bonne, et le puzzle était presque complet, seul un tout petit fragment n'y trouvait pas sa place. Il se souvint de la scène en question. Il se souvenait très bien, presque mot pour mot. L'ennui, c'est que sans ce petit fragment ses conclusions n'avaient pas de sens. Et pourtant, il ne pouvait pas ignorer la scène, ni prétendre qu'elle ne s'était jamais produite. D'une façon ou d'une autre, ce fragment devait trouver sa place.

Troy ralentit un peu quand ils rentrèrent à Tunbridge Wells. « Ce garçon conduit vraiment très bien », pensa Barnaby. Malgré ses réprimandes occasionnelles pour sa conduite impétueuse et exubérante, Barnaby reconnaissait l'habileté de Troy et son sens de la route. Il l'observait, notant l'attention avec laquelle il surveillait la route derrière lui ; son regard allait du rétroviseur à la route, de la route au rétroviseur, du rétroviseur à...

« Mais c'est ça !

— Monsieur ? »

Les yeux de Troy glissèrent vers son chef une fraction de seconde. Barnaby ne répondit pas. Troy, qui n'avait tiré aucun profit de sa respiration chinoise et de ses réflexions, n'insista pas. Il n'allait pas donner au vieux le plaisir de réagir à ses exclamations en écarquillant les yeux et en l'assaillant de questions. Sans doute tout lui serait révélé quand Barnaby le jugerait bon. Jusque-là, pensa Troy, les brillantes déductions de son chef pouvaient mijoter dans leur jus.

« Nous rentrons tout droit vers Causton, Monsieur ?

— Non, dit Barnaby. Je suis debout depuis cinq heures et demie et je crève de faim. Nous nous arrêterons à Reading pour déjeuner. Rien ne presse maintenant ! »

Il se souviendrait de ces mots plus tard et pendant très longtemps. Mais il n'avait pas le moyen de savoir que, dans la petite ville qu'ils venaient de quitter, une vieille dame prenait son téléphone et composait un numéro à Badger's Drift, tandis que les larmes ruisselaient sur son visage.

La grande tente avait la taille d'un ballon de barrage. Elle se gonflait et claquait tandis qu'une demi-douzaine d'hommes se battait avec des piquets et des marteaux pour la fixer. Deux douzaines de caisses de champagne et douze tables à tréteaux jouxtaient une montagne chancelante de chaises de bistrot empilées les unes sur les autres. Sous la tente, l'aristocratique gazon, merveilleusement entretenu, piétiné par de lourdes bottes, exhalait une odeur chaude, l'odeur qu'on sent dans toutes les tentes de cette sorte — un parfum de fontaines à thé, de foin frais et de pain à peine coupé.

Quand Barnaby descendit pour la dernière fois les marches de la terrasse, il vit Henry Trace se faufiler sur son fauteuil roulant entre les fleuristes et les traiteurs : il approuvait, souriait, il indiquait du doigt, se mettait dans leur chemin. Même à cette distance son bonheur était tangible. Barnaby chercha des yeux Katherine Lacey.

« Tiens, inspecteur principal ! » Henry s'avança habilement sur les dalles. « Comme c'est aimable ! Êtes-vous venu nous offrir vos vœux de bonheur ? »

Son sourire s'évanouit quand il vit le visage du policier. Il arrêta son fauteuil à une distance considérable comme si cet espace pouvait en quelque sorte atténuer la force des nouvelles que Barnaby lui apportait.

« Je suis profondément désolé, Monsieur Trace, mais j'ai de mauvaises nouvelles.

— À propos de Phyllis ? Je sais déjà... on m'a téléphoné. Cela paraîtra peut-être un peu insensible, ne pas annuler la fête, mais tout est si avancé... », il indiqua la pelouse d'un geste large, « j'ai donc décidé... »

Il se tut. Il y eut une longue pause : il fixait les deux hommes et l'effroi remplissait ses yeux.

Barnaby parla quelques instants, doucement, sachant qu'il n'y avait pas moyen de rendre plus cléments ses mots cruels. Troy, qui avait toujours rêvé de voir un jour un type du gratin recevoir ce qu'il méritait, se surprit à éviter de regarder cette forme ratatinée dans le fauteuil roulant.

« Pouvez-vous me donner une idée du lieu où se trouve Miss Lacey ? »

Barnaby attendit, répéta la question et attendit encore. Il était sur le point de poser la question une troisième fois quand Henry Trace répondit :

« Elle est allée au cottage... » Sa voix était méconnaissable. « On a téléphoné...

— Comment ? A-t-elle dit qui téléphonait ?

— Non. C'est moi qui ai pris l'appel... c'était une femme... très affligée, m'a-t-il semblé. Elle semblait très âgée.

— Seigneur ! » Barnaby se mit à courir, Troy à ses côtés. « Laissez la voiture... c'est plus rapide par le bosquet. »

Ils coupèrent par le jardin de la Tranquillada, dépassèrent un policier étonné et franchirent la haie.

Barnaby écarta les noisetiers pour se frayer un chemin vers les bois. Il courait comme le vent, écartant sauvagement les branches et tout ce qu'il trouvait sur son chemin. Troy l'entendit marmonner : « Espèce de crétin... crétin, crétin, crétin. » Et ne sachant pas ce que Barnaby voulait dire et après qui il en avait, il se trouva lui-même envahi par le sentiment d'urgence engendré par la course de son chef.

Là-bas, sur la terrasse, Henry Trace était effondré dans son fauteuil. Autour de lui l'animation était toujours aussi intense. On transportait des caisses de flûtes à champagne et un panier de serviettes. Une jolie fille en combinaison de travail rouge construisait une arche d'œillets blancs au-dessus de la porte. Elle chantait. Henry ferma les yeux et chercha à se cuirasser contre une nouvelle vague de douleur. La douleur s'approcha tout doucement mais en un rien de temps elle explosait dans son cœur avec une férocité brutale.

« Pardon, Monsieur... ? » Un petit silence : « Monsieur ?

— Oui ?

— Je vais m'occuper des gypsophiles. Il me semble que ce serait joli de les faire s'enrouler à la balustrade puis comme dégringoler des escaliers... »

Il la regarda, puis il regarda vers la tente qui était maintenant joyeusement décorée de banderoles. Les gens s'affairaient, se hélant les uns les autres. On démantelait la montagne de chaises et on les portait dans la tente. Il fallait faire quelque chose pour arrêter ce mouvement. Il priait pour qu'il y ait une erreur mais quelque part il savait bien qu'il n'y avait pas d'erreur. Tout ce que Barnaby lui avait raconté concordait. Tout était sans aucun doute vrai. Mais que dire à la jeune fille en rouge ? Il regarda son visage aimable, souriant.

« Oui », dit-il, tournant le fauteuil pour rentrer à l'intérieur, « dégringoler des escaliers... ce sera bien ! »

2

« Occupez-vous de la cuisine, cria Barnaby. Je vais voir là-haut. »

Les trois lits étaient vides et semblaient être exactement comme avant : le petit lit, virginal, bien tendu pour faire semblant, le grand lit, un fouillis de draps emmêlés. Barnaby fouilla la garde-robe ; il ouvrait une grande malle sur le palier quand il entendit Troy appeler. Il descendit les escaliers en courant et trouva le sergent dans l'atelier, debout devant le chevalet. Troy semblait absolument stupéfait.

« Mais... » Bouche bée, il bredouilla à Barnaby : « Qui est-ce ? »

Barnaby jeta un coup d'œil à la toile. Posée sur le rebord du chevalet il y avait une enveloppe adressée « à qui de droit ». Barnaby s'en saisit et sortit rapidement de la pièce. Troy le suivit, le visage rouge comme un homard.

Dans l'entrée, Barnaby déchira l'enveloppe et jeta un coup d'œil rapide sur les pages. Puis entra en courant dans la cuisine. Quelque chose qui ressemblait fort à du persil était éparpillé sur toute la table. Et il y avait une odeur de moisi dans l'air. Une odeur de souris.

Troy regardait son chef, l'air incertain. Barnaby semblait assommé. Il s'assit et secoua la tête d'un côté à l'autre, comme pour chasser des pensées obsédantes ou un insecte irritant. Puis il se leva et regarda autour de lui, comme perdu. Il fourra la lettre dans sa poche et sortit rapidement de la pièce. Il n'avait rien dit à son compagnon. Troy eut même l'impression que Barnaby avait tout à fait oublié sa présence. Cependant, il suivit son chef, qui fit le tour de la maison en courant, pour se plonger immédiatement au cœur du bois. Troy, reconnaissant non sans malaise l'effet que le tableau avait produit sur lui, courait derrière en trébuchant.

Barnaby changea de direction, tourna, revint sur ses pas et tourna à nouveau. Trop tard, trop tard, c'était tout ce qu'il parvenait à penser tout en tournant en rond, tandis que les secondes implacables s'échappaient de ses doigts comme un sable argenté. Des images traversaient son esprit : un écran de télévision avec dans un coin une zone carrée marquant les fractions de dixièmes de secondes si vite que l'œil suivait à peine, des rangées d'ordinateurs et une voix nasale qui comptait : « Cinq. Quatre. Trois. Deux. Un. Zéro. » Un sablier où les derniers grains de sable s'écoulaient. Mais, par-dessus tout, lui-même et Troy bien installés à la Copper Kettle. Une entrée. Un plat principal. Fromage et biscuits, et aussi pudding. Café. Vous voulez faire le plein, monsieur ? Pourquoi pas ? Il n'y a pas de raison de courir ! Nous avons tout le temps.

Mais bon sang, où était cet endroit ? Il tenta de se souvenir d'un repère, d'un signe particulier. Rien d'autre que l'orchidée fantôme qui avait tout déclenché et le bâton au ruban rouge qui avait dû être enlevé depuis plusieurs jours. Rien, par conséquent…

Bon Dieu — ces champignons ouverts sur le tronc d'un arbre, il les avait déjà vus. Il avait tourné en rond ! Il s'arrêta, vaguement conscient que Troy avait fait halte à côté de lui. Alors seulement il s'aperçut que chaque battement de cœur provoquait une douleur intense. Que son veston était noir de sueur et déchiré par les ronces, comme la peau de son visage. Et que, la bouche grande ouverte, il aspirait l'air comme un homme qui se noie. Il se tint immobile et s'obligea à penser calmement.

Et c'est alors qu'il vit les ellébores. Et qu'il sut pourquoi les champignons lui semblaient si familiers. Quelques pas plus loin il retrouva l'épais treillis de branches formant un écran qui s'incurvait. Il marcha le long de cette cloison, l'épaisse couche spongieuse de feuilles mortes étouffant ses pas, jusqu'à ce qu'il arrive au bout.

Il se trouvait devant un creux. Un grand espace était aplati ; des jacinthes et des fougères étaient pliées et écrasées. Katherine Lacey gisait dans les bras de son amant. Ils reposaient cœur contre cœur pour se réconforter, comme des enfants perdus dans les grands bois. Tout près de la main sans vie de Michael, il y avait un verre, un seul. Elle portait sa robe de mariée, plis raides de satin ivoire, et un voile maintenu par un diadème de fleurs sauvages. Flaque lumineuse au milieu de l'obscurité, le voile, délicatement brodé et incrusté de perles et de diamants, flottait à côté de son corps. Même la mort n'avait pas pu effacer sa beauté. Tandis que Barnaby, incapable de parler, demeurait à les regarder en silence, une large feuille tomba d'un arbre et se posa sur son visage, éclatante de couleur contre sa peau de cire, couvrant ses yeux éteints.

3

« C'est très aimable à vous de venir me voir, inspecteur principal. »

Barnaby s'enfonça dans un fauteuil de tapisserie, avec près de son coude un gros morceau de gâteau aux pruneaux et un double Teachers.

« C'est tout naturel, Miss Bellringer. Sans vous — comme vous l'avez remarqué, je m'en souviens, au tout début de l'enquête — je n'aurais pas eu d'affaire du tout !

— J'ai toujours soupçonné la fille Lacey, vous savez.

— Oui, acquiesça Barnaby. On a souvent tendance à rejeter la solution la plus évidente. Mais c'est très souvent la bonne.

— Et, bien entendu, dès que vous avez compris qu'elle n'agissait pas seule…

— Exactement. Alors la façon dont ces trois meurtres ont été commis m'est apparue très clairement.

— Je suis si triste pour Phyllis Cadell. Quelle horrible affaire ! Mais je n'arrive pas à comprendre toutes les ramifications. Pourquoi, diable, aurait-elle avoué un crime qu'elle n'avait pas commis ?

— C'est très compliqué. » Barnaby but une gorgée de son Teachers. « Et il faut que je remonte à plusieurs années pour commencer mon explication. En fait, jusqu'à l'enfance des Lacey. Vous vous souvenez de Mme Sharpe ?

— La nurse ? Oui, je m'en souviens. La pauvre femme. Ils lui ont donné du fil à retordre, je crois.

— C'est ce que m'a dit Mme Rainbird. Apparemment, quand ils étaient petits, les deux enfants s'entendaient comme larrons en foire, toujours complotant, toujours inventant mille bêtises, faisant bloc contre le reste du monde, se protégeant l'un l'autre, puis, quand ils grandirent, tout changea. Ce furent des disputes sans fin, et qui devinrent si violentes que dès qu'ils eurent l'âge de se débrouiller seuls, la vieille nurse Sharpe les quitta pour chercher un peu de paix et de tranquillité au bord de la mer. J'ai accepté cette histoire telle qu'on me la racontait, simplement parce que je n'avais aucune raison d'en douter. Et sans nul doute le comportement des Lacey la confirmait. J'ai été moi-même témoin d'une querelle extrêmement violente entre eux. Mais ma conversation avec Mme Sharpe m'a donné un tableau complètement différent. »

Il prit une bouchée du délicieux gâteau aux pruneaux, dense et noir de fruits, et but une gorgée de Teachers. Dans son esprit il était encore assis sur ce dur canapé, surveillé par une constellation de Lacey souriants. Des photos de Mme Lacey enfant, jeune femme, des photos de mariage, des baptêmes. Les enfants grandissant ensemble, si semblables, l'air si attentif ; toujours si près l'un de l'autre.

« Elle était la plus forte », dit Mme Sharpe. « Elle tenait de son père.

— Ce n'était pas un homme facile, m'a-t-on dit.

— Il était mauvais ! » Le visage de Mme Sharpe s'empourpra. « Je ne crois pas à toutes ces théories modernes, sur les bonnes raisons qui font que les gens deviennent des monstres. Il y a des gens qui naissent mauvais et Gerald était de ceux-là. Il a brisé le cœur de ma petite fille, il l'a conduite à la mort. Elle était adorable, trop... elle était si douce et si gentille. Et il avait d'autres femmes... on a dit qu'il n'avait rencontré qu'après la mort de Madelaine cette fille maligne avec qui il est parti à l'étranger. Eh bien, je ne l'ai jamais cru et je ne le croirai jamais. Il était avec elle depuis longtemps, voilà ce que je pense.

— Le garçon ressemblait plus à sa mère ?

— Il l'adorait. J'étais si malheureuse pour lui. Il essaya d'être brave... de la protéger, mais il n'était pas assez fort pour tenir tête à son père. Gerald était un homme très violent... une fois il a lancé le fer à repasser sur Madelaine. Michael s'est jeté entre les deux et l'a pris en plein dans la figure. C'est comme ça qu'il a eu cette cicatrice, vous savez ? »

Barnaby secoua la tête. « Non, je ne le savais pas.

— Mais Katherine était tout à fait du côté de son père. Et il est parti et il l'a abandonnée sans un regard. Une fille moins forte aurait été traumatisée pour toujours, mais elle... oh, elle était bien du même sang ! Superficiellement elle ne lui ressemblait pas beaucoup. Il était flamboyant, vaniteux... elle était plus repliée sur elle-même, mais dans leurs cœurs ils étaient absolument pareils. Des natures violentes et une volonté de fer. Quand il est parti elle a reporté toute son attention sur Michael. Et lui, le pauvre garçon, il s'est accroché désespérément à elle. On n'aurait jamais cru qu'il était l'aîné. Elle était sa mère, son père, sa sœur : elle était tout pour lui. Parfois je me demandais ce que je faisais avec eux si ce n'est qu'il fallait quelqu'un avec eux tant qu'ils étaient mineurs.

« Michael s'est mis à peindre quand il avait à peu près quatorze ans. Sérieusement, je veux dire. A l'école il avait toujours été doué pour le dessin et ils insistaient pour qu'il aille au collège. Il y est allé pendant un certain temps, puis il est parti. Il disait que c'était un tas de crétins. Et Katherine l'a encouragé. Elle lui a dit qu'il ferait mieux de voyager, de visiter l'Europe, les musées et tout ça. C'est ce que font les peintres, disait-elle. De toute façon, les choses sont allées comme ça jusqu'à ce que Katherine ait dix-sept ans révolus. Michel avait fêté son dix-huitième anniversaire deux mois plus tôt et c'est alors que les disputes ont commencé. C'étaient des disputes d'adolescents, me semblait-il. Ils n'arrêtaient pas de se critiquer et d'échanger des insultes. Elle lui criait après, il sortait en courant de la maison. Et pourtant, inspecteur », elle se pencha en avant et sa voix était très basse, « pendant tout le temps que ça a duré il m'a semblé que quelque chose sonnait faux. Souterrain, le sentiment qui les unissait me semblait aussi fort que jamais. Les disputes semblaient... forcées en quelque sorte... artificielles.

« Puis, un soir, je n'ai pas réussi à m'endormir. Je me suis agitée et retournée dans mon lit jusqu'à trois heures puis j'ai renoncé et j'ai décidé de descendre pour préparer un peu de thé. Je passais devant la chambre de Katherine quand j'ai entendu du bruit... de petits cris. J'ai pensé qu'elle faisait un cauchemar, j'ai ouvert la porte et... j'ai regardé. » Son visage brûlait au souvenir de cette scène, elle le cacha entre ses mains. « Je n'ai plus pu rester après ça. J'ai dit aux Trace que les enfants — ce seront toujours des enfants pour moi, vous comprenez —, que les enfants me fatiguaient trop et que je voulais prendre ma retraite. Ma sœur était morte quelques mois plus tôt et elle m'avait légué ce bungalow. Pendant les deux dernières semaines que j'ai passées dans le cottage tout a changé encore une fois. Ils n'avaient plus besoin de simuler des disputes pour brouiller les pistes. Ils ne se souciaient plus de cacher leurs sentiments. Ils ne semblaient même pas penser qu'il y avait là quelque chose de mal. C'était si naturel pour eux, vous comprenez... juste un prolongement de leur intimité d'enfants. Ils ne comprenaient pas pourquoi il fallait que je parte. Pourquoi je n'étais pas heureuse de leur bonheur. J'ai envisagé une ou deux fois la possibilité de rester... d'une certaine façon ils étaient encore mes bébés et j'avais promis à leur mère de m'occuper d'eux. Mais alors Katherine s'est mise un jour à parler de leur voyage en Europe. Oh, ils iraient ici, ils iraient là... à se demander où ils ne seraient pas allés... Je leur ai posé la question : “ Qui va payer tout ça ? ” Et elle a dit : “ Henry, bien sûr. ” Et Michael a dit : “ Katherine fait d'Henry tout ce qu'elle veut. ”

« Ils étaient debout l'un à côté de l'autre, derrière la table de la cuisine, enlacés par la taille. Et j'ai tout d'un coup compris combien ils étaient forts... Ils se nourrissaient l'un de l'autre. On peut presque dire que ça se voyait... l'énergie qui passait entre eux... se doublant... doublant en force. Et j'ai eu peur. J'ai pensé, rien ne pourra les arrêter. Tout ce qu'ils veulent...

« Quelqu'un m'a envoyé la coupure du journal avec l'article sur la mort de Mme Trace. Apparemment c'était bien un accident. Mais alors il y a eu les fiançailles, puis j'ai appris que Miss Simpson était morte et je ne pouvais pas m'empêcher de me poser des questions... Si j'étais allé trouver la police peut-être que la troisième mort aurait été évitée. Mais je ne savais pas, vous voyez... c'était seulement une intuition. Et comment pouvais-je les trahir ? Je les aimais, vous comprenez... c'étaient les enfants de Madelaine. »

Il y eut une longue pause ; Miss Bellringer acquiesça gravement :

« Je commence à comprendre. » Elle se versa encore un peu de whisky et poursuivit : « Mais je ne vois toujours pas comment Bella a pu être tuée par l'un des deux.

— Moi non plus, au début. J'ai lu et relu le rapport jusqu'à le savoir par cœur. Et il s'accordait si parfaitement avec la confession de Phyllis Cadell qu'on ne voyait guère de raisons d'approfondir l'enquête. Et pourtant il y avait quelque chose qui ne collait pas très bien, et qui m'a travaillé pendant des jours avant que je ne découvre ce que c'était. Eh bien. Je ne suis pas un chasseur, mais il me semble que la place d'un rabatteur est en face des tireurs. Alors, *pourquoi Michael Lacey et Mme Trace étaient-ils ensemble ?* Et puis pour commencer qu'est-ce qu'il faisait là ? Il m'a raconté une histoire : il voulait se faire un peu d'argent, mais rien n'était plus faux. Michael était là pour éloigner Mme Trace des autres chasseurs. Pour l'isoler, de façon à en faire une cible très facile, un canard assis, en somme. Katherine était dans les sous-bois — n'oubliez pas que nous avons seulement la parole de son frère pour nous assurer qu'elle était dans la cuisine de Tye House — et à un moment fixé d'avance, sans doute avec une certaine marge de liberté d'action des deux côtés, le crime a été commis.

— Comme ça, tout simplement ?

— Les deux Lacey étaient des tireurs expérimentés. Mme Rainbird me l'a dit. Et bien sûr au milieu de tout le désordre avec les chiens et tous les chasseurs qui accouraient, elle s'est simplement éclipsée sans bruit entre les arbres. Et Michael, tout empressé de se rendre utile, a couru appeler une ambulance. C'est ici que se place la deuxième étrangeté qui m'a frappé. En cas d'urgence, on prend la première allée qu'on trouve et on frappe à la première porte, mais Lacey est allé à Tye House. C'était à peu près le point le plus éloigné de l'accident. Pourquoi n'avoir pas sonné à la première maison de Church Lane ? Ou à Holly Cottage, qui était encore plus près ? On ne peut imaginer qu'une raison. Il voulait retarder autant que possible l'arrivée de l'ambulance. Ils n'avaient pas la moindre envie de voir arriver très vite sur les lieux une équipe médicale compétente qui aurait peut-être sauvé la vie de Bella.

— Oui... en effet. Il me semble que ça a bien pu se passer comme ça... »

Miss Bellringer avait trouvé le récit de Barnaby si passionnant qu'elle s'était arrêtée tout oreilles un carré de gâteau aux pruneaux à mi-chemin entre son assiette et sa bouche. Elle mit le gâteau dans sa bouche et continua à parler tout en mastiquant :

« Mais alors... pourquoi Phyllis ?

— Eh bien, Miss Cadell a manqué son coup. Ce n'est pas surprenant, si on considère qu'elle était bouleversée et peu habituée à manier un fusil, sans compter toute la vodka qu'elle avait avalée. Sa balle a dû passer à des kilomètres de Bella, j'imagine. Mais par une de ces étranges coïncidences qui se produisent parfois et qui changent toute une vie, Bella a trébuché sur la racine d'un arbre au moment même où Phyllis tirait. Lessiter a signalé lors de l'enquête que Mme Trace était tombée une première fois. Il n'y a pas d'autre explication possible.

— Mais... si Dennis a vu ce qui s'est passé, il a aussi vu que Bella s'était relevée. Après la fuite de Phyllis, je veux dire.

— C'est ce que je pense aussi. C'est une chose que nous tirerons au clair quand il sera en état de subir un interrogatoire. Mais je les crois tout à fait capables d'avoir saigné à blanc une personne qu'ils savaient innocente.

— Oh, quelle horreur ! »

Miss Bellringer balaya du regard toute la pièce anxieusement, comme pour toucher un point d'appui. Elle se pencha, attrapa Wellington et le tint tout près de sa maigre poitrine comme un talisman. Quatre pattes irritées se dressèrent toutes raides.

« Et le meurtre de Bella... était-il la première étape d'un grand projet ?

— Certainement. Ils ont laissé une lettre. Tout y est très clairement expliqué. »

Une écriture hardie, noire, bouillante de rage. Pas un mot de chagrin ou de regret tout au long de ces sept pages si ce n'est le dépit de n'avoir su se refuser une rapide visite à leur refuge secret, ce vendredi fatal. Inutile de blesser la vieille dame en lui répétant les insultes qu'ils avaient déversées sur son amie innocente.

« C'est vous, Miss Bellringer, qui avez parlé de

“ mauvais sang ”. Je me souviens que sur le moment j’ai trouvé cette expression bien mélodramatique. Comme si la méchanceté pouvait se transmettre génétiquement, comme les yeux bleus, ou les cheveux roux. Mais maintenant... Je ne suis plus si sûr de moi. C’est exactement comme ça que le père se comportait : il utilisait les gens avec une totale dureté de cœur puis il s’éloignait de la peine et du malheur en fonçant sur la prochaine cible.

— Cible ?

— Pardon... victime. Ils avaient besoin d’argent, vous comprenez. Beaucoup, beaucoup d’argent. Ils ne se seraient pas contentés de vivre tranquillement jusqu’à ce que Michael gagne plein d’argent avec ses tableaux, ce qui, j’en suis absolument persuadé, se serait produit un jour. Il était remarquablement doué. Non, il fallait qu’ils voyagent. Le Grand Tour. Venise, Florence, Amsterdam, Rome. Tout le temps dont Michael aurait besoin pour s’imprégner de l’art des grands maîtres. Ils avaient projeté de s’installer ensuite à l’étranger et sans doute de vivre comme mari et femme.

— Et Henry ?

— Ah... pauvre Henry. Sa mort, je le crains, ne se serait pas fait attendre longtemps. Je suis persuadé qu’il avait déjà avalé une certaine dose de la substance qui a tué votre amie. Ce n’est sûrement pas par hasard que le soir de la mort de Miss Simpson, il a si opportunément sombré dans le sommeil après le dîner. Et ce n’est pas le seul soir. Henry m’a dit : “ J’ai dû m’endormir après le dîner. Cela m’arrive souvent ces jours-ci. ”

— Je comprends que c’était nécessaire pour qu’elle puisse quitter la maison, inspecteur principal. Mais je ne comprends toujours pas ce qu’elle a fait du chien.

— C’est très simple. Elle est allée jusqu’à la boîte aux lettres avec sa commande pour Notcutts, elle l’a mise dans la boîte, est allée jusqu’au bout de l’allée, a rencontré Michael sur le chemin près de Holly Cottage et lui a passé le chien. Il est rentré chez lui avec le chien tandis que Katherine rendait visite à votre amie, avec le résultat qu'on connaît.

— Elle a dû rester pas mal de temps pour... pour s'assurer... » Son visage se plissa de chagrin. « Pardon... tous ces détails... cela rend les choses si réelles...

— Vous ne préférez pas que je m'arrête là ?

— Pas du tout. Mais peut-être qu'il me faut un petit remontant... » Elle posa Wellington à terre et dévissa le Teachers, et en versa un peu dans son verre. « Et deux... humm... doigts, n'est-ce pas... pour vous ?

— Non, merci beaucoup. Revenons à Beehive Cottage. Il suffisait que Katherine reste jusqu'à ce que Miss Simpson ait bu le vin empoisonné. Alors elle est rentrée à Holly Cottage, a pris le chien et Michael l'a remplacée. Sans doute, il y avait le prétexte que tous les deux avaient besoin de lui parler. Ce qu'ils lui ont dit, nous ne le saurons jamais. Ils lui ont demandé de se taire, de comprendre... Peut-être même ont-ils fait croire que leur relation allait se terminer. Ils étaient tous les deux d'excellents acteurs. »

Sa voix se durcit tandis qu'il pensait aux larmes que Katherine avait versées devant lui sur la mort lente de Benjy.

« Oh, comme elle a dû haïr cette conversation. Emily, je veux dire. Elle était si prude. Donc c'est Michael qui... ?

— Oui. Il est resté jusqu'à ce qu'elle ait perdu connaissance, puis il a fermé la porte du salon pour que Benjy ne voie pas sa maîtresse et ne donne pas l'alarme. Il a lavé le verre de Katherine mais pas celui de Miss Simpson. Bien entendu, ils espéraient tous les deux que ça passerait pour une mort naturelle, mais dans le cas, peu probable, d'une enquête, on trouverait un verre unique, le sien, avec ses empreintes digitales et avec le reste du poison. Ou plutôt on aurait trouvé... »

Miss Bellringer devint toute rouge.

« Donc le Shakespeare n'était qu'un indice supplémentaire ? Au cas où ?

— Oui. Il était là, ouvert. Michael a sans doute regardé autour de lui pendant qu'il attendait. Le discours a dû attirer son attention et lui paraître de bon augure. Il a pris le crayon 6 B. Lequel des deux est passé par la fenêtre du garde-manger, la lettre ne le dit pas. Mais en lisant j'ai compris que la fille Lessiter l'avait échappé belle.

— Judy ? Je ne comprends pas.

— Elle est allée au cottage alors que Katherine était chez votre amie. Elle a bien vu Michael par la fenêtre. Mais elle ne pouvait pas savoir qu'il avait un chien avec lui. Si elle avait frappé et si le chien avait aboyé…

— Pauvre enfant ! Elle est née pour le malheur, j'en ai peur. Il y a des gens comme ça, vous savez.

— Oui. » Barnaby acquiesça. « Elle a été utilisée par les Lacey comme tous ceux qui sont entrés dans leur orbite. Ainsi il était important que Michael passe l'après-midi du meurtre de Mme Rainbird avec elle. Je me souviens que mon sergent avait fait cette remarque : “ Il a de la chance d'avoir un alibi. ” Au contraire — la chance n'avait rien à voir là-dedans. Un alibi pour Michael, c'était le point clé de leur machination. Ce n'est pas pour incriminer Lacey, comme je l'ai pensé au début, que le couteau a été caché à Holly Cottage, mais bien pour éloigner du coupable les soupçons en les faisant porter sur quelqu'un que le meurtrier savait innocent. *Et qui pouvait prouver qu'il était innocent.*

« Même si Judy n'avait pas téléphoné à Michael Lacey, il l'aurait appelée comme l'indiquent ses premiers mots : “ J'étais sur le point de te téléphoner. ” Et bien entendu, il fallait qu'il travaille chez les Lessiter pour que le cottage soit vide et qu'on puisse cacher le couteau. Puis, toujours selon la lettre, il y aurait une lettre anonyme suggérant qu'on fouille le cottage. Mais sur ce point Mme Quine leur a coupé l'herbe sous le pied !

— Elle a pris un grand risque ! Se promener au grand jour vêtue des habits de son frère !

— Oui, mais elle est venue tout droit du cottage par les bois et puis par le bosquet. Je ne doute pas que le plan aurait été abandonné si elle avait rencontré quelqu'un face à face, mais vue de loin, les cheveux ramassés sous la casquette, on pouvait la prendre pour Michael.

— Qui avait un alibi solide !

— Tout juste. Il y avait pas mal de risques mais Mme Rainbird ne leur avait donné que jusqu'au mariage pour leur premier versement.

— Avant de les dénoncer ? »

Barnaby sourit. Miss Bellringer allait lui manquer. « Plus ou moins.

— Mais Dennis n'allait pas se taire. Surtout après ce qui était arrivé à sa mère. Qu'allaient-ils faire de lui ?

— Michael devait tuer Dennis. En fait, il n'a eu la vie sauve que parce qu'il est rentré une demi-heure plus tôt que d'habitude. Nous avons rencontré Michael Lacey dans le bosquet derrière le bungalow. Il nous a dit qu'il allait au pub, mais maintenant nous savons quelle était sa vraie intention : s'assurer que le jeune Rainbird ne survivrait pas à sa mère.

— Ils devaient être aux abois ?

— Oui, sûrement ! Sans cela ils auraient compris que si Katherine était reconnue, même de loin, tout les dénonçait. Dans notre petit cercle de suspects, qui d'autre que Katherine avait une taille et une carrure telles qu'on puisse le confondre avec Michael ?

— Mais elle avait sûrement pris soin de se trouver un alibi.

— En quelque sorte. Elle a dit qu'elle avait cueilli des champignons. Sur la table de la cuisine il y avait un panier avec quelques champignons. Et ils étaient frais. Je les ai sentis. Il est sûr qu'elle n'aurait pas eu le temps de les cueillir, de commettre le meurtre, de prendre une douche, de se changer, etc. Mais si c'était Michael qui les avait cueillis un peu plus tôt et laissés à Holly Cottage…

— Ahhhh ! » Miss Bellringer acquiesça. « C'est sans doute l'explication.

— Elle s'est lavée (dans un éclair Barnaby revit la jeune fille, éblouissante, ironiquement pure dans sa robe d'un blanc de neige), puis elle a quitté le bungalow, par la porte de devant, non sans avoir vérifié soigneusement si la rue était vide. Ensuite elle a frappé très fort à la porte pour attirer l'attention. Mme Sweeney, l'entendant à la porte, la voyant déposer le tas de champignons sur la marche, et puis s'en aller, a supposé tout naturellement (et n'importe qui aurait fait la même supposition) qu'elle était arrivée par le même chemin, par le devant.

— Mais les vêtements… la casquette et tout le reste ? Et vous avez parlé d'un plaid. Vous savez ce qu'il en est advenu ?

— Oh, oui… le plaid était roulé à côté de la haie au fond du jardin des Rainbird. Michael l'a ramassé en revenant de chez les Lessiter et l'a jeté une seconde fois dans l'étang. Les vêtements ont été tout simplement emportés dans le panier à champignons. C'était vraiment un grand panier et quand je l'ai vu à la cuisine il n'était qu'à moitié plein. Donc il y avait bien assez de place. Ensuite Katherine est revenue à Holly Cottage, elle a caché l'arme du crime, presque trop bien comme on l'a vu par la suite, elle a jeté les vêtements tachés de sang dans les bois en attendant mieux, et elle est rentrée à Tye House.

— Qu'est-ce que vous voulez dire ? Votre remarque à propos de l'arme du crime ?

— Nous avions un mandat de perquisition. Eh bien, si elle avait caché le couteau dans un tiroir de la cuisine ou dans la chambre de Michael nous ne serions peut-être pas entrés dans l'atelier. Or cette visite, on l'a vu plus tard, a eu une importance capitale.

— Ils ont sans doute pensé que vous chercheriez

partout, inspecteur principal ! C'est ce qu'on fait toujours, non ?

— Normalement, oui, mais si Lacey a pris soudainement la fuite — et je l'ai compris plus tard — c'est tout simplement pour nous éloigner de la maison. J'avais déjà jeté un coup d'œil rapide à l'atelier. Tout y semblait parfaitement en ordre. Mais quand nous avons quitté le village Katherine a vu la voiture. Quand son frère a dessiné un carré autour de son visage en criant : “ On m'a encadré ”, j'ai pris ça pour une bravade. En fait c'était un message, et il ne pouvait pas être plus clair. Qu'est-ce qu'un cadre encadre sinon un tableau ? Pourquoi, alors que le cottage contenait des objets pour lui infiniment précieux : toute son œuvre, pourquoi a-t-il laissé la porte ouverte ? Pourquoi a-t-il prétendu que le cottage n'était jamais fermé à clé ? Parce qu'il fallait ôter de son atelier une certaine chose. Si cela se faisait alors que le cottage était fermé, le coupable serait Katherine — elle était la seule à avoir une clé. Si au contraire le cottage était laissé ouvert, le coupable pouvait être n'importe qui.

— Oui… je vois. Mais qu'est-ce qu'il fallait ôter ? Un tableau ? Pourquoi était-ce si important ? »

Barnaby but son Teachers et s'enfonça dans sa chaise, se demandant comment formuler au mieux sa réponse. Une fois de plus il revit le tableau, il entendit le cri de Troy. « Mais qui est-ce ? » Une fois de plus il sentit le choc qui l'avait frappé presque physiquement dans le plexus solaire quand il avait regardé. Il comprenait toute la perplexité de Troy. Car Katherine Lacey était presque méconnaissable. C'était le nu le plus érotique qu'il ait jamais vu. Elle était vautrée sur le grand lit et si la position de ses membres semblait indiquer qu'elle venait de faire l'amour, il n'y avait dans le tableau aucun relâchement, aucun retour sur soi : il éclatait de puissance. La sueur perlait sur la peau de Katherine ; ses jambes et ses bras palpitaient d'énergie, ils semblaient se mouvoir sur la toile. Il y avait en eux quelque chose d'avide. Et quelque chose d'un peu sinistre. Barnaby avait pensé à une mante religieuse, attirante et mortelle. Elle semblait en tout plus grande que la femme qu'il connaissait. Son cou était épais et puissant, sa poitrine large, son ventre somptueusement rond.

Mais c'était son visage qui avait arraché à Troy un cri d'incrédulité. C'était le visage d'une ménade. Les lèvres rouges et humides étaient retroussées en un rictus féroce : avide, lubrique, cruel. Les yeux étincelaient d'une satisfaction impie. Seuls ses cheveux étaient reconnaissables, mais eux aussi semblaient animés, se tournant et s'enroulant comme un nid de serpents. Barnaby avait eu l'impression que d'une minute à l'autre elle allait jaillir du tableau et le dévorer.

Miss Bellringer répéta sa question. S'apercevant que ses souvenirs l'avaient fait rougir, Barnaby répondit :

« C'était un portrait de sa sœur qui laissait peu de doutes sur la véritable nature de leurs relations. »

Ce n'était pas étonnant, pensa-t-il, que le petit lit ait toujours paru si virginal et récemment fait. Sans doute n'avait-elle plus dormi dans son lit depuis le jour où Mme Sharpe les avait quittés. Et maintenant il comprenait pourquoi Katherine n'avait pas déménagé dans la chambre vide, qui était beaucoup plus grande que la sienne.

« Comme ils ont été habiles ! Et quelle fin horrible !

— Oui. C'est étrange, mais tout au début de l'enquête mon sergent a dit une chose qui aurait dû me mettre sur la voie si j'avais eu le bon sens d'y prêter attention. Il avait remarqué que Mme Lessiter ne manquait pas une occasion de donner un coup de patte à Lacey et il a dit : " Ce ne serait pas la première fois que pour brouiller les pistes une femme mariée fait semblant en public de détester l'homme qui est son amant. "

— Les Lacey jouaient vraiment bien leur rôle.

— Hummm ! Mais il y a un épisode qui m'a donné beaucoup de mal. Troy et moi-même...

— Je continue à ne pas aimer cet homme ! »

Barnaby eut un sourire conciliant et continua :

« Nous marchions sur le chemin de Holly Cottage et nous avons entendu les Lacey se disputer violemment. Plus tard, quand j'ai compris qu'ils étaient coupables, je n'arrivais pas à faire entrer cette scène dans mon puzzle. Pourquoi continuer à jouer en privé une comédie destinée uniquement à la consommation extérieure ? Cela n'avait pas de sens. À vrai dire cette dispute que j'avais surprise a retardé, j'en ai peur, le moment où je suis arrivé à la conclusion finale. Et puis, revenant de Saint Léonards, j'ai remarqué que mon sergent regardait constamment dans son rétroviseur. C'est alors que j'ai compris que toute cette dispute avait été mise en scène à mon profit. Nous étions cachés derrière une haie très haute et nous ne pouvions pas les voir, mais eux, ils nous ont très bien vus approcher, grâce au miroir qui est tout près de l'ouverture où les voitures prennent le tournant. »

Il y eut une longue pause, puis Miss Bellringer dit :

« Alors... ça y est... ? La dernière pièce du puzzle a trouvé sa place ? »

Barnaby vida son verre et forma une boule bien nette avec les miettes du délicieux gâteau aux pruneaux. Il lui semblait qu'il s'était passé bien plus que deux semaines depuis le jour où son amie s'était assise pour la première fois dans son bureau, fouillant dans son sac immense et le fixant de ses yeux scintillants. Qu'avait-elle dit au juste ? La dernière pièce ? Oui, ça devait être ça. La sensation vague qu'il éprouvait d'avoir encore un problème à résoudre venait sans doute de son incapacité naturelle à croire que la vie répondait à un ordre.

Il n'y avait plus rien à dire. Il se leva. Lucy Bellringer se leva elle aussi et lui tendit la main.

« Eh bien, au revoir, inspecteur principal. Ç'a été très stimulant de travailler avec vous ! Je ne sais vraiment pas comment je vais reprendre mon train-train quotidien et ennuyeux ! »

Barnaby lui serra la main et lui dit, avec une sincérité absolue : « J'ai peine à croire que n'importe quoi puisse rester ennuyeux très longtemps en votre présence ! »

Gagnant l'aire de stationnement où il avait garé sa voiture, Barnaby passa devant le cimetière, hésita, puis entra. Il contourna l'église par un passage dans la haie de buis qui menait aux tombes récentes, bandes rectangulaires de glaise froide, dans la pelouse bosselée.

Sur un des tombeaux s'entassaient des guirlandes dont les fleurs étaient encore fraîches et vibrantes de couleurs ; sur un autre les couronnes avaient été enlevées, il restait seulement un vase fleuri de roses rouge foncé au parfum délicat. Une simple pierre tombale était déjà à sa place. On lisait :

EMILY SIMPSON
Une amie chère
1906-1987

Barnaby se tint un long moment à l'ombre des ifs noirs écoutant le croassement des corneilles, puis il se retourna et s'éloigna rapidement.

Le dîner était presque fini. Cully avait apporté des hors-d'œuvre assortis et des crudités. Poulet chasseur. Brocolis. Pommes de terre nouvelles. Cresson. Un morceau d'une tarte au fromage de Gloucester et une tarte au citron. Et il y avait une petite boîte de florentins à grignoter avec le café. Déchiré entre l'incrédulité et le bonheur, l'estomac de Barnaby murmurait doucement. Cully versa les dernières gouttes de la seconde bouteille de côtes de Gascogne et leva son verre.

« Je vous dis merde !

— J'allais boire à la santé de Béatrice », répliqua Barnaby.

Sa fille en était à la dernière semaine de répétition de *Beaucoup de bruit pour rien,* heureuse de rester à Cambridge, même pendant les vacances d'été, si tel était le prix à payer pour s'investir dans un bon rôle. Côté vêtements elle semblait s'être un peu calmée, même si son accoutrement était encore clownesque. Elle portait un costume d'homme trois pièces aux rayures grises et blanches datant du début des années cinquante et ses cheveux, couleur gin aux prunes, étaient coupés à la garçonne. Un monocle était attaché au revers de son veston. Elle avait un air agressif, sexy et, à cause de sa jeunesse, plutôt touchant. Barnaby se dit qu'elle s'adoucissait un tout petit peu. Il n'avait pas raconté à Joyce le dénouement de l'affaire Simpson, il avait attendu que Cully soit à la maison, réservant le récit pour le premier grand repas qu'ils prendraient ensemble. Et elle avait écouté avec courtoisie, attentive, sérieuse jusqu'à la fin. Joyce revenait rapidement sur le sujet.

« J'ai toujours cru que... huum... que ce genre de chose... vous savez... se passait seulement dans... eh bien... dans les familles pauvres.

— Oh, maman, ne sois pas si hypocrite. Si tu veux parler de la classe ouvrière, pourquoi, bon sang, ne le dis-tu pas ? De toute façon ce n'est pas vrai. Il y a un tas d'exemples d'amour entre frère et sœur chez les aristocrates, dans la réalité et dans la fiction. » Elle mordilla un florentin. « Exactement comme la pauvre Annabella.

— Quoi ? » dit Barnaby, posant sa tasse sur la soucoupe avec une délicatesse extrême. « Excuse-moi, ma chérie, qu'est-ce que tu dis ?

— Annabella. Tu sais... dans *'Tis Pity* *. »

* *Dommage qu'elle soit une putain :* drame puritain de John Ford (1586-1639) *(N.d.T.).*

— Non, je ne sais pas. Éclaire ma lanterne.

— Franchement, Papa... Je me suis donnée à fond dans cette pièce... c'était mon premier grand rôle... au ADC. Tu es venu la voir et maintenant tu ne te souviens même plus ! »

Oui, il se souvenait à présent. Une scène sombre, illuminée tout d'un coup par la lumière flamboyante des torches. De riches brocarts, des visages peints tourbillonnant dans les ténèbres. Terribles images de sang et de mort. Sa fille dans une robe blanche trempée de sang ; poignards enfoncés encore et encore dans la chair vivante ; un cœur brandi sur la pointe d'un couteau. Horreur sur horreur, scènes préfigurant la mort et la destruction qu'il avait vues si récemment à la Tranquillada. Et par-dessus tout, la passion incestueuse, tragique, pitoyable, d'Annabella et de son frère Giovanni. Barnaby revit la petite table marquetée de Beehive Cottage couverte de livres. *Le Jardinier aventureux*, le Shakespeare, *A Golden Treasury*. Un volume de pièces du XVIIe siècle.

Rêveuse, Cully déclama, sa voix rauque débordant d'une tristesse indicible : « Une âme, une chair, un amour, un cœur, un tout... »

Barnaby la regarda avec une fierté et une admiration paternelles. Il reprit sa tasse.

« Oui, dit-il, c'est à peu près ça ! »

Le Livre de Poche / Thrillers

Extrait du catalogue

Adler *Warren*
La Guerre des Rose

Attinelli *Lucio*
Ouverture sicilienne

Bar-Zohar *Michel*
Enigma

Benchley *Peter*
Les Dents de la mer

Breton *Thierry*
Vatican III

Breton *Thierry* et **Beneich** *Denis*
Softwar " La Guerre douce "

Clancy *Tom*
Octobre rouge
Tempête rouge
Jeux de guerre
Le Cardinal du Kremlin
Danger immédiat

Coatmeur *Jean-François*
La Nuit rouge
Yesterday
Narcose
La Danse des masques

Cook *Robin*
Vertiges
Fièvre
Manipulations
Virus
Danger mortel
Syncopes
Sphinx

Cooney *Caroline B.*
Une femme traquée

Coonts *Stephen*
Le Vol de l'Intruder
Dernier Vol

Crichton *Michael*
Sphère

Crumley *James*
La Danse de l'ours

Cruz Smith *Martin*
Gorky Park
L'Étoile Polaire

Curtis *Jacques*
Le Parlement des corbeaux

Cussler *Clive*
L'Incroyable Secret
Panique à la Maison Blanche
Cyclope
Trésor
Dragon

Daley *Robert*
L'Année du Dragon
La Nuit tombe sur Manhattan
L'Homme au revolver
Le Prince de New York

Dickinson *William*
Mrs. Clark et les enfants du diable
De l'autre côté de la nuit
(Mrs. Clark à Las Vegas)

Dunne *Dominick*
Une femme encombrante

Erdmann *Paul*
La Panique de 89

Fast *Howard*
La Confession de Joe Cullen

Follett *Ken*
L'Arme à l'œil
Triangle
Le Code Rebecca
Les Lions du Panshir

Forbes *Colin*
Le Léopard

Forsyth *Frederick*
Le Quatrième Protocole
Le Négociateur

Giovanni *José* et **Schmitt** *Jean*
Les Loups entre eux

Goldman *William*
Marathon Man

Graham *Caroline*
Meurtres à Badger's Drift

Granger *Bill*
Un nommé Novembre

Hayes *Joseph*
La Nuit de la vengeance
La Maison des otages

Heywood *Joseph*
L'Aigle de Sibérie

Higgins *Jack*
Solo
Exocet
Confessionnal

L'Irlandais
La Nuit des loups
Saison en enfer
Opération Cornouailles

Higgins Clark *Mary*
La Nuit du renard
La Clinique du docteur H
Un cri dans la nuit
La Maison du guet
Le Démon du passé
Ne pleure pas ma belle
Dors ma jolie
Le Fantôme de Lady Margaret

Highsmith *Patricia*
L'Homme qui racontait des histoires

Hunter *Stephen*
Target

Kakonis *Tom*
Chicane au Michigan

Katz *William*
Fête fatale

Kerlan *Richard*
Sukhoï
Vol sur Moscou

King *Stephen*
Dead Zone

Kœnig *Laird*
La Petite Fille au bout du chemin

Koontz *Dean R.*
La Nuit des cafards

Lenteric *Bernard*
La Gagne
La Guerre des cerveaux
Substance B
Voyante

Le Roux *Gérard* - **Buchard** *Robert*
Fumée verte
Fumée rouge

Ludlum *Robert*
La Mémoire dans la peau
Le Cercle bleu des Matarèse, *t. 1 et 2*
Osterman week-end
L'Héritage Scarlatti
Le Pacte Holcroft
La Mosaïque Parsifal, *t. 1 et 2*
La Progression Aquitaine
La Mort dans la peau
La Vengeance dans la peau
Une invitation pour Matlock
Sur la route de Gandolfo
L'Agenda Icare
L'Echange Rhinemann

MacDonald *Patricia J.*
Un étranger dans la maison
Sans retour

Melnik *Constantin*
Des services « très » secrets

Morrell *David*
La Fraternité de la Rose
Le Jeu des ombres
Les Conjurés de la pierre
La Cinquième Profession

Nathan *Robert Stuart*
Le Tigre blanc

Oriol *Laurence*
Le Domaine du Prince

Puzo *Mario*
Le Quatrième K

Randall *Bob*
Le Fan

Raynal *Patrick*
Arrêt d'urgence

Ryck *Francis*
Le Nuage et la Foudre
Autobiographie d'un tueur professionnel

Salinger *Pierre* et **Gross** *Leonard*
Le Scoop

Sanders *Lawrence*
Péchés mortels
Les Jeux de Timothy
Chevaliers d'orgueil

Simmel *Johannès Mario*
Le Protocole de l'ombre
On n'a pas toujours du caviar
Et voici les clowns...

Spillane *Mickey*
L'Homme qui tue

Topol *Edward*
La Substitution

Topol *Edward* et **Neznansky** *Fridrich*
Une place vraiment rouge

Uhnak *Dorothy*
La Mort est un jeu d'enfants

Vachss *Andrew*
La Sorcière de Brooklyn

Wallace *Irving*
Une femme de trop

Wiltse *David*
Le Baiser du serpent

Histoires avec pleurs et couronnes
Histoires à risques et périls
Histoires d'argent, d'armes et de voleurs
Histoires de la crème du crime
Histoires de sang et de sous
Histoires de trouble émoi
Histoires de faisans à l'hallali
Histoires pleines de dommages et d'intérêt

Irish *William*
Rendez-vous mortel

James *P.D.*
La Proie pour l'ombre
L'Ile des morts
Meurtre dans un fauteuil
La Meurtrière
Un certain goût pour la mort
Sans les mains
Une folie meurtrière
Meurtres en blouse blanche
Mort d'un expert
A visage couvert
Par action et par omission
Les Enquêtes d'Adam Dalgliesh, *t. 1 et 2* (*La Pochothèque*)
Romans (*La Pochothèque*)

Jaouen *Hervé*
Histoires d'ombres

Keating *H.R.F.*
Un cadavre dans la salle de billard
L'Inspecteur Ghote en Californie

Leblanc *Maurice*
Arsène Lupin, gentleman cambrioleur
Arsène Lupin contre Herlock Sholmès
La Comtesse de Cagliostro
L'Aiguille creuse
Les Confidences d'Arsène Lupin
Le Bouchon de cristal
813
Les 8 Coups de l'horloge
La Demoiselle aux yeux verts
La Barre-y-va
Le Triangle d'Or
L'Ile aux 30 cercueils
Les Dents du Tigre
La Demeure mystérieuse
L'Éclat d'obus
L'Agence Barnett et Cie
La Femme aux deux sourires
Les Trois Yeux
Le Formidable événement
Dorothée, danseuse de corde
Victor de la Brigade mondaine
La Cagliostro se venge

Leonard *Elmore*
D'un coup d'un seul

Leroux *Gaston*
Le fantôme de l'Opéra
Le Mystère de la chambre jaune
Le Parfum de la dame en noir
Le Fauteuil hanté

Monteilhet *Hubert*
La Part des anges
Mourir à Francfort
Le Retour des cendres
Les Mantes religieuses
Meurtre à loisir
De quelques crimes parfaits
Les Pavés du diable

Raynal *Patrick*
Fenêtre sur femmes

Rendell *Ruth*
Le Jeune Homme et la mort
Un enfant pour un autre
L'Homme à la tortue
L'Arbre à fièvre
Le Désarroi du professeur Sanders

Steeman *Stanislas-André*
L'assassin habite au 21

Thomson *June*
Claire... et ses ombres
La Mariette est de sortie

Topin *Tito*
Un gros besoin d'amour

Traver *Robert*
Autopsie d'un meurtre

Vickers *Roy*
Service des affaires classées 1 - Un si beau crime
Service des affaires classées 2 - L'ennemi intime
Service des affaires classées 3 - Le Cercle fermé
Service des affaires classées 4 - Le Mort au bras levé

Wambaugh *Joseph*
Soleils noirs
Le Crépuscule des flics

Composition réalisée par BUSSIÈRE 18200 Saint-Amand-Montrond

IMPRIMÉ EN FRANCE PAR BRODARD ET TAUPIN
Usine de La Flèche (Sarthe).
LIBRAIRIE GÉNÉRALE FRANÇAISE - 6, rue Pierre-Sarrazin - 75006 Paris.
ISBN : 2 - 253 - 06300 - 2

30/7601/5